Aaron David Bernstein

Novellen

Aaron David Bernstein

Novellen

ISBN/EAN: 9783741124266

Hergestellt in Europa, USA, Kanada, Australien, Japan

Cover: Foto ©Andreas Hilbeck / pixelio.de

Manufactured and distributed by brebook publishing software
(www.brebook.com)

Aaron David Bernstein

Novellen

Novellen

von

Aron David Bernstein.

~~~~~

Achte Auflage.

———⟶●⟵———

Berlin, 1892.

Verlag von Freund & Jeckel
(Carl Freund).

Inhalt.

Vögele der Maggid.

..... ift ein Städtchen an der Weichsel, deffen Exiftenz die Königl. Preußifche General-Poft-Karte vom Großherzogthum Pofen hinreichend verbürgt; fein Ruf jedoch als K'hilla[1]) ruht auf befferer, auf hiftorifcher Bafis, feine Berühmtheit wurzelt in der Gefchichte der Vorväter, weffen fich Kind und Kind in der ganzen guten K'hilla mit großem Stolze bewußt ift.

Es ift nämlich F. diefelbe K'hilla, in welcher vor hundert Jahren ein fehr berühmter Chafan[2]), Namens Ephraim Greibicker, wirkte, deffen Synagogen-Lieder noch heutigen Tages die Schlummer-Arien jedes echten Wiegenkindes in F. find. Die Behörde könnte diefe rührenden Melodien als hinreichende Legitimation ftatt eines Geburtsatteftes aus F. brauchen; mindeftens fteht es feft, daß Jeder, dem diefe fanften Töne fremd find, eher gar nicht als in F. geboren fein kann.

Welch kaltherzigem Wefen diefe eine hiftorifche Thatfache nicht Bürgfchaft genug für die Berühmtheit unferes Städtchens ift, höre und wiffe, daß vor etwa achtzig Jahren der „Maggid"[3])

---

[1]) Jüdifche Gemeinde.
[2]) Vorfänger in der Synagoge.
[3]) Prediger, Redner.

Bernftein, Novellen.   1

dort lebte, der, wie jeder Mensch aus F. bestätigen wird, „von Eckwelt bis Eckwelt nicht seines Gleichen hatte." In der Er= innerung an ihn war es in F. zum Sprüchwort geworden: „Wenn er Buße predigte, fingen die Betpulte an zu zittern und bei seinen Grabreden haben alle Leichensteine geweint." Darum war auch ein „Wörtchen" vom Maggid, Friede sei mit ihm, ein Honigseim für jedes K'hilla=Kind. Wer dergleichen nicht mit Enthusiasmus aufnahm, mußte von Fremdlingen in der Gemeinde herrühren.

Ein drittes historisches Merkmal unseres Städtchens ist noch epochemachender zu nennen; denn nach diesem Ereigniß wurde in Wirklichkeit gezählt. Das Ereigniß war ein Brand und zwar ein großer Brand, in welchem das ganze Städtchen vor etwa vierzig Jahren drauf ging. Nicht das Beshamidrasch[1]), nicht die liebe heilige Schul[2]) blieb verschont, sogar das Haus des Herrn Bürgermeisters, das gar noch nicht nöthig hatte ab= gebrannt zu werden, ging auch in der allgemeinen Zerstörung unter. — Nur die Mikwe[3]) — und das war das größte Wunder, das F. weltberühmt machte — blieb stehen und auch nicht eine einzige Schindel ihres Daches konnte vom Feuer an= gegriffen werden.

Als nach dem großen Elend dieses vielbesprochenen Brandes der ganze sicher prophezeite Reichthum der Gemeinde in den Geldern der Feuerassekuranz eintraf, wurde das Städtchen wiederum neu aufgebaut und zwar in dem würdigen einfachen Baustyl, der das Schöne mit dem Nützlichen verband, und der ganzen Gemeinde die Uniform einer kleinen einstöckigen Kaserne verlieh.

Nur vier Gebäude machten eine Ausnahme. Die heilige

---

[1]) Haus, wo der Talmud studirt wird.
[2]) Synagoge.
[3]) Tauchbad für Frauen.

liebe Schul wurde in einer Schönheit aufgemauert, desgleichen die Welt nicht gesehen hat. Man trieb die Pracht hierin gar so weit, sich die nah und fern berühmten „Schnitzler" aus Kempen kommen zu laſſen, um die heilige Lade und das Vorleſerpult mit vergoldetem Schnitzwerk zu verſehen. — Auch das Haus des Herrn Bürgermeiſters zeichnete ſich beim Neubau durch einen zweiten Stock aus, obgleich kein Menſch in F. begreifen konnte, wozu man ſich eine Wohnung über der andern erbaut, um auf einer Treppe dort hinaufzuſteigen, wenn man ſo bequem im Erdgeſchoß wohnen kann. — Doch der Bürgermeiſter that es und die Gemeinde mußte ſchweigen. Nicht ſo ganz ſchweigſam verhielt ſich die Welt in F., als ſie ſah, daß ſich der reichſte Mann der K'hilla, Reb Noach Brall, auch ein zweiſtöckiges Haus aufrichtete. — War er auch der Angeſehenſte in der Gemeinde, und durch ſeinen Reichthum berechtigt zu allen äußerlichen Würden, ſo mochte man ihm doch dieſen Luxus nicht verzeihen, zumal er bereits ſechs Jahre kinderlos mit ſeiner ſchönen Frau Täubchen lebte und eigentlich nicht viel aus den vier Pfählen ſeiner Stube im Erdgeſchoß herauskam.

Zeichneten ſich dieſe drei Gebäude nach dem Brande zum Vortheil vor der Uniform des ganzen Städtchens aus, ſo machte die wunderreiche Mikwe, ſo hochgeprieſen ſie auch in der erſten Zeit war, eine ſeltſame und etwas ſehr verfallende Ausnahme. Aber ihr Ruhm, der Ruhm einer von keiner Flamme antaſtbaren Mikwe, verblieb noch lange Jahre nach dem Brande und gehörte zu den Dingen, auf welche jedes Kind aus der K'hilla mit Recht ſtolz war.

Zu all den Berühmtheiten aber kam nach dem Brande noch der Umſtand, daß die Gemeinde ſich nach den üblichen großartigſten Parteikämpfen, die je eine K'hilla bei ſolcher Gelegenheit geſehen, entſchloß, einen Rabbi zu wählen, der daſelbſt eine talmudiſche Hochſchule einrichtete. Die Stadt bevölkerte sich in Folge dessen mit mehr als fünfzehn Bachurim[1]) und erhielt dadurch einen neuen erhabenen Glanz. Aus dem wieder auferbauten Beshamidrasch, das gegenüber der berühmten Mikwe stand, erhob sich demnach in der Zeit, in welcher unsere Geschichte spielt, ein Duft der Gelehrsamkeit über die ganze Stadt, so daß die Erhaltung der Bachurim, die eben der armen Gemeinde nicht leicht ward, doch ein freudiges Opfer war, das die frommen Einwohner gern zum Heil der Welt darbrachten.

————

Es war an einem sonnenhellen Nachmittag in der Mitte des tief ernsten Monat Elul[2]), als zwei Bachurim allein im Beshamidrasch saßen, denn diese Stunde war eben nicht die des allgemeinen Studirens. Im Monat Elul, in der heiligen Zeit, in der die Posaune schon mahnt an die Sünden der Menschen, war das Beshamidrasch in den einsamen Stunden der Nacht belebter als an den Nachmittagen. Heute besonders, an einem Donnerstag, gebot die Sitte der Schule, die Nacht hindurch gar fleißig zu lernen, so daß selbst der Rabbi erst spät gegen das Vesper-Gebet in dieser Werkstatt seiner geistigen Produktionen zu erscheinen pflegte.

Die beiden heutigen Insassen dieser Stätte hatten zwar vor sich große Folianten aufgeschlagen, auch wiegten sie sich im andächtigsten Summen der Melodie, in der der Talmud gelesen wird, unter leichtem Schaukeln hin und her; allein die Bewegung ihres Oberleibes und das Summen ihres Gesanges würde auch den weniger Eingeweihten schon verrathen haben,

————

[1]) Talmudschüler.

[2]) Entsprechend dem Monat September und Vorläufer des Monats Tischri mit dessen hohen Festen (Neujahr und Versöhnungstag).

daß sie nicht über die schwierigen Probleme des Talmuds sannen, die bekanntlich nur unter den heftigsten Gestikulationen und Modulationen ans Tageslicht gefördert werden. Wer schärfer hinblicken konnte, würde sogar wahrgenommen haben, daß die Folianten nur zum Schein aufgeschlagen seien; denn der Eine der Bachurim, ein kleiner Mensch mit dem blühenden Antlitz der Jugend, über dessen ansprossenden Bart noch nicht die „Zwickscheere" gefahren, hatte ein Paar geschriebene Blätter in jüdischen Schriftlettern vor sich, auf die sein Blick mit besonderer Gluth geheftet war; und wenn er das Auge von dieser Schrift aufschlug, flog der Blick offenbar hinaus zum Fenster und drüben hinüber nach den sehr kleinen Scheiben der wunderbaren Mikwe.

Der zweite Bachur, älter als sein Genosse und von bleicherer und sorgenvollerer Gesichtsfarbe, schien noch minder andächtig dem Folianten zuzusprechen. Er hatte zwischen den Händen halb verborgen ein Buch von einer Kleinheit, wie es in Händen von Bachurim sonst selten ist; ein Buch, in das er sich sehr vertieft zu haben schien, und das offenbar sein höchstes Entzücken erregte, das er aber ganz unzweifelhaft um jeden Preis den Blicken eines Lauschers entziehen mochte; denn es war ein verbotenes Buch, es war — daß wir's nur sagen — es war gar ein Buch mit deutschen Lettern.

Daß sie trotzdem den äußern Anschein des Studirens in Bewegung des Leibes und in ihrer wehmüthigen Singweise zu wahren trachteten, geschah ohne Zweifel nur um einen unberufenen Lauscher zu täuschen und die Gedanken und Gefühle zu verdecken, die ihre Seele erfüllten. —

„Zempelburger," begann der Jüngere nach einer Pause, in welcher er sorgfältig die geschriebenen Blättchen zusammenrollte und in seinen Aermel verbarg, „siehst Du sie?"

Der Zempelburger blickte mit seinen großen Augen von dem Buche auf und ließ dieselben hinüber auf die Scheibchen der Mikwe schweifen: „Ich hab' sie noch nicht gesehen; aber ihre Hand hat eben die Scheiben abgewischt. Sie wird kommen!"

„Golde wird kommen!" sagte der Jüngere, den wir nach Sitte der Bachurim ebenfalls nach seiner Vaterstadt, den Kosminer nennen wollen: „Golde wird kommen," wiederholte er mit einem tiefen Seufzer; „von Vögele hab' ich noch keine Spur erblickt."

Nach diesem kurzen Gespräch trat eine Pause ein, in welcher Beide wieder in das Wiegen des Körpers und in den singenden Ton des Lernens verfielen; denn von draußen her in der schmalen Gasse, die sich zwischen Beshamidrasch und Mikwe hinzog, vernahm man den merkwürdigen Doppelschritt von Leeser Schlapp, einem Manne, der jahraus jahrein wegen seines schlimmen Fußes stets in einem Stiefel und einem Pantoffel einherschritt, und der wegen seines bösen Mundes die gefürchteste Erscheinung in der Gemeinde war.

Leeser Schlapp nahte wirklich und streckte sein Gesicht an die niedrigen Fenster des Beshamidrasch. Als beide Bachurim hierauf einen Augenblick inne hielten und den gefürchteten Gast durch die Scheiben ansahen, verzerrte sich sein Gesicht zu einem bösen Lachen. „Da sieht man," rief er laut hinein: „die heutige Welt! Die Bachurim sitzen im Beshamidrasch, aber sie lassen nicht einmal den Gesang vom Lernen hören!"

Unwillkürlich wollten Beide, in ihrem Gewissen getroffen, diese Melodie hören lassen; allein an den kleinen Scheiben drüben in der Mikwe ließen sich im selben Augenblick, wahrscheinlich angelockt von Leesers Stimme, zwei jugendliche Gesichter blicken, deren Erscheinen die jungen Menschen wieder verstummen machte. Da jedoch die Gesichter schnell wieder verschwanden und Leeser immer noch auf die Melodie zu warten schien, hoben sie nun mit munterer Stimme und offenbar in aufgeregter Stimmung laut die Texte aus ihren Folianten zu recitiren an und fuhren darin so kräftig fort, daß sie die schmähenden Worte Leesers nicht hörten, mit welchen er seinen merkwürdigen Doppelschritt in die Gasse hinein begleitete.

Wieder trat eine Pause ein, in welcher sie Beide seufzend auf das wunderreiche Gebäude gegenüber hinblickten. Die Flammen in den Augen des jungen Kosminer waren dabei so gewaltig, daß man für das arme Häuschen hätte Gefahr darin erblicken können, stünde es nicht fest, daß gerade dieses mit Schindeln gedeckte Gebäude feuersicherer sei als alle Bauwerke der Welt.

Endlich nach langem Harren öffnete sich die niedrige Thüre der Mikwe, und nicht Golde, sondern die schlanke Vögele trat aus derselben hervor. Das Angesicht des Kosminers verrieth ein Entzücken, das nur die Liebe zu erzeugen vermag; jedoch gemischt mit einer Verlegenheit, die hinreichend zeigte, wie seine Liebe noch in jenem Stadium sei, wo sie nur erst stummer Anbetung und keines Wortes mächtig ist.

Offenbar machte Vögele Vorbereitungen, um in's Beshamidrasch einzutreten. Sie hatte in Papier eingewickelt etwa ein Dutzend Talglichter in der Hand; diese legte sie auf den großen Stein vor der Mikwe nieder, der nicht minder berühmt war als die Mikwe selber. Der Kosminer sah nun in stiller Anbetung, wie Vögele gar züchtig das „Brusttüchel" von den Schultern abnahm, um ihren bloßen Kopf damit einzuhüllen; denn obwohl ihr nußbraunes Haar sich in einem fürstlichen Palaste nicht hätte zu schämen brauchen, gebot doch der fromme Anstand, daß sie nicht mit entblößtem Haupte in's Beshamidrasch trete, wo die Bachurim und die lieben heiligen Bücher waren. Das Brusttüchel verdeckte nun die zierlichen Flechten ihres Kopfes; aber es enthüllte eben dadurch halb die ärmlich gekleidete, überaus schlanke und liebliche Gestalt des jungen Kindes.

Der Zempelburger ließ den Kopf tief in seinen Folianten sinken. Es war heute nicht Golde, wie er mit der ganzen

abergläubischen Zuversicht der Liebe erwartet hatte; es war
Vögele, die herüber kam. Mit einem tiefen Seufzer begann
er seinen Text laut zu recitiren, während der Kosminer mit
Herzpochen die Tritte der Herüberschreitenden zählte und bei
ihrem wirklichen Eintritt in das Beshamidrasch aufsprang, um
ihr in glühendster Verlegenheit entgegen zu gehen.

„Bachur," sagte Vögele mit weit geringerer Verlegenheit
zu dem vor ihr Stehenden: „da sind die Hälfte der Lichter
für das Beshamidrasch. Sie sind heut ein bischen spät fertig
geworden."

Der Kosminer streckte seine Hand aus, um die Lichter zu
empfangen; unwillkürlich berührten sich die Finger des jungen
Paares. Dem Kosminer wurde so wunderbar hierbei zu Muthe,
daß er sofort vergaß, was er sagen wollte; nur mit Stottern
vermochte er die Worte hervorzubringen:

„Vögelchen, Ihre Hand" — —

„Ist treife[1)]" — fiel ihm Vögele schalkhaft schnell ins
Wort, indem sie ihre in der That von den Talglichtern glänzenden
Finger dabei besah.

„O nein, bewahre!" rief der Kosminer in bitterster Verlegenheit und im Tone halber Verzweiflung aus, denn ihm
schwebte etwas ganz Anderes vor, was er sagen wollte. Gewiß
hätte er auch noch das richtige Wort dafür gefunden, wenn
ihm Vögele nur Zeit gelassen hätte; allein diese hatte offenbar
noch etwas Anderes zu bestellen. Sie blickte mit einem ebenso
klugen als schalkhaften Blick auf den Zempelburger, der seinen
Kopf noch immer hinter den Folianten verbarg, und sagte
mit etwas lauterer Stimme: „Die anderen Lichter wird Golde
bald herüber bringen!"

Der Kosminer stand noch in seiner tiefsten Betroffenheit
da, als Vögele schon wieder zur Thür hinaus getreten war

[1)] Ungenießbar im Sinne der jüdischen Speisegesetze.

und der Zempelburger auf ihre letzten Worte den Folianten von sich schob und mit einem frohen Antlitz an die Seite seines Collegen und Liebesgenossen trat.

„Kosminer!" rief er leise, „hast Du gehört? Golde wird noch kommen! Siehst Du, Bruder, das ist heute ein glückseliger Tag!"

„Ein glückseliger Tag?" entgegnete ihm der Kosminer mit einer heftigen Bitterkeit, die an Verzweiflung grenzte. „Ein glückseliger Tag? vielleicht für Dich; für mich ist er schrecklich!"

„Wie?" fragte der Zempelburger erstaunt, „bist Du nicht sinnig? Hast Du nicht da eben mit Deinem Vögelchen gesprochen?"

„Nein," unterbrach ihn der Halbverzweifelte; „sag' nicht: mein Vögelchen, sag' nicht, ich hab' mit ihr gesprochen, ich wollte ihr was sagen, was ich mir schon tausend tausendmal vorgenommen; aber sie will es nicht hören, sie will von mir nichts hören!"

Mit diesen Worten warf er sich auf die Bank und ließ seinen Kopf auf den Arm sinken, um die Flammen seines Antlitzes und die aufsteigenden Thränen in seinem glühenden Auge zu verbergen.

Der besonnene Zempelburger setzte sich begütigend neben ihn hin und legte ihm die Hand auf die Schulter: „Thor," raunte er ihm in besänftigendem Tone zu: „was willst Du denn? Sieh nur, ich hab' Golde noch nicht gesehen und bin doch ruhig und glücklich; Du aber hast doch mit Vögelchen gesprochen." —

„Ich gesprochen?" fuhr der Kosminer auf: „Ich hab' sprechen wollen, ich hab' ihr sagen wollen —"

„Ich weiß, was Du hast sagen wollen."

„Nein, Du weißt nicht!"

„Ich weiß —"

„Nein!" rief der Kosminer mit Heftigkeit. „Ich hab' ihr

sagen wollen: ,Vögelchen, Ihre Hand macht lichtig das
Beshamidrasch!' Aber sie läßt mich nicht reden und ich
hab' ihr noch nichts, gar nichts gesagt! Du bist glücklich,
Du kannst reden; Golde weiß, wie Du sie liebst. Ich bin
der unglücklichste Mensch auf der Welt!"

„Versündige Dich nicht, Kosminer," begütigte der Freund;
aber der Unglücklichste aller Menschen fiel ihm im Tone der
leidenschaftlichsten Gereiztheit ins. Wort:

„Versündigen! ich will mich versündigen! — Ihre Hand
treife?" Er schüttelte so bitter den Kopf verneinend dabei, daß
jedes seiner krausen Löckchen ein verzweifeltes: Nein! zitterte.

„Gott, Gerechter! — Zempelburger! sieh her!" setzte der Unglücklichste der Menschen in plötzlicher Wendung hinzu, indem
er aus seinem Aermel das zusammengerollte Manuskript hervor-
zog und vor den Augen seines Genossen emporhielt, „sieh her,
ich bin so verzweifelt, wie Kotzebue!"

Wer jemals geliebt und mit jugendlicher Leidenschaft geliebt,
und in ähnlicher Lage, wie unser armer junger Mensch, von
dem Bewußtsein geplagt worden ist, der Geliebten, trotz der
tausendfältigsten Vorbereitungen, dennoch nicht das richtige Wort
der Liebesnoth geklagt und gesagt zu haben, der wird die Verzweiflung natürlich oder mindestens verzeihlich finden, die unsern
armen Helden erfaßt hatte, als er die vielfach überlegte Galanterie
in dem rechten Moment nicht über die Lippen bringen konnte,
ja sogar durch sein Stocken und Stottern den bittern Irrthum
in der geliebten Vögele erzeugte, daß er auf ihre durch ein
wenig Talg „treife" gemachte. Hand anspielte.

Wer aber noch außer in der Liebe in der deutschen Literatur
bewandert genug ist, um zu wissen, daß der selige Kotzebue ein
ganz verzweifeltes Phantasie=Gedicht geschrieben, das unter dem
Namen „Kotzebue's Verzweiflung" in den zwanziger Jahren
sprüchwörtlich war, der wird unsern Helden noch besser verstehen, wenn wir hinzufügen, daß sich gerade dieses verzweifelte

Gedicht in damaliger Zeit auf einem nicht mehr zu ergründenden Wege bis in die Kreise aller jüdischen jungen Menschen verirrt hatte, und daß die sehr zerlesene Papierrolle, welche der Kosminer eben in der Hand hielt, eine Abschrift dieser großen „Verzweiflung" in jüdisch-deutschen Lettern war, die der Arme unzählige Male durchgelesen, so oft ihm der Gedanke nahe kam, daß Vögele am Ende gar nichts davon wisse, wie sehr er sie liebe.

Der arme Kosminer fühlte in der That, daß seine Verzweiflung so unendlich sei, wie die Kotzebue's, und eine größere Verzweiflung konnte es wohl auch nicht in der Welt geben. —

Auf das Gemüth des gefühlvollen, aber doch besonnenern Zempelburger machte dieser Ausbruch einer verzweifelnden Liebe einen tiefen Eindruck. Denn der Zempelburger war ebenfalls noch nicht in der Liebe zu Golde so weit gekommen, ihr sein ganzes Herz auszuschütten, und obwohl er in der deutschen Literatur durch günstigere Umstände bis in Schiller's „Kabale und Liebe" hineingerathen und dies das kleine Buch war, welches er — Gott verzeihe ihm — eben bei dem offnen Talmud-Folianten gelesen, so war er doch gleich vielen seiner Zeitgenossen fest überzeugt, daß im Punkte der verzweifelten Poesie Kotzebue die höchste Stufe der Vollendung erreicht habe; und daß somit der Zustand seines Freundes ein höchst bemitleidenswerther sein müsse.

Eine kleine Weile verging, bevor er einen Trostgrund ausfindig machen konnte. Sie hatte den Vortheil, daß die Leidenschaft des Kosminer inzwischen den Gipfelpunkt überschritt und ihn empfänglicher für die sanfte Zurede seines Freundes machte.

„Kosminer," sagte dieser, „sei ruhig. Ja, geh Du lieber jetzt weg. Golde wird bald kommen, und wenn ich mit ihr allein bin, kann ich mit ihr reden. Ich will ihr dann sagen, was Du hast Vögelchen sagen wollen, und die gute Golde hat ihre Schwester so lieb, daß sie es ihr gewiß wieder erzählen wird. — Geh," setzte er nach einer Pause hinzu, „sei nicht so verzweifelt. Ein Jüd darf gar nicht so verzweifeln, wie der Goi. ¹)"

Der arme verliebte Koßminer mochte das Richtige dieses Vorwurfs ebenso fühlen, wie er mit Dank den Liebesdienst empfand, den ihm der Freund zu erweisen trachtete. Er steckte daher, nachdem er sich aufgerichtet und noch einen Blick auf die wunderreiche Mikwe geworfen, Kotzebue's Verzweiflung mit etwas weniger bewegtem Gemüthe in die Tasche, drückte dem Freunde die dargereichte Hand mit einer Innigkeit, als ob es die geliebte Hand wäre, welche das Beßhamidrasch lichtig macht, und entfernte sich aus den geweihten Räumen, die heute etwas seltsame Scenen in sich fassen sollten.

Der getreue Zempelburger hatte kaum wieder seinen Folianten vorgenommen, der ihm als Schutzmauer für seinen verbotenen Genuß von Kabale und Liebe dienen sollte, als drüben die Thür des Wunderhauses sich wieder öffnete, und — o Seligkeit! — die kleinere, aber schönere Golde daraus hervor trat. Auch sie hatte ein Päckchen Talglichter in der Hand. Auch sie knüpfte sich das Tüchel, welches ihren vollen Busen verhüllte, in frommer Andacht über den Kopf, dessen schwarze Haare die natürlichsten Locken in der Welt bildeten. Auch sie kam leicht herüber geschritten, und eher noch als der gute Zempelburger es vermuthete, stand sie im Beßhamidrasch und reichte ihm die Lichter hin.

Die Leidenschaft des Zempelburgers war nicht so überstürzend; aber als er der guten Golde in das blühende Antlitz sah, vergaß auch er das Wort, mit dem er sie hatte anreden wollen. Golde's Augen leuchteten, ihr Herz wogte: aber auch ihr Mund war stumm. So kam es denn, daß sich Beide im vollen Bewußtsein ihrer Liebe eine Weile schweigend gegenüber

---

¹) Nicht=Israelit.

ſtanden und nur die Blicke ſprechen ließen, die freilich in tauſend
Fällen dieſer Art beredt genug ſind.

Eben wollte der Zempelburger ſeine Anrede mit den
Worten: „Liebſte Golde" beginnen, als wiederum durch dieſelbe
Scheibe die Stimme Leeſer Schlapp's wie ein Donnerſchlag
über ſie hereinfuhr.

„Soll ſich Gott erbarmen," rief er. „Heißt eine Welt!
Fünfzehn Bachurim hält die K'hilla aus und man hört keinen
Geſang vom Lernen, und kuckt man ſich im Beshamidraſch
um, ſind ſo viel Mädchen darinnen wie Bachurim!"

Die arme Golde ſtand bei dieſen Worten wie verſteinert;
erſt nach einer Weile konnte ſie ſich ſo weit faſſen, daß ſie zur
Thür hinausſchlüpfte. Aber draußen ſtand noch immer Leeſer
Schlapp und ſchimpfte auf die Bachurim und die heutige Welt.
Wie die Arme die Thür der Mikwe wieder erreichte, wußte ſie
ſelber nicht recht. — Drinnen aber ballte der Zempelburger die
Fauſt und rief eingedenk der Verzweiflung ſeines Leidensgenoſſen
aus: „Unſere Weiſen haben Recht: „„Verurtheile Deinen
Nächſten nicht, als bis Du in ſeiner Lage biſt."" Gott be-
wahre und beſchütze mich! ich möchte auch verzweifeln wie
Kotzebue."

————

Wir verlaſſen die Stätte ſo grauſiger Verzweiflung und
wollen uns in das Gebiet der wunderreichen Mikwe etwas
näher hineinwagen.

Der einzige Bewohner dieſes Wundergebäudes war der-
jenige Mann, der gegen eine geringe Pacht ſeit fünf Jahren
die Nutznießung der Mikwe hatte, die eigentlich das Eigenthum
der Gemeinde war. Er führte den Namen Reb Chaim
Mikweniker oder ſchlechtweg: der Mikweniker. Er war der
Vater der beiden genannten Mädchen, deren nähere Bekannt-
ſchaft wir noch machen werden, und die auch nach dem Stand

des Vaters benannt wurden. Golde Mikweniher und Vögele Mikweniher waren die gebräuchlichen Bezeichnungen, unter welchen diese Kinder, fast möchten wir sagen, berühmt waren.

Denn daß wir es nur gestehen: der Mikweniher war nicht etwa blos wegen seines Wohnsitzes und Gewerbes ausgezeichnet, sondern in seiner und in der Person seiner Kinder vereinigte sich eigentlich Alles, was zur historischen Berühmtheit des Städtchens gehört. Der Mikweniher war ein direkter Enkel des großen Maggib, seine seelige Frau war eine ebenso in gerader Linie abstammende Urenkelin des großen Chasan, deren wir Eingangs unserer Erzählung schon ruhmvoll gedachten. Ueber den Häuptern derbeiden Mädchen vereinigten sich demnach die Dioskuren, Kunst und Wissenschaft, als Stammväter, und ginge es in dieser Welt nach der Gerechtigkeit, so würde dieser Ruhm der K'hilla nicht in so trüben und engen Verhältnissen leben dürfen, als es zur Zeit geschah.

Reb Chaim war aber auch das Opfer einer grausamen politischen Maaßregel, und das muß ihm in unsern Augen eine besondere Glorie verleihen. Sein Unglück datirt aus den Zeiten der drückenden Verordnung, die der Staatsminister von Altenstein, ohne zu ahnen, welch ein Geschick er unserm Reb Chaim bereitete, über ihn verhängt hatte.

Ungefähr fünf Jahre vor dem Brande hieß Reb Chaim noch nicht der Mikweniher, sondern man nannte ihn nach dem großen Ahn: Reb Chaim des Maggibs, wie man sein Weib „Täubchen" mit dem Zusatz die „Chasentes" bezeichnete. Reb Chaim war der Lehrer der Gemeinde und lebte in Ehren und Würden, ohne jemals im Leben dem Staatsminister von Alten= stein irgend etwas Uebles zu wünschen. Da kam mit Einem= male das große Unheil in Gestalt einer Verordnung wie ein Donnerschlag von Berlin direkt nach F. — Der Minister von Altenstein ließ sich's nicht ausreden, er verlangte: Reb Chaim des Maggids soll ein Lehrer-Examen machen; wo nicht, so soll ihm seine Schule geschlossen werden.

Ein ganzes Jahr verging hierauf noch unsrem Reb Chaim in der festen Hoffnung, daß solch eine boshafte Verordnung, wenn es auch eine königliche Verordnung war, nimmermehr Bestand haben könne. Aber diese Hoffnung und noch viele andere waren trügerisch. Vergebens erwarb er sich die Protektion des Wachtmeisters, der Alles in allem war beim Bürgermeister. Der Wachtmeister war durchaus auf Seite Reb Chaims und erklärte oft genug bei einem Schnäpschen, daß er sehr gnädig annahm, seine eifrigste Gegnerschaft gegen den Minister von Altenstein. Es wird versichert, daß sich dieser edle Wachtmeister für die Sache Reb Chaims in die Länge und in die Breite legte vor den Bürgermeister; ja es ist eine in der ganzen K'hilla feststehende Thatsache, daß sich auch der Bürgermeister zu gleichem Zweck in die Länge und in die Breite legte vor den Landrath. Es wird sogar hinzugefügt, daß sich selbst der Landrath für die gerechte Sache Reb Chaims in die Länge und in die Breite gelegt vor die Regierung, ja die ganze Bromberger Regierung soll sich, der Sage nach, in die Länge und in die Breite gelegt haben vor das Ministerium. — Und doch! Altenstein blieb Altenstein und das Verhängniß blieb Verhängniß, und eines traurigen Tages wurde die Schule trotz der offenbarsten Empörung der ganzen K'hilla geschlossen.

Reb Chaim that da zum ersten Male seinen Mund auf zu einer Schmähung seines größten Feindes. „Er ist — sagte er mit Anspielung auf dessen Namen — er ist ein Stein des Anstoßes für die alte Jüdischkeit."

Das Opfer der schweren Verordnung war sehr übel daran und Täubchen, der zarte Sproß aus dem Hause des großen Chasans, überlebte den Schmerz nicht lange. Sie starb in noch jugendlichem Alter und hinterließ ihn und die beiden

Töchter der Vorsorge Gottes, auf die sie ihn noch in der letzten Stunde ihres frommen Daseins verwies.

„Chaim", — das waren ihre letzten Worte: „gedenk an Dein Weib! Dir wird noch beistehen das Verdienst der Vor= väter, Du wirst noch beglückt werden durch diese Kinder!"

Und in der That, gerade nach dem großen Brande nahm es den Anschein, als sollte sich die Prophezeiung der Sterben= den schnell verwirklichen. Von der ältesten Tochter Golde, damals zehn Jahre alt, sagte die ganze Welt in F., daß sie die Anmuth und die schöne Stimme von dem Aeltervater, dem Chasan, geerbt; Vögele, damals acht Jahre alt, sang auch recht lieblich und secundirte der ältesten Schwester, die alle heiligen Synagogen = Gesänge mit meisterhafter Virtuosität ausführte, wie der schönste Fistelsinger der Synagoge; der vornehmliche Werth Vögele's aber bestand in ihrem hellen Verstand, ihrer muntern Laune, ihrer Lernbegierde und ihrem Talent der Rede, das ihr den Ruf zuzog: sie sei der wahre Maggid.

„Wären es nur Jungens!" pflegte Reb Chaim im Stillen zu seufzen! Aber seine Freude hatte er doch daran, wenn Reb Noach Brall oder sonst ein reicher Mann aus der Gemeinde die Kinder holen ließ, um sie aus dem Machsor[1]) vorbeten zu lassen; denn ihr Virtuosenthum wurde ihnen gut belohnt. Sie brachten oft Geldstücke heim, die die Familie vor Noth schützten.

Besonders wohlthätig erwies sich ihnen Täubchen, Reb Noach Brall's Weib. Diese Namensschwester der verstorbenen Mutter der Kinder hegte eine große Zärtlichkeit für die Waisen. Die schöne kinderlose Frau war die Gutmüthigkeit selber und ihr, der reichen Frau, verdankte zumeist die unglückliche Nachkommen= schaft aller Größe der Vorväter, das Stückchen traurige Existenz.

Der große Brand schien nun gar eine glückliche Epoche in

---

[1]) Festgebetbuch.

dieser Familie herbeizuführen. Die Obdachlosigkeit der ganzen Gemeinde erregte die Theilnahme aller nahen jüdischen Gemeinden der Gegend. Man nahm die „Abgebrannten" gerne bei sich auf und leistete ihnen mit wahrhaft jüdischem Herzen treue Liebesdienste. Auch Reb Chaim zog in der Gegend umher. Eine in hebräischen Versen abgefaßte Bescheinigung seiner edlen Abstammung, wie daß er abgebrannt sei, — worin beiläufig der ganze Brand des Städtchens mit allen möglichen und unmöglichen Schrecknissen höchst poetisch geschildert war, — verschaffte ihm Zuspruch in reichen Häusern; das Märtyrerthum, das der Minister Altenstein ihm bereitete, gewann ihm die Liebe aller Frommen, die diesen Minister mit seinen Erziehungs-Plänen für einen „Stein des Anstoßes" hielten. Der liebliche Gesang seiner Kinder entzückte in den K'hilla's die heitersten Abendgesellschaften und verschaffte ihm Einnahmen, zu welchen er sich bei seiner Schule nicht hatte erheben können.

In der That war es ein seltener Genuß, die kleine runde Golde aus dem Machsor singen und die schlanke Vögele ihr „zuhalten" zu hören. Wenn Golde mit der innigsten Schwärmerei die runden Händchen an die vollen Backen wie der beste Chasan drückte und elegische Gebetstücke mit voller Stimme absang, oder wenn die muntere Vögele eine lustige Synagogen-Melodie abfistelte, war es ein Ergötzen für Alt und Jung, und es regnete Kupfer- und Silberstücke als Honorar, so daß Reb Chaim oft dachte: es sei doch zum Guten, daß die Mädchen keine Jungen sind.

Nur, wenn das lustige Vögele ihr besonderes Kunststück bewies und aus dem Zenno ureno[1]) oder dem Simchas Nefesch[1]) oder Tam wejoschor[1]) mit einer Virtuosität und einem Aus-

---

[1]) Moralisch-religiöse Werke in jüdisch-deutscher Sprache, besonders als Lektüre für Frauen berühmt.

druck Vorträge hielt, die alle Weiber zum Schluchzen und alle
Männer zur Verwunderung hinriß und die gemeinsame Kritik
sich darin vereinigte: „Ja, sie ist ein wahrer Maggid!" nur
dann erwachte der Ahnenstolz in Reb Chaim, und er sagte mit
gerührtem Schmerz: „Ich will mich nit versündigen gegen
Gott, aber mein Vögelchen hätte doch müssen ein Jung sein."
Volle fünf Jahre waren so nach dem Brande vergangen.
Reb Chaim hatte auf seinen Kunstreisen gute Zeiten und kam
nur zu den Sterbetagen seiner Eltern und seiner frommen
Frau nach F. heim. Da griff denn wiederum das Schicksal
etwas gewaltsam in sein Leben ein und machte dem öffentlichen
Virtuosenthum der Kinder mit einemmale ein Ende.

Dießmal hieß das Schicksal nicht Altenstein; es war der
neue Rabbiner in F., der nach dem Brande und dem Wiederaufbau des Städtchens daselbst aufgenommen ward.

Dieser, der fromme und bewährte Reb Jitzchak Reb Simcha's,
ließ Reb Chaim zu sich rufen und sagte ihm nach einem sehr
lehrreichen „Wörtchen" und einigen gut „geteutschten" Bibelversen, daß es keine Art und Weise sei, wenn seine Mädchen,
die jetzt bald heirathsfähig würden, so herumwandern durch
die Welt, um vor Ledigen und Verheiratheten zu singen. „Ihr
wißt", schloß er seine Ermahnung, „die Stimme eines Weibes
ist Verführung. Euere älteste Mad ist schon in Jahren, wo
sie nicht immer so mit dem Machsor umgehen darf; und Euere
zweite Mad, höre ich, will ein ganzer Gelehrter sein. Nun,
Reb Chaim, Ihr seid doch ein guter Jüd, vergeßt Ihr denn,
was unsere Weisen gesagt haben:

„Wer seiner Tochter Gelehrsamkeit beibringt,
lehrt sie Unzucht."

Reb Chaim war hierüber nicht minder bestürzt als über
Altenstein's merkwürdigen Eigensinn; allein darüber war er
keinen Augenblick zweifelhaft: der Rabbi war gerecht, wie Gott

gerecht ist. In Reb Chaims Seele waren schon dieselben
Zweifel aufgestiegen.

Noch vor Abend desselben Tages war der Entschluß Reb
Chaims bekannt, fortan nicht mehr die Gemeinde zu verlassen.
Dies steigerte die Theilnahme für ihn bei Jung und Alt.
Man lobte den Beschluß und noch mehr die Motive. Selbst
Leeser Schlapp, der nichts ungehöhnt lassen konnte, glaubte
dem armen Reb Chaim sein Mitleid ausdrücken zu müssen.
„Nu, Reb Chaim," sagte er, „mit Euerer Golde werdet Ihr
kein Gold mehr machen, und mit Euerer Vögele werdet ihr
nicht mehr ausfliegen. Ihr seid mir ein Jammer."

Mit schwerem Gemüth ging Reb Chaim heim. Die Gast=
freundlichkeit von Reb Noach Brall hatte den zweiten leer
stehenden Stock seines Hauses der Familie, die nur vorüber=
gehend nach F. zu kommen gedachte, eingeräumt.

Aber als der Vater hier den beiden Mädchen seinen Ent=
schluß bekannt machte, entstand eine lebhafte Scene. Mit der
frommen Golde, die in einem Alter von fünfzehn Jahren das
Gefühl für Schickliches und Unschickliches schon tief empfand,
ward er sehr bald fertig. Mit der dreizehnjährigen Vögele
gab es einen harten Strauß. Sie kämpfte wie ein wahrer
Maggid mit allen Mitteln der Dialektik und ihrer reichen
Gelehrsamkeit aus allen Werken der deutsch=jüdischen Literatur
gegen die Argumente des Rabbi und ließ in ihrer Rede Streif=
lichter des Geistes über den Beruf der Frauen hören, die einer
George Sand würdig waren. Sie sprach mit einer so glänzenden
Beredsamkeit, daß der Vater nicht nur verstummt vor Ver=
wunderung dastand, sondern sich in seinem Herzen sagte: man
müßte eigentlich einen Fasttag darüber ausrufen, daß kein
Mensch diese klugen Reden hört. Aber er irrte, der gute Reb
Chaim; Vögele's Rede hatte eine Zuhörerin, eine begeisterte
Zuhörerin.

Die reiche Täubchen Reb Noachs war aus gutmüthiger

2*

Theilnahme hinaufgestiegen in den selten besuchten zweiten
Stock ihres Hauses und hatte an der Thür den lebhaften Streit
belauscht. Man sagt, kinderlose Frauen hätten eine ganz besondere Vorliebe für Ideen, die an Emancipation des Weibes
streifen. Ob dies der Grund war, daß die gute Täubchen
ganz berauscht ward von Vögele's Argumenten, wissen wir
nicht; so viel aber steht fest, daß sie, als Vögele mit dem
vollsten Siegesbewußtsein ihre Rede endete, die Thür weit auf-
riß und das Kind mit einer Herzlichkeit in die Arme schloß,
daß allen mit einander die heißen Thränen in die Augen
traten.

„Komm her, Du Herz-Vögele," rief die begeisterte Täubchen,
„komm Du Weiber-Maggid! Gott, gelobt sei er, hat Dich gesegnet von Kopf bis Fuß. Du hast da geredt, daß Du könntest
im heiligen Lande predigen. Aber der Rabbi ist doch gerecht.
Du darfst nit mehr so in der Welt herumwandern. Du mußt
lernen ein Haus führen, Stricken, Nähen, Kochen und Backen,
damit Du einmal eine Hausfrau wirst, die Gnade findet in
den Augen Gottes und den Augen der Menschen. Darum
geb Dich zufrieden, und nun kommet Alle hinunter, wir wollen
mit meinem Reb Noach die Sachen weiter überlegen."

Es geschah also. Bis tief in die Nacht hinein hatte die
Berathung gewährt. Ihr Resultat war, daß Reb Chaim einen
neuen Lebensplan ergriff. — Seine und seiner Kinder öffentliche
Laufbahn war hiernach beendet; seine Wirksamkeit sollte sich
auf ein stilleres Gebiet zurückziehen, als sonst, wo er sich in
den höheren Kreisen der jüdischen Gesellschaft in Schubin,
Kosmin, Margonin, und vornehmlich im unvergeßlichen
Wronke und ähnlichen Mittelpunkten des K'hilla-Daseins bewegte. Er wurde auch in der That, durch den siegreichen
Einfluß des Reb Noach, der Mikwenitzer. Diesem Einfluß
verdankten die Mädchen auch die ausschließliche Berechtigung,

die Talglichter für das Beshamidrasch und die Schul zu
ziehen. Sie betrieben zugleich fleißig Handarbeiten nach der
Anleitung, die ihnen die fromme Täubchen gab, und
verdienten sich damit manchen Groschen, welcher der Familie
zu gute kam. Ihre Dienstleistungen in der Mikwe endlich
wurden ihnen gerne von allen vermögenden Frauen mit einem
Geschenk belohnt; denn die Anmuth dieser zwei Mädchen ward
einstimmig anerkannt, und hatte man auch fortan nicht Gelegenheit, öffentlich den Glanz des unsterblichen Chasan
in Golde und den Ruhm des unsterblichen Maggid in
Vögele zu bewundern, so konnte man doch ihr Herkommen nicht
ganz außer Acht lassen. Es stand vielmehr bei aller Welt fest,
daß die Mädchen nur so blühend und lieblich seien, weil ihnen
„das Verdienst der Vorältern" beistehe.

So waren denn wieder fünf Jahre bis zur Zeit, wo unsere
Geschichte spielt, vergangen. Wir wissen nun, daß der Besuch
der Mädchen im Beshamidrasch seinen guten Grund hatte, und
daß man diesen nur sehr entfernt die Schuld beimessen kann,
in unsern zwei Bachurim eine so grenzenlose, wahrhaft Kotze-
buesche Verzweiflung erzeugt zu haben.

Aber auch daran, daß die Lichter heute etwas später als
sonst fertig geworden, hatten sie nicht Schuld, sondern der Umstand, daß in der Mikwe heute ein Badegast oder richtiger eine
Badegästin um einige Tage früher angekündigt wurde, als es
nach Berechnung Reb Chaims zu vermuthen stand; und zwar
eine Badegästin, die der beste und der liebste Kunde in
diesem Hause war.

Daß Täubchen Reb Noach Bralls der beste Kunde der
Mikwe war, das war — wie Reb Chaim schon vor längrer

Zeit über den „Sch'loh hackobausch"[1] sinnend auf langem
Umwege herausgebracht — der Wille Gottes. „Denn, sagte
Reb Chaim, wenn es Gott der gepriesene beschlossen hätte, Reb
Noach Brall solle Kinder haben, so wäre sein frommes Weib
Täubchen einmal schwanger gewesen, einmal eine Wöchnerin
und einmal eine Säugende und dabei kann die Mikwe nicht
bestehen! Denn wo soll — fragte Reb Chaim in den dicken
Sch'loh hackobausch hinein — wo soll da die Pacht herkommen?" — Da aber der Sch'loh hackobausch diese Frage
ganz entschieden unbeantwortet ließ, so war es ausgemacht, daß
es Gottes Wille sei, daß die in einer sechszehnjährigen Ehe
noch immer kinderlose Täubchen Reb Noach Bralls allmonatlich
der beste Kunde in der Mikwe sein soll. — Ihre Besuche trugen
in der That zu der Pacht-Frage, die der Sch'loh hackobausch
nicht lösen konnte, volle zwölf harte Thaler im Jahre bei.
Und so viel brachten zehn andere mit Kindern gesegnete Frauen
nicht ein.

Daß sie aber der liebste Kunde war, das lag nicht un-
mittelbar an Gott, obwohl er — gelobt sei sein Name! —
daran gewiß seine Freude hatte, — sondern an der Herzlieb-
lichkeit Täubchens, die mit mütterlichem Stolz und rührender
Zärtlichkeit an den Mädchen in der Mikwe hing. Sie kam nie
ohne Liebkosung und ging nie fort ohne Geschenk für die
Mädchen; sie verweilte nie in dem Bereich dieses Hauses ohne
mit der frommen Golde gebetet, daß sie der gnädige Gott beglücken solle mit einem Kinde, und ohne mit Vögele über
Gottes Güte und Weisheit im Styl aller guten jüdisch-deutschen
Werke disputirt und das Herz erquickt zu haben. Vor Täubchen
Reb Noach Bralls sang auch Golde gern ihre schönsten Lieder,

---

[1] Ein ausführliches Werk über Ritus und Moral, wegen
seiner ascetischen, zum Theil kabbalistischen Richtung ehemals hoch-
geehrt und „heilig" genannt. —

gab Vögele am liebſten ihr köſtlichſtes „Wörtchen" zum Beſten; denn es war unendlich erquicklich für die Kinder der Armuth, mit ſolcher Liebe von der reichſten und ſchönſten Frau der Gemeinde behandelt zu werden.

Es fand in der That ein inniges Verhältniß zwiſchen dieſer Frau und den beiden Mädchen ſtatt. Die Kinderloſigkeit der Erſteren und die Mutterloſigkeit der Letzteren war wohl der Hauptgrund; die ungemeine Herzensgüte Aller aber das Siegel zu dieſem Bunde.

Die Vorbereitungen zum Empfang der lieben Badegäſtin waren alſo heute wirklich die Urſache, daß die Lichter für das Beshamidraſch nicht ſo ſchnell fertig wurden als ſonſt; indeſſen wollen wir es nur geſtehen, daß die Schalkhaftigkeit Vögele's in der Terminal-Ablieferung derſelben eine Rolle ſpielte. Nach Golde's Anſicht ſollte durchaus der Vater die fertigen Lichter mitnehmen, wenn er zum Abendgebet ginge; ſie hatte durch ihre Scheibchen oft hinüber geblickt in's Beshamidraſch und dort den Zempelburger und den Kosminer allein geſehen, und gerade deshalb ſchlugen ihr die Flammen der Liebe und der Verlegen= heit in's Geſicht, wenn ſie hinüber ſollte, wo ihr Herz ſich ganz im Stillen hinſehnte. — Vögele dagegen bewies ihr ſchalkhaft mit allen möglichen gelehrten Citaten, daß man den Vater nicht bemühen darf und daß ein fromm Kind ſich nicht zu ſchämen braucht, die Beshamidraſch=Lichter einem ſo feinen Bachur in die Hand zu geben, damit in der Nacht ſeine Augen ſollen lichtig werden in der Gelehrſamkeit.

„Wenn es eine fromme Handlung iſt," ſagte Golde ernſt, „warum ſoll ich Dich derſelben nicht würdigen?"

„Mich?" rief Vögele luſtig, und blickte hinüber, um ſich zu überzeugen, daß der Kosminer da war, — „mir brauchſt Du die Ehre nicht zuzuwenden! An meinen Lichten werde ich mir den Botenlohn ſchon ſelbſt verdienen!" und wirklich raffte ſie die Hälfte der eben fertig gewordenen und abgekühlten Lichter zusammen, um sie, wie wir wissen, hinüber zu tragen.

Als sie nach ihrer Rückkehr mit vollstem Ernste versicherte, auch Golde's Besuch mit den andern Lichtern angekündigt zu haben, als die schüchterne fromme Golde sich durch einen heimlichen Blick durch's Fenster von der Wahrheit überzeugte, daß der Zempelburger vor Ungeduld aufgesprungen und ihr das Herzpochen sagte, daß er sie nun bestimmt erwarten werde, da überwand sie alle Bedenklichkeit ihres Wesens und ging auch hinüber, obwohl sie wußte, daß der Kosminer das Beshamidrasch verlassen und sie demnach dem geliebten Zempelburger allein gegenüber stehen werde.

Wie übel es ihr erging, das wissen wir. Leeser Schlapp's rohe Stimme gellte ihr noch in den Ohren, als sie längst schon wieder daheim war. Ihr verletztes Herz machte sich in einem Strom von Thränen Luft und hatte sein jungfräuliches Erzittern und Erschüttern selbst in der Dämmerstunde noch nicht überwunden, als die geliebte Badegästin, Täubchen Reb Noach Bralls, sich einstellte.

Nach einigen herzlichen Liebkosungen, nachdem Vögele die Gardinen zugesteckt und Golde das Lämpchen angezündet hatte, saß Täubchen am Tisch zwischen den Kindern; in ihrer Rechten Golde's, in der Linken Vögele's Hand, und die schöne reiche fünfunddreißigjährige Frau ließ den vollen Schmerz ihres gepreßten Herzens über ihre Kinderlosigkeit, den sie daheim vor ihrem Reb Noach nie laut werden lassen konnte, in einem Strom von Thränen freien Lauf, der auch härtere Herzen zum tiefsten Mitgefühl hingerissen hätte.

Das große Frauen-Gebetbuch lag bereit auf dem Tisch; — denn welch frommes Ehren-Weib in Israel erfüllt heilige Gattin-Pflicht, ohne vorher vor Gott dem Allmächtigen ihr Herz auszuschütten? — Und Täubchen war ein frommes Weib, sie war auch wohl bewandert in den Gebeten; allein ihr thränen-

feuchtes Auge und das trübe Lämpchen, und Golde's liebe Art
Gebete vorzutragen, hatten es zur Sitte gemacht, daß Golde
aus dem Gebetbuch ihr laut vorlas und Vögele ihr beim Ent-
kleiden Dienste leistete. — Ebenso war es zur Regel geworden,
daß Golde's Hand sie dann ankleidete und schmückte, während
Vögeles munterer Geist einen Strom von heiterer Unterhaltung
zum Besten gab, um die Freude der erfüllten Pflicht zu erhöhen. Wenn die Augen Täubchens sich in frommen Wehmuths-
thränen badeten vor dem Bade, so schwammen sie nur um so
munterer nach demselben in lieblichen Trost- und Freudenthränen bei Vögele's „Wörtchen".

Bei solcher Gelegenheit hatte Vögele einmal zu Täubchen
gesagt:

„Herzliebe Madame Täubchen, Eure Augen hat die heilige
Schrift gesegnet. Es steht geschrieben[1]: „„Deine Augen sind
Täubchen, die sich baden in Milch,"" Eure Thränen sind
süß, wie die Milch von der Brust der Mutter. Wenn Gott
der Gelobte Euch begnadigen wird, werden die Thränen aufhören und die Milch wird fließen!"

„Vögele," jubelte Täubchen mit frischen Thränen in den
Augen: „Deine süßen Worte in Gott's Ohren! Du Herzkind!"

Das liebliche Vögele ließ sich in ihrer einmal begonnenen
Rede nicht stören, sondern fuhr fort:

„Und Eure Seele, herzliebe Madame Täubchen, hat der
Engel in zwei Wassern gebadet, ehe er sie auf diese Welt geschickt: in dem einen Wasser, das fließt, wenn man Leid sieht,
und in dem andern Wasser, das fließt, wenn man Freud'
sieht. Darum werden Euch die Augen naß bald von weinenden,
und bald von lachenden Thränen."

---

[1] Hohes Lied 5. 12.

„Und wenn Du redeſt, Vögele," unterbrach ſie Täubchen: „kommen beide Waſſer übereinander."

Aber Vögele fuhr fort: „Und weil Ihr geweint habt zu viel Thränen aus dem Bach der Leiden, werdet Ihr noch viel Thränen nachweinen aus dem Bach der Freuden!"

„Gott der Gnädige ſoll Euch ſegnen, Kinder!" hatte Madame Täubchen ausgerufen: „Ich thu ein Gelübde; wenn er mich begnadigt, ſoll Euer Herz mit erfreut werden!"

Dieſe Scene, die vor längerer Zeit in dieſem Zimmerchen, wo ſie heute ſaßen, ſtattfand, wird genügen, um das Ver- hältniß der reichen Frau zu den armen Mädchen deutlich zu machen.

Und auch heute prägte ſich das Verhältniß nur noch inniger aus.

Golde nahm das Buch und ſuchte das Gebet auf, welches die Weltgeſchichte von Anbeginn am richtigſten Ende anhebt, und rührend erzählt von den vier Pärchen Adam und Eva, Abraham und Sara, Iſaak und Rebekka, Jakob und Lea, die beiſammen liegen in der Doppelhöhle bei Hebron und von der Mutter Rahel, die allein liegt auf dem Weg, um zu hören jedes ſchwere Gemüth. — Die arme Golde! Sie dachte an ihre Mutter, die auch allein liegt und gewiß gehört hat, wie ſchwer ihr Gemüth iſt, ſeitdem Leeſer Schlapp ſie geſchmäht. Ihre Stimme und ihr Herz zitterte deshalb heute ganz beſonders unter der Wucht dieſer himmelſtürmenden Worte. Sie ſchluchzte vom „Herr der Welt" bis zum „Amen, Amen" ſo rührend, daß Täubchen noch mehr Thränen vergoß als ſonſt, und als Golde das Gebetbuch küßte und zuklappte, nahm Täubchen ſie an's Herz und ſagte zu ihr: „Golde leben, was iſt Dir denn Dein Gemüth ſo ſchwer heute? haſt Du was auf Deinem Herzen, ſo komm bald zu mir und ſchütte es aus!"

Golde ſchwieg; aber ihr Antlitz drückte genugſam aus,

daß auch sie noch sehr bewegt sei und rührte das Herz der
Madame Täubchen nur noch tiefer.

Unter solchen Umständen darf es nicht Wunder nehmen,
daß das Bad etwas angreifend auf die sehr weich gestimmte
Frau wirkte. Sie mußte beim Ankleiden lange Pausen machen,
um sich ein wenig zu erholen, und als die Mädchen sich mit
besorgten Gesichtern um sie bemühten, sagte sie wehmüthig:

„Liebe Kinder, was soll ich Euch sagen? Meine Hoffnung
habe ich auf Gott den gelobten gestellt, aber ich bin jetzund
mehr betrübt als sonst, denn der Kreisdoktor, mit dem ich
geredt habe, hat mir gesagt, daß mir „die Gemüthsbewegung“ sehr schädlich ist, und — mein Gemüth ist doch
einmal bewegt, ich kann's nicht ändern!“

Da Vögele hiebei die Bemerkung machte, daß die liebe
Beschützerin gegen alle bisherige Regel Neigung hatte, auch
nach dem Bade in Wehmuth zu versinken, nahm sie all ihre
Munterkeit zusammen und rief mit der heitersten Stimme, die
ihr so gut stand, aus:

„Herzige Madame Täubchen! Der Kreisdoktor hat das
gesagt! — Haben wir denn nicht einen Kreisdoktor im Himmel,
dessen Kreis geht über alle Welten und über alle Sterne und
hat der nicht angeschrieben: wirf auf Gott Deine Sorgen! —
Der Kreisdoktor? — Ist nicht der Priester Eli ein Kreisdoktor
gewesen für ganz Israel von Dan bis Berseba, warum hat er
nicht zu Hanna gesagt, die doch ihr schwer Gemüth gehabt hat:
Die Gemüthsbewegung ist Dir schädlich!. Und unsere Elter-
mutter Sara, wie sie hat gestanden hinter der Thür und gelacht bis in ihr Herz herein, hat sich auch Gemüthsbewegung
gemacht und hat doch geboren den lichtigen Sohn und hat gerufen seinen Namen Isaak, weil sie gesagt hat: Lachen hat
mich Gott der gelobte gemacht! Und ist das Lachen nicht
Gemüthsbewegung? — — Der Kreisdoktor,“ fuhr sie nach
einer kurzen Pause fort, „ist ein Goi und weiß von seinem

Gemüth nichts, geschweige von unserem Gemüth. Uns hat
Gott, gelobt sei er, ein ganz ander Gemüth gegeben wie dem
Goi. — Na! der Kreisdoktor! — Was soll aus uns Jüden=
weibern werden, wenn wir nicht einmal weinen aus Gemüths=
bewegung und einmal lachen aus Gemüthsbewegung!?" —

Die muntere Art, in welcher Vögele dieses ausrief, ver=
fehlte ihre Wirkung um so weniger, als in der That der
Grundzug von Täubchens Charakter der der gutmüthigsten
Heiterkeit war. Vögele wußte die glückliche Wendung zu be=
nutzen und das stille Stübchen war bald unter ihrem Geschwätz
eine Stätte fröhlichen Lachens, wie es kurz zuvor eine der
Wehmuth gewesen.

Täubchen stand endlich völlig angekleidet und Golde knüpfte
ihr eben die Kette hinten am Nacken zusammen; da sie nun
den Heimweg anzutreten gedachte, lüftete die gute Frau ein
wenig die Gardinen am Fenster und blickte in die mondhelle
Nacht hinaus. „Stehen da nicht ein paar Bachurim vor dem
Beshamidrasch?" fragte sie. — Golde warf über die Schulter
Täubchens den Blick hinaus und fuhr so sehr zusammen, daß
sie die Kette zur Erde fallen ließ.

Die gutmüthige Täubchen sah sie mit schalkhafter Laune
forschend an, und entdeckte eine Flammen=Röthe in dem lieben
Gesichte, die für Frauen=Augen gar zu verrätherisch ist.

„Golde leben," rief sie aus, und hob ihr am Kinn den
gesenkten Kopf in die Höhe. „Golde leben, was ist es denn
für ein Bachur, der Dich so erschreckt? Ist er es, der Dir
Dein Herz so schwer macht?" —

Golde's Augen senkten sich in einer Weise, die jede Be=
stätigung überflüssig machte.

„Gott, gerechter," rief Täubchen aus, „weißt Du, Golde,
der Bachur muß doch ein Herz von Marmelstein haben, wenn
er Dir so weh thun kann!"

Das war zu viel! Golde schlug die Augen so licht und

voll Liebe und Glückseligkeit auf, daß der eine Blick die schwerste Anklage von der Welt hätte vernichten müssen. „Und willst Du mir nicht sagen, wer es ist?" fragte Täubchen lächelnd.

Golde bewegte die Lippen, aber konnte das Wort nicht herausbringen. Vögele, die inzwischen die Kette aufgenommen hatte, überhob sie der Mühe, denn sie rief lachend: „Wer es ist? Nun, das Kosminerchen ist es nicht!"

„Du geschliffen Mäulchen!" lachte Täubchen auf, „hab ich Dich gefragt, wer's nicht ist!"

„Nun," lachte Vögele, „wenn es der Kosminer nicht ist, ist es erwiesen, daß es der andere, der Zempelburger sein muß!"

„Ah!" rief Täubchen aus. „Der Zempelburger! Ah! soll ich leben! Das ist ein feiner Bachur! Golde leben, da brauchst Du Dich nicht zu schämen! wahrhaftig nicht! Siehst Du," sagte sie zu ihr, die mit verschämter Schüchternheit vor ihr stand, „siehst Du: die Kette, die ich da in der Hand hab, häng ich Dir mit Gottes Hilfe um, wenn der Heilige, gelobt sei er, mir das Glück giebt, Dich unter Trau=Himmel zu führen!"

Golde preßte die Hände ihrer Wohlthäterin mit stummem Danke! aber Vögele blickte mit so leuchtenden Augen auf die= selbe, daß das ganze Gemüth Täubchens in die fröhlichste Be= wegung gerieth.

„Soll mir Gott alles Gute geben, Vögele, Du kuckst doch mit einem Paar lichtigen Augen in die Welt hinein, daß ich einen Schwur darauf thun möchte, Du hast mir auch etwas verschwiegen!"

„Ich?" rief Vögele unter leichtem Erröthen, indem sie sich in all ihrer Schalkhaftigkeit abwandte, — „ich verschweigen? — Golde kann nichts reden, und ich kann nichts verschweigen! — Ihr könnt mirs glauben: der Zempelburger ist es wahrhaftig nicht!"

Täubchen schlug die Hände in einander. „Was hör ich, Du Maggid? Das Kosminerchen, das Charifchen[1]) haft Du Dir ausgesucht? Kuck mich nur noch einmal an!" Nur einen Augenblick kostete es Vögele eine Ueberwindung, die Röthe ihres Gesichtes sehen zu lassen; auf eine zweite Bitte, sie anzukucken, wandte sie sich um und sagte mit einem heitern Ernst, der fast einen Anstrich von Wehmuth hatte: „Warum nicht? Charif und Maggid steht sich doch so gut an!"

In weniger als einer Viertelstunde hatte Täubchen Alles, was die Mädchen von ihrer Liebe wußten, herausgelockt. Viel war es nicht. Worte waren so gut wie noch gar nicht gewechselt; denn wie der Kosminer gegen Vögele, war Golde gegenüber dem Zempelburger so gut wie stumm. Aber Blicke hatten desto mehr gesprochen und vorerst war es genug.

Eine Weile stand Täubchen mit ernstem Gesicht zwischen den Mädchen, die sie an beiden Händen hielt, dann sagte sie: „Kinder! Gott der gelobte wird in Eurer Hilf sein. Das Verdienst der Vorfahren wird Euch beistehen, und Täubchen Reb Noach Bralls wird Euch nicht verlassen. — So wahr soll Gott mich begnadigen: mein Herz sagt mir, daß Euer Herz wird erfreut werden!"

Und wieder kamen die zwei Wasser übereinander! Die gemischten Wasser der Wehmuth und der Freude. Bei Täubchen rollten sie als Thränen an dem schönen Antlitz herab, bei Golde blieben sie schwer an der Wimper hängen; in Vögele's Auge waren sie nur wie ein holder Hauch zu sehen.

Nach einer Weile sah Täubchen wieder lachend ihrem Herz-Vögelchen in's Auge. „Warte, Du Schelmgesicht," sagte sie, „Dir werde ich das gut bezahlen." — Sie griff in ihre Tasche. Den einen harten Thaler, über den Reb Chaim in seiner Hinterkammer mit dem Sch'loh hackobausch schon den ganzen

---

[1]) Charif, ein scharfsinniger Talmudist.

Abend merkwürdige Unterhandlungen führte, den legte sie auf
das Gebetbuch; einen zweiten harten Thaler aber nahm sie in
die Hand und zwang ihn Golde auf, die sich weigerte, ihn an-
zunehmen. „Da," sagte sie, „da hast Du einen Thaler, da
machst Du morgen einen guten Sabbat, ich werd' dem Schulklopfer sagen, er soll dem Zempelburger ein Billet[1]) bei Dir
geben! Und Du Maggid," sagte sie zu Vögele, „Dein Charischen
werd' ich mir zu Sabbat nehmen; und da werd' ich sehen, ob
er bei mir nicht besser reden kann, als bei Dir!" —
     Die gutherzige Frau ging, und die beiden Schwestern
sanken sich in die Arme! auch Vögele weinte eine Minute
lang heftig, sogar heftiger als Golde. Als aber jetzt vom
Beshamidrasch herüber die Melodie des Talmud-Studiums im
vollsten Chorus einer Donnerstag-Nacht im Monat Elul erscholl, sprang Vögele mit ganzer Heiterkeit an's Fenster, und
da sie den Kosminer im vollsten Eifer mit Kopf und Leib und
Händen disputiren sah, rief sie aus: „Siehst Du, Golde, in
jedem Löckchen von meinem Kosminerchen steckt mehr Scharffinn
als in allen andern Bachurim mit dem Rabbi dazu!"
     Golde lächelte. Sie war selig! sah sie ja den Zempelburger
obenan sitzen neben dem Rabbi.

––––––––

     Welchem wissenschaftlichen Reisenden es in den Sinn
kommen sollte, einmal die K'hilla F. aufzusuchen, in der unsere
Geschichte spielt, dem wollen wir im Voraus einen Fingerzeig
geben, sich nicht von dem Zustand des Städtchens am Sonntag oder Montag oder Dienstag oder Mittwoch oder Donnerstag
zu einem Urtheil über dasselbe verleiten zu lassen. Wer nicht

––––––––

[1]) Billet, Anweisung als Tischgast zu den Sabbat-Mahl-
zeiten bei einem Gemeinde-Mitglied.

unsere gute K'hilla an einem Freitag oder Sabbat gesehen,
der lege die Hand auf den Mund und schweige.

Von welcher Seite man sich auch der K'hilla naht, —
man komme über die Weichsel im Süden oder über den Sandberg im Westen oder über den Begräbnißort im Norden oder
von zwischen den Scheunen her im Osten, — man wird an
jedem gewöhnlichen Wochentag meinen, ein Amazonenreich zu
betreten, das nur von Frauen regiert wird. Wäre Leeser
Schlapp nicht allenthalben auf der Straße zu sehen, oder doch
mindestens zu hören und ginge nicht dann und wann einmal
ein Bachur über die Gasse, könnte man auf die Vermuthung
kommen, daß das Geschlecht der Männer vertilgt sei von
der Erde.

Aber am Freitag löst sich das Räthsel. Die Männer sind
seit Sonntag hinaus auf's Land. Nicht etwa, um dem Ge-
wühle der Stadt zu entfliehen und der Ueppigkeit des Land-
lebens sich hinzugeben, sondern um draußen auf Dörfern,
Gütern oder Bauerngehöften ein bischen Tuch oder Kattun,
oder Stricknadeln oder Hosenträger oder rothe Bänder und
Schmucksachen, die den Hans in den Augen der Christel und
die Christel in den Augen des Hans wohlgefällig machen, zu
verkaufen, und dafür ein bischen Wolle, oder Felle, oder Leder,
oder Schweineborsten, oder Hörner, oder Wachs, oder Honig,
oder Talg, oder Federn, und was sonst Reb Noach Brall im
Großen und Ganzen verwerthen kann, einzukaufen. Die Stadt
bleibt die Woche über unter der Obhut der Weiber und der
Kinder sehr wohl aufgehoben. Die paar Männer, die nicht
auf das Land gehen, können durchaus nicht über ein allzuböses
Weiberregiment in den Tagen der Woche klagen. Aber am
Freitag, da zieht, ein Vorbild der Zeit des Messias, in der
die große Posaune wird gehört werden an allen vier Ecken der
Erde, die männliche Bevölkerung von über der Weichsel und
über den Sandberg, von hinter dem Begräbnißort und von

zwischen den Scheunen wieder heim, und es ist ein Gewimmel und ein Getümmel von allen Seiten her, daß, so weit man den Blick auch über den Horizont schweifen läßt, man nichts sieht als Himmel und „Jüden".

Auch einige Christen wohnten hin und wieder zerstreut unter ihnen; aber daß wir es nur zur Beschämung aller christlichen Germanen sagen, in unserm jüdisch-orientalischen Staat, oder richtiger Städtchen, hatten die paar Christen durchaus keine Ursache, über Glaubenshaß zu klagen. Sie waren vollständig emanzipirt, noch lange vorher emanzipirt, ehe die Nationen rings herum beglückt wurden durch die Grundrechte der Deutschen aus Frankfurt am Main.

Nur Ein Christ lebte unter seinen völlig gleichgestellten Brüdern, der die Quelle religiöser Zwietracht war. Sein Name war zwar Kerkow; aber der gute Wachtmeister versicherte bei jedem Schnäpschen, das er am Sabbat in Judenhäusern trank, daß er schon hinter die Geschichte kommen werde! Der Name müsse falsch sein, denn der Judenfeind müsse durchaus von Titus oder Haman oder Pharao abstammen und hintergehe demnach die Obrigkeit durch strafwürdige Täuschungen.

Was denn eigentlich Kerkow wollte, war schwer zu ermitteln. Die Emanzipation der Christen war so vollständig in F., daß sogar einmal zwei der Rathsmänner christlichen Bekenntnisses waren. Man behauptete zwar später, als bereits die große Schandthat Kerkows, von der wir sprechen wollen, geschehen war, er habe einmal geäußert, er werde sich für seinen Sonntag ebenso einen „Sonntag-Jüd" zum Einheizen, Wassertragen u. dgl., wie die Juden einen „Schabbes-Goi" halten; aber wir nehmen Anstand, ihm solche Pläne ohne sichere Beweise zuzumuthen, denn dieser Gedanke grenzt an Wahnwitz: welcher „Jüd" in F. würde sich dazu haben mißbrauchen lassen! — Thatsache aber ist es, daß Kerkow ursprünglich ein Grob-

ſchmibt war, bann plötzlich mit bem Anſpruch auftrat, als
Schloſſer zu gelten. In dieſem Punkte gab ihm die K'hilla —
wir wollen nicht ſagen: mit Recht — nach, unb ließ ſogar von
ihm das große Schloß an ber Synagoge einmal repariren.
Aber ſein Stolz kannte balb keine Grenzen: er wollte nun auch
ber Uhrmacher für bie K'hilla ſein. Unb hier griff er in bie
Religion ein!

Die Uhren, bie Kerkow reparirte, gingen untereinanber in
einem ſehr verſchiebenen Schritt; jeboch in ber Maſſe glich ſich's
aus. Was bie eine vorauf lief, blieb bie anbere nach. Er
hatte aber auch bie Frechheit, zu verlangen, baß ber Rabbi, Reb
Jizchak Reb Simcha's, ſeine Uhr bei ihm zur Reparatur geben
ſolle; bies jeboch war eben bie Uhr ber Religion; nach ihr
klopfte man in bie Schul', ſtanb man zu Frühgebeten auf,
begann gegen Abenb ben Sabbat unb Feſttag zu feiern, unb
genoß ben erſten Biſſen am Feſttage, wenn ber Himmel trübe
über F. hing unb kein Sternlicht zu ſehen war. Dieſe Uhr
konnte man ſeiner Hanb nicht anvertrauen, ohne bie Religion
zu gefährben, unb barum faßte bie ſchwarze Seele Kerkow's
einen Plan ber Rache, würbig ſeines Ahnherrn Haman, benn
es war ihm nicht genug, wenn er ſich an bem Rabbi hätte
rächen können; es ſollte bie ganze Gemeinbe ſeine Bosheit
fühlen.

Um bie Ruchloſigkeit in ihrer ganzen Fülle zu verſtehen,
müſſen wir eben bie ganze Gemeinbe ober richtiger bas Gebiet
berſelben, in's Auge faſſen, unb hierzu bietet uns nichts beſſere
Gelegenheit, als ber Eiruw.

Was ber Eiruw ſei, brauchen wir hoffentlich unſern
frommen Leſern nicht zu ſagen; ba aber gegenwärtig bie
elektriſchen Telegraphen-Leitungen, bieſe Stangen mit Drähten
verbunben, burch bas Lanb gehen unb ber Eiruw eigentlich
beren getreues Vorbilb iſt, ſo ſteht zu befürchten, baß wohl
mancher Unerfahrene einen Eiruw für eine telegraphiſche

Leitung, ober was noch übler wäre, eine Telegraphen=Leitung für einen Eiruw ansehen könnte; und zur Meidung solchen Irrthums mögen die guten Leser eine kleine abschweifende Erklärung nicht übel deuten.

Wir bedienen uns bei derselben nicht unserer eigenen Worte, sondern führen lieber eine historische Scene vor, wie einst ein frommer Rabbi in Frankfurt am Main dem gestrengen Herrn Senator Jenichen das Wesen des Eiruws deutlich machte.

Denn als in der frommen Gemeinde Frankfurt a. M. die Frage anstand, ob die hohe Obrigkeit, der gestrenge Senat, die jüdische Gemeinde zwingen solle, einen Eiruw einzurichten, erklärte der fromme Rabbi, der ganz entschieden dieser Ansicht huldigte, mit Hand und Mund in folgender sehr instruktiver Weise das Wesen des Eiruw.

Er streckte seine rechte Hand, und vornehmlich den Daumen, dem gestrengen Herrn Senator entgegen, beschrieb mit demselben erst einen kleinen Kreis in der Luft, der sich dann immer mehr erweiterte und eine Spirallinie wurde, und diese Spirallinie wurde immer größer und größer, und als sie ungefähr die Größe eines kleinen Luftballons erreicht hatte, war er auch mit der wörtlichen Erklärung des Eiruw fertig, die also lautete:

„Gestrenger Herr Senator: Es steht geschrieben, daß wir Jüden sollen den Sabbat heiligen, und sollen nicht Lasten tragen aus unsern Behausungen. Nun aber muß man doch einen Betmantel, ein Gebetbuch und auch ein Schnupftuch, eine Tabaksdose und dergleichen, oder gar ein Getränk oder eine Speise am Sabbat von einem Haus zum andern tragen. Da haben nun unsere Weisen, gesegneten Andenkens, gelehrt, daß, wenn mehrere Behausungen sich zu einem Gebiete vereinigen, so soll das ganze Gebiet so gut sein wie ein einzig Haus. — Wenn man nun eine Mauer herumzieht um die ganze Stadt, so werden alle vereinzelten Behausungen zu Einem Gebiet; denn die Mauer ist so gut wie Ein Haus. — Wenn

3*

nun aber keine Mauer ist um die Stadt, so macht man
an allen Eingängen einen Thorweg; denn ein Thorweg ist so
gut wie eine Mauer, und eine Mauer ist so gut wie Ein Haus.
Wenn man aber keinen Thorweg machen kann, so zieht man
einen Draht oder auch eine Schnur über alle Stellen, wo ein
Thorweg hätte sein sollen. Dann ist der Draht so gut, wie
ein Thorweg, und ein Thorweg ist so gut wie eine Mauer,
und eine Mauer ist so gut wie Ein Haus. Und darum macht
man einen Eiruw, d. h. eine Vereinigung aller Behausungen,
aus zwei Stangen, die man aufrichtet und die man miteinander durch einen Draht wie ein Thorweg verbindet!"

Wir müssen uns damit begnügen, diese historische Scene
zur Begründung unserer Ansicht vorzuführen, daß ein Eiruw
eigentlich mit den elektrischen Telegraphen-Leitungen nichts zu
thun hat, wohl aber dürfen wir es als erwiesen ansehen, daß
der Eiruw dessen Vorbild sei.

Betrachten wir nun den Eiruw, das Symbol der Gebiets-
einheit, in unserm frommen Städtchen F—, so schloß er dasselbe so gut wie ein Thorweg, der so gut ist wie eine Mauer,
die so gut wie ein Haus, von der Außenwelt ab. Er verband
in Gestalt eines Drahtes an zwei Stangen die gegenüberliegenden
Häuser an den Eingängen zur Stadt. Wo zwischen Zäunen
irgend eine Lücke als Durchweg in die Außenwelt diente, oder
mindestens dienen konnte, war vorsorglich der Eiruw angebracht.
Die Stadt war daher im vollsten Sinne des Wortes umschlossen,
und zu dieser Umschließung gehörte auch der Zaun von Kerkow's
Haus, ein Zaun, der mit seinen Latten, Leisten und drei morschen
Brettern nicht im Entferntesten verrieth, welch historische Bedeutung boshaften Angedenkens in ihm verborgen liege.

An demselben Freitag, an welchem wir in unserer Geschichte angelangt sind, hatte kein Mensch in dem stürmischen
Freitagsgewimmel des Städtchens eine Ahnung der Gewalt-
that, die in Kerkow's Busen reif geworden. Es lief Jung und

Alt in der regelmäßigsten Freitags-Anarchie durcheinander.
Die schönen Güter, Oeffentlichkeit und Mündlichkeit, die eigentlich niemals in F. fehlten, wurden heute im vollsten Maaße
der Harmlosigkeit genossen. Begrüßungen und Anfeindungen,
Liebe und Streit, häuslicher Friede und häuslicher Zwist, der
die Liebe erfrischt, Alles wurde auf offener Gasse begonnen und
abgesponnen. Alle Streitigkeiten der Frauen unter einander
vom Sonntag bis zum Freitag waren nur Generalproben für die
wirkliche Aufführung am heutigen Tage, wo auch die Männerrollen
besetzt werden konnten. Und schön war es zu sehen, wenn
unter dem schallenden Zuruf der Gattinnen ein Geist der
Ritterlichkeit die Heimgekehrten umkleidete, und sie oft mit
Hasenfellen gegen einander den Streit ausfochten, den jene angezündet.

Der liebe Freitag war auch der Markttag in F—. Wenn
in der Wüste vor alten Zeiten das Manna am Freitag in
doppelter Portion vom Himmel regnete, strömte es in F. am
Freitag siebenfach herab; denn es war der Tag, der eine ganze
Woche in sich barg. Was gebacken werden konnte, wurde heute
gebacken, was gebraten werden konnte, wurde heute gebraten,
was gesotten werden konnte, wurde heute gesotten, was gestritten werden konnte, wurde heute gestritten, was gesprochen
werden konnte, wurde heute gesprochen, was gerannt werden
konnte, wurde heute gerannt: Männer, Frauen, Jungen,
Mädchen, Bauern, Bäuerinnen, Juden und Gojim[1]), Alles
durcheinander und Alles in großer Eile, denn — es ist
Freitag.

Und von dem großen Zauber athemloser Freitags-Geschäftigkeit waren auch alle Personen erfaßt, die wir mit be-
sonderem Interesse bisher betrachtet haben. Reb Noach Brall
schwitzte in seinem Speicher, in welchen heute Alles einzog,

---

[1]) Nicht-Israeliten.

was von Wolle und Hanf, von Pelzwerk und Wachs, von
Schweineborsten und Honig aus dem Lande herankam. Der
gute Mann in den besten Jahren seufzte oft schwer, daß er
für die ganze Woche noch frisch genug sei; aber für den lieben
Freitag sei er schon zu alt.

Täubchen hat sich die Aermel aufgeschürzt und die Haubenbänder statt unter dem Kinn im Nacken zusammengebunden,
denn sie steht in der Küche und knetet und rollt und schneidet
Nudeln und flicht die Weizenbrode, und bereitet den Butter-
kuchen und den Baumölkuchen, und siedet den Fisch und
schneidet das Zugemüse und schaffet die Kugel, und reget die
Hände ohne Ende für den lieben heiligen Sabbat.

Die gute Golde eilt mit Hast über den Markt, um Ein-
käufe zu machen für den guten Sabbat und den guten Gast
und hält nicht einen rothen Heller von dem harten Thaler
zurück, den sie zu besagtem Zweck erhalten.

Vögele's Hände sind schon sehr zeitig so voll Lichter-
zieherei für die heilige liebe Synagoge, daß sie frühe noch im
Stande ist, sich den Talg abzuwaschen, und sich mit Messer-
Putzen zu beschäftigen für den lieben heiligen Sabbat. Ihr
munteres Mundwerk ist heute wortkarg, denn wer hat Zeit zu
reden oder gar zu hören am Freitag?

Selbst im Beshamidrasch herrscht das Freitagsgewühl der
Bachurim, die mit ihren Speisemarken herein- und heraus-
rennen und mit dem Schulklopfer zanken, der ihnen nicht Rede
stehen will.

„Ich sag' Euch," schreit der erzürnte Schulklopfer den
armen Rosminer an: „es ist kein Irrthum, ich irre mich nicht!
Täubchen Reb Noach Bralls hat mir ausdrücklich gesagt: Ihr,
Rosminer, sollt Euern Sabbat bei ihr haben, und der Zempelburger soll bei Reb Chaim Mikwenitzer essen!" Mit dem ent-
rüsteten Ausruf: „Wie heißt, ich werde mich irren!" stürzt
er davon.

Der Kosminer ist zwar sehr aufgeregt, daß es nicht umgekehrt ist und seine Hand fährt unwillkürlich nach der Tasche,
um Kotzebue's große Verzweiflung zu fassen; aber welcher Jüd
hat Zeit am Freitag zu verzweifeln?

Sogar Leeser Schlapp hat nicht Hände genug, um seinen
Pantoffel Allen an den Kopf zu werfen, die ihm heute in den Weg
rennen, und in dem Gesumme der großen Freitags-Geschäftigkeit geht auch sein Wort verloren, das die Woche über von
Eckstadt zu Eckstadt durch alle Eiruw's klingt.

Füße, Rockschöße, Aermel männlichen Geschlechts, Haubenbänder, Unterröcke, Brusttüchel weiblicher Wesen, jagen, flattern
und fliegen wirr durcheinander. Kinder werden umgerannt,
Katzen retiriren sich auf die Dächer, und selbst die Hähne
können ihr weises Kikriki nicht der Welt verkünden, wenn sie
nicht auf einem Zaune oder auf einer Eiruw-Stange eine
sichere Zuflucht gefunden. — Denn mit Einem Worte: es ist
Freitag!

Nur zwei Charaktere birgt die Stadt, an deren Ruhe die
Wellen des Freitagswirbels vergeblich anstürmen.

Zwei Charaktere, himmelweit von einander verschieden und
nur in dem Einen Punkte sich gleichend, daß der Freitag sie
nicht hinreißt.

Der eine, der Bösewicht Kerkow, — den wir nimmermehr
Uhrmacher Kerkow nennen werden — steht mit seinen schwarzen
Plänen an seinem schwarzen Zaun, der den Eiruw ergänzt.
Da wir seine ruchlose That noch zeitig genug sehen werden,
wollen wir nicht weiter in den Abgrund seiner Gedanken
niedertauchen.

Der andere, Reb Chaim Mikwenitzer oder wie er sich
lieber hört: „Reb Chaim des Maggids", sinnt gelassen in seiner
Hinterkammer über seinem dicken Folianten.

Die Wasser der Mikwe waren von gestern Abend her noch
warm genug; so daß das Institut seiner Sorgfalt nicht weiter

beburfte. Die Thür zur Mikwe stand offen und ein und aus zog Jeder männlichen Geschlechts, den sein Herz trieb, unterzutauchen und aufzutauchen in den Quellen absoluter Reinigungswasser. — Reb Chaim's Seele war trübe gestimmt und tauchte heute ganz besonders tief unter in dem Meere der Betrachtung des vor ihm liegenden dicken großen Folianten, in welchem umständlich und ausführlich beschrieben ist, was die ganze Welt erfüllt sammt den sichtbaren und unsichtbaren Geistern in den sieben Himmeln oben und den vier Elementen unten; und besonders Alles, was mit der Seele geschieht, vom Augenblick an, wo sie der Engel hervorführt von unter dem Ehren-Thron des Heiligen, bis er wieder anklopft an das Grab, um sie vor die Schranken der ewigen Gerichtsbarkeit zu rufen.

Als Golde ihm heute früh angekündigt, daß ein Bachur seinen Tisch zieren solle am kommenden Sabbat, hatte sich seiner Seele jene Betrübniß bemächtigt; denn wenn er dies auch für eine große Ehre ansah und dem Bachur mit vollstem Herzen Alles gönnte, was sein Tisch bot, war es doch gerade dieser Sabbat, an dem er nicht einen Menschen bei sich sehen mochte.

Wäre all seine Widerstandskraft nicht schon längst an dem hartherzigen Starrsinn des Staatsministers von Altenstein gebrochen, so hätte er Golde's Einladung nicht acceptirt. So aber ergab er sich seinem Schicksal, und suchte für seinen Gram im dicken Sch'loh hackodausch einen Trost; denn dieses gute Buch hatte für Reb Chaim einen noch weit höheren Werth, als für die ganze Welt; er las nicht nur Alles, was darin stand, heraus, sondern auch Alles, was nicht darin stand, hinein, wie z. B. die Barbarei Altenstein's, die Herrlichkeiten der guten frommen Stadt Wronke, und die zwei schwersten Pflichten des Mikwenitzers: die Pacht und die Straf-Vorlesung.

Was Altenstein anbelangt, so kennen wir bereits diesen trüben Flecken am Lebenshorizont Reb Chaim's. Was die Pacht der Mikwe betrifft, so wollen wir versichern, daß sie ge-

zahlt wurde, wenn nicht durch Reb Chaim's Einkommen, so
doch durch den Fleiß der Kinder. Bezüglich der guten frommen
Stadt im Großherzogthum Posen, Namens Wronke, so wollen
wir nur hier andeuten, daß dieses der Lichtpunkt in den Kunstreisen Reb Chaim's und seiner Kinder war; denn der Wronker
Vorsänger schwärmte damals ebenso für Golde wie die Wronker
Rabbinenfrau für Vögele, und Beide, der Vorsänger und die
Rabbinenfrau, entzündeten ganz Wronke in einen Wettkampf
des Enthusiasmus, der beispiellos war und beispiellos blieb
für ewige Zeiten. Die Erinnerung an Wronke hätte sicherlich
die Erinnerung an Altenstein völlig verlöscht, wenn nicht eben
das kam, was uns jetzt beschäftigen muß, nämlich die bereits
erwähnte Straf-Vorlesung.

Wer bewandert ist in der heiligen Schrift, der weiß es,
daß an zwei Stellen die schrecklichsten Strafandrohungen auf-
geführt sind, die Israel treffen werden für die Sünde der
Abtrünnigkeit. Wenn es nun beim Vorlesen der sonstigen
Wochenabschnitte in der Synagoge eine große Ehre ist, zur
Vorlesung aufgerufen zu werden, so giebt es doch an allen
Ecken und Enden der Welt keinen Menschen, der zu diesen
Strafandrohungen, die den Namen Taucheicho führen, aufgerufen sein mag. In allen Gemeinden Israels wird deshalb
ein gefühlloser, waghalsiger Mensch mit achtzehn Groschen be-
zahlt, um sich diesen Abschnitt vorlesen zu lassen.

Ein grausamer, himmelschreiender alter Gebrauch in F.
hatte diese Pflicht, sich die Straf-Androhungen vorlesen zu
lassen, dem Pächter der Mikwe aufgebürdet, und da ein alter
Gebrauch in Israel so gut wie geschriebenes Gesetz ist, das
Himmel und Erde nicht wegwischen können, so war das
Schicksal unabwendbar: Reb Chaim des Maggids mußte sich
in sein Schicksal fügen. Der arme Mann weinte dabei immer
bittere Thränen. Wie kam er, der Nachkomme eines so großen
Mannes, wie der Maggid gewesen, dazu, daß man ihm vorlas,

was nur den Bösesten der Bösewichte treffen konnte. Aber weil die Ursache all dieses Leids denn noch immer der Staats= minister von Altenstein und in der Vorstellung des Reb Chaim dieser der Inbegriff des Bösesten aller Bösewichter war, so blieb dem Armen nichts übrig als der Trost, daß all das Böse, das man ihm androhte, doch nur diesen Staatsminister treffen könne.

Es war ein Trost; aber — daß wir es nur sagen, — ein bitterer Trost für die gute Seele Reb Chaims, denn im Grunde seines Herzens hatte der Haß keinen Platz. Fast könnte man sagen, er hätte gern die ganze Welt geliebt, ja beinahe so wie das Ideal der Welt: Wronke.

Da eben zum morgenden Sabbat ihm diese Straf=Vorlesung aus dem Wochenabschnitte bevorstand, so wird man es be= greiflich finden, daß er nicht in der Stimmung war, einen Bachur bei sich zu sehen, und wird es verstehen, wenn wir sagen, daß er heute ganz besonders vertieft blieb in seinem dicken Folianten, der ein Heil war für Alles, was geschrieben steht, und — „was nicht geschrieben steht."

Wir haben die Wirbel des Freitagsstromes in F. kennen gelernt; wir müssen es nun hervorheben, daß sie, wie Alles, was einen Anfang hat, auch ein Ende hatten. Wenn die Sonne, ohne sich um Kerkow's Uhr zu kümmern, den Meridian von F. durchschnitt, und von ihrem Höhepunkt des Mittags nach den Sandbergen im Abend hinabzusteigen begann, da legten sich die Wirbelwellen. Das Rauschen und Wogen nahm seinen friedlichern Charakter an. Der Markt war zu Ende. Alle umgerannten Kinder standen wieder auf den Beinen, alles verscheuchte Geflügel sammelte sich an den Thüren wieder, um die wurmstichigen Erbsen und Bohnen aufzupicken, die man von den guten aussonderte, welche zum Scholent[1]) ge-

---

[1]) Warm gehaltene Speise für den Mittag des Sabbat.

braucht wurden. Die Bewegung hatte den aufregenden Charakter
der Oeffentlichkeit verloren und wallte sanfter im Innern der
Häuser weiter. Selbst der Rauch, der aufwirbelte aus den
Schornsteinen aller Häuser, in welchen gekocht, gebacken, gebraten
und gesotten wurde, stieg heute in geraden, lichten, frieblichen
Säulen zur Höhe, und die dicken Schlacken, die zuweilen
niedersanken, deuteten genugsam an, daß die Weisheit beim
Wiederaufbau des Städtchens nach dem Brande vorgewaltet
habe, in jedem Hause einen Scholent-Ofen einzurichten. In
diesem Punkt machte nur Ein Haus eine verwegene Ausnahme,
das zweistöckige Haus von Reb Noach Brall. Täubchen setzte
ihr Scholent-Essen zu morgen Mittags in den Ofen des
Mikwenitzers, aber als die „schwarze Sforo", die Magd
Täubchens, das Essen über die Straße dahintrug, mußte sie
wegen der Ausnahme des zweistöckigen Hauses die Schmähungen
von Leeser Schlapp hören. „Die heutige Welt!" schrie er,
„das Haus baut man bis in den Himmel hinein und zu
einem kleinen Scholentöfenchen für die zwei einzelne Leut' hat
man kein Platz!"

Wir führen diese Rede nur an, um auf die Folgen dieses
Mangels, die wir bald kennen lernen werden, vorzubereiten,
und um anzudeuten, daß die Ruhe der Straße wiedergekehrt
und Leeser Schlapp wieder Herr des Schauplatzes seiner
Wirksamkeit war.

Die schwarze Sforo fand Golde mit dem glühenden
Antlitz vor dem Scholentofen, im Begriff ihr Scholent zu ver-
sorgen; Vögele, die eben recht dick den Sand über den Flur
hin streute, sprang ihr entgegen; es plagte sie die Neugierde,
Reb Noach Bralls Scholent mit dem ihrigen heute zu vergleichen. Sie untersuchte die Töpfe mit Kennermiene und
schrie lustig auf, als sie die Kugel[1]) sah.

---

[1]) Kugel: eine Hauptspeise im sabbatlichen Scholent.

„Golde leben! Mein Koßminerchen's Kugel ist so rund und so voll wie sein Antlitz." Die glückselige Golde lächelte still in sich hinein. Sie hatte ihrem Zempelburger eine Kugel zurecht gemacht, die auch nicht ein Aepfelchen und nicht eine Rosine weniger haben konnte, als die Kugel des reichen Reb Noach Brall.

Mit der sinkenden Sonne senkten sich nun die Engel-schaaren des Friedens herab auf die gute K'hilla, welche bereit waren, jeden Frommen zu begleiten von der lieben heiligen Schul' bis in die lichtige Sabbat-Stube.

Alle Tische waren gedeckt, alle Lichter aufgestellt, alle Weihe-Becher hervorgeholt, alle Kinder gewaschen, alle Weiber geputzt, alle Männer gezwickt, alle Baumöl-Kuchen aufgelegt, alle Fische gesotten und alle Feuer ausgelöscht. Selbst Reb Chaim in seinem Hinterkämmerchen tauchte empor aus den Tiefen des dicken Folianten, in welchem das Grauen vor der Straf-Vorlesung, der Zorn über Altenstein und die Seligkeit über Wronke in einem dunklen Gemisch sich harmonisch ver-wickelten. Die ganze Gemeinde erwartete den Sabat, daß er komme und die Menschheit zwiefach beseelige. Alle Ohren horchten auf, um den Schulklopfer zu vernehmen, dessen drei Schläge an jede Thür ankündigte den lieben Gast, den heiligen Tag, an dem Gott geruht und sich gefreut hat über alle seine Werke.

Da, mitten in der Andachtsstille der untergehenden Sonne und des emporsteigenden Sabbat erdröhnte ein Schall durch die Stadt, der alle Herzen erzittern machte. Es folgte ein zweiter, und eine Ahnung der eben in Ausführung begriffenen Schandthat durchdonnerte die Geister. Ein dritter: er war ein Signal zu einem gemeinsamen Schrei des Entsetzens. Ein vierter, ein fünfter, und Alles, was Beine unter seinem Leibe hatte, stürzte an die Stätte des Verbrechens hin. Ein sechster

und ein siebenter, — und es war geschehen: der Eiruw war
poßul.[1])

Der Bösewicht Kerkow — denn von ihm ward die Schand=
that vollführt, und nach dessen Haus stürzte die Fluthwelle der
Menschheit — der Bösewicht Kerkow stand da frech wie ein
Mörder mit aufgeschürzten Hembsärmeln, mit einem Antlitz
weiß vor Wuth und schwarz vor Ruß, und in seiner Hand
schwang er eine ungeheuer große Kneifzange, wie sie nur ein
Grobschmied hat und haben kann. Mit dieser hatte er das
Werk der Vernichtung unbemerkt in stiller Boshaftigkeit vor=
bereitet, die Latten und Stakete seines Zaunes gelockert und
gelöst, mit dieser großen Grobschmied-Zange schlug er mit
sieben gewaltigen Schlägen — ihre Zahl stand fest und war
ein Hohn auf das Werk der sieben Tage — die morschen
Bretter nieder, den Eiruw vernichtend. Mit dieser Zange hieb
er jetzt noch um sich, als wollte er die Welt zerschmettern, in
derselben Minute, wo „vollendet wurde Himmel und Erde und
alle ihre Heerschaaren!"

Wenn wir sagen: alle Kinder waren wieder umgerannt,
alles, was Flügel hatte, stürmte wieder auf die Dächer, alles,
was Hände hatte, griff nach Waffen um sich, alles, was Odem
hatte, schrie nach dem Wachtmeister und dem Rabbi, — so
sollen unsere schwachen Worte nur andeuten, was unsere schwache
Feder doch nicht schildern kann. Scenen solcher Aufregung
wollen erlebt, können überlebt, aber nimmermehr geschildert
werden.

Der Wachtmeister kam. Der gute Mann war selber her=
beigestürzt. Zwar ohne seinen Säbel, — denn auch er, ob=
wohl christliche Obrigkeit, hielt den Sabbat, ja er begann sogar
mit seinen Sabbat-Schnäpschen in Judenhäusern schon am
Freitag Mittag; — aber umgürtet mit Entrüstung gegen den

---

[1]) Ungültig; vernichtet.

Haman, der sich Kerkow nannte. Doch, der gute Wachtmeister, auf solche Schandthat war er nicht gefaßt; nach den vielen Schnäpschen hatte der Schreck ihn so benommen, daß er taumelte; und hätte nicht der lange Simson ihn gehalten, er wäre zu Boden gestürzt.

Aber auch der Rabbi, Reb Jitzchak Reb Simche's, kam! — Und hier sah man, daß in gewaltigen Erschütterungen der Zustände wohl die weltliche Macht erschlafft niedersinkt, die geistliche Macht jedoch ordnet das Gefüge der zerrütteten Welt mit Einem Worte wieder.

Der Rabbi stand da — ein kleines Männchen im langen schwarzseidenen Kaftan. — Er erhob die Hand und rief: „Schahh!" Stille gebietend. Und es ward still; selbst die wildesten Hähne auf den Dächern wagten keinen Laut. Und in dieser Stille sprach der Rabbi folgende Sätze aus, deren Unumstößlichkeit sich erst im weitern Verlauf unserer Geschichte bestätigen wird.

„Der Eiruw ist poßul! — Was der Judenfeind hat gemacht mit seiner Zang, das ist vom Himmel so verhängt. Ihr sollt nicht vergessen, daß wir sind in der Verbannung! — — — Die Weiber sollen anzünden die Lichter! — — — Die Männer sollen kommen in Schul herein! — — Schahh!! Es ist Sabbat über die Welt" — —

So sprach er. — Und es geschah, wie der Rabbi gesprochen hatte. Es sonderten sich die Weiber und die Männer, jene um anzuzünden die Lichter, diese, in ihrer Mitte sogar der gute Wachtmeister, um zu gehen in die Synagoge. Kerkow, der Bösewicht, blieb allein bei den Zeugnissen seiner verruchten That. Mit seinem Zaun hatte er eine große Idee zertrümmert, eine Einheit zerstückelt, ein Gebiet der Ganzheit zerbröckelt in einhundert siebenzehn Separat-Territorien vereinzelter Häuser der Stadt F . . .

In der wunderreichen Mikwe wirkte das große Ereigniß

des Tages für den Augenblick sehr verschiedenartig auf die Personen.

Reb Chaim, als er hörte, was geschehen, schlug noch einmal den Sch'loh hackodausch auf, legte die Hand auf ein Blatt und sprach gelassen und feierlich, wie Jemand, der die Schatten der kommenden Dinge lange vorher gesehen: „Hier steht es geschrieben! Das ist Alles das Werk Altensteins!"

Die gute Golde war vom allgemeinen Schreck so eingenommen, daß sie das beste Stück Fische, welches sie eben für den Zempelburger zurechtlegte, zur Erde fallen und ein Raub der Katze werden ließ, die sich dies Ereigniß zu Nutze machte.

Mit Vögele aber war es ganz sonderbar. Sie hatte kaum vernommen, was geschehen, und sie sprang lachend auf, griff nach einem frischen Paar Gabel und Messer und putzte dies mit einer Hast und Gelenkigkeit, daß es nur so blitzte, noch ehe der Sabbat über die Welt kam.

„Vögele leben," fragte Golde ganz erschrocken, „was machst Du denn, Du hast doch schon vier Paar geputzt?"

„Kuck!" rief Vögele statt einer Antwort und spiegelte ihr schalkhaftes Gesicht im blanken Messer, „kuck, so glitzern die Augen von mein Kosminer Charischen!"

———

Und der Sabbat war über die Welt gekommen; nicht ein Freund der Reichen allein, sondern ein Freund auch des Aermsten der Armen. Die Hand des Friedensengels fuhr über das sorgenvolle Antlitz der Männer, sie verschönend, über das früh alternde Antlitz der Weiber, sie verjüngend. Mit reichem Segen beladen gingen die Heerschaaren des Allmächtigen, trotz des zerstörten Eiruw, von Haus zu Haus, von Stübchen zu Stübchen, von Kämmerchen zu Kämmerchen, wo auch nur zwei arme Sabbatlämpchen, zwei Lichtstümpchen, brannten. Wo mehr der Flämmchen den engen Raum erleuchteten, da glänzten zumeist auch mehr der Kinder Köpfe; und auf dem Haupte jedes Kindes sahen die Engel des Sabbats die Hand des Vaters und die Hand der Mutter eine kleine Weile ruhen, und legten zu deren Segensspruch auch den ihrigen darauf nieder.

Aber alle Engel, die herumschweiften durch das ganze Städtchen, sie fanden keinen lichteren Raum mit lichteren Seelen, als die in dem engen ärmlichen Stübchen der Mikwe. Auf Golde's Antlitz lagerten sie in rosigen Schaaren und Vögele's Wesen umschwebten sie von allen Seiten, als wüßten sie gar nicht, wo an ihr das liebste Plätzchen zu finden.

So gedrängt voll war das kleine Stübchen von ihnen, daß der gute Reb Chaim glaubte in Wronke zu sein, und der Zempelburger — denn er saß am Tisch, Golden gegenüber — sich fühlbar von ihnen angehaucht empfand. Sein sonst bleiches Angesicht röthete sich; sein sanfter Blick strahlte lebhafter und sein Herz bewegte sich in Rhythmen, die zwischen Wehmuth und Jubel mitten inne schwebten.

Wie sich's gebührt, hatte man singend die Engel mit dem Liede „Friede sei Euch" begrüßt, den Segen über den Becher gesprochen, für die Sabbatheiligung gedankt, die Hände gewaschen, das Sabbat-Brod aufgeschnitten, die Speisen herumgetheilt und auch schon davon genossen; aber Alles in tief stiller Weise. Wären nicht Vögele's Augen zuweilen gar so lebhaft, man hätte glauben mögen, einen schönen Traum zu sehen.

Nur über Reb Chaims Antlitz lagerte noch der stille Gram der „Straf-Androhungen".

Er warf einen Blick auf seinen Gast und sah dessen Auge am Angesicht Golde's hangen, die still vor sich hinsann. In der guten Seele des Reb Chaim dämmerte die Hoffnung auf, daß wohl der Zempelburger auch an die Triumphe seiner lieben Kinder in Wronke denken möge, er richtete deshalb an ihn die leise Frage: „Bachur, seid Ihr schon einmal in Wronke gewesen?" Als jedoch der Zempelburger diese Frage verneinte, wendete sich Reb Chaim, wie Jemand, der aus einer bittern Gegenwart sich gewaltsam flüchten möchte, an seine älteste Tochter, die bei dem Namen dieser idealen Stadt mit einem ängstlichen Blick zu ihm aufschauete.

„Golde, mein Kind," sagte er bittend, „willst Du heut nicht einmal das Lied singen, das der Wronker Vorsänger von Dir gelernt hat?" —

In einer Seelenpein, für die sie kein Wort finden konnte, wendete sie ihr Gesicht um Schonung bittend dem Vater zu; dieser aber fühlte sich hierbei schmerzlich zurückgewiesen, und von dem eigenen Kinde zurückgewiesen. Mit der Hand durch die Luft fahrend, als ob er Altenstein und die Strafandrohungen von sich abwenden möchte, ließ er den Kopf sehr betrübt und sehr resignirt sinken. — Vögele sah dies Alles und sann nur ein Weilchen darüber nach und sofort flammte die Munterkeit blitzartig in dem Kinde auf und entzündete in ihr mit einem Male einen vollen Schlacht-Plan der siegreichsten Taktik.

„Bachur!" rief sie aus, so hell und frisch und munter, daß Alle wie aus einem Traume aufwachten: „Bachur, wollt Ihr mir nicht eine Weiber-Frage beantworten?"

„Warum nicht?" sagte der Zempelburger mit Lächeln, „wenn Euch nur eine Männer-Antwort genügen kann."

„Nun sagt mir," rief Vögele: „Warum singt man in der heiligen lieben Schul' gar nicht beim Herausheben der Thora und warum singt man so viel vor dem Hineinheben derselben?"

Der Zempelburger wußte nicht, wo das hinaus sollte und sagte mit unsicherer Stimme: „Das ist ein alter Brauch, der" —

„Geht doch," rief Vögele, ihn unterbrechend, „Ihr wollt mir nur mit einer gelehrten Männer-Antwort kommen, daß wir Weiber sehen, wie wir Euch gar nicht begreifen. Ich will

Euch erst einmal die Weiber-Antwort sagen, die ich in meinem „Z'eno ureno" gelesen hab'!"

„Nun?" lächelte der Zempelburger.

„Ehe man Gottes Wort hat gehört," sagte sie, „ist die Seele still, und will nur aufhorchen und kann gar nicht singen. Hat sie aber Gottes Wort aus der heiligen lieben Thora vernommen, da wandelt sie Gesang an voll Erlösung und voll Segen! — Was haltet Ihr von dieser Antwort?"

„Sie ist so wahr und richtig wie Gottes Wort," sagte der Zempelburger; „man möcht' nach ihr gar einen Lobgesang anstimmen!"

„O nein," rief Vögele: „so leichten Kaufs kommt Ihr bei mir nicht fort! Nicht wahr, lieb Vater!"

Reb Chaim war wieder voller Bewunderung und bejahte lächelnd die Frage des Kindes. In seinem Herzen sagte er: „Die Wronker Rabbinerin hatte doch Recht! Golde ist gar nicht mit mein Vögele zu vergleichen. Sie hätte nur müssen ein Jung' sein!"

Vögele aber fuhr munter fort: „Wie soll wohl meine Golde ihr Lied singen, wenn Ihr, Bachur, uns noch gar kein gelehrtes Wörtchen gesagt habt aus der heiligen lieben Thora? Nicht wahr, Golde leben?"

Golde's Blick drückte der Schwester tausendfachen Dank aus, und schweifte über den Zempelburger hin, so rührend und bittend, daß dieser sich sofort rüstete, der Aufforderung gebührend Genüge zu leisten. Denn so ist es nach der Väter Ausspruch Sitte in allen guten Häusern, daß wo da essen auch nur zwei an einem Tisch, gehört werde ein Wort der Lehre; und zumal ein guter Gebrauch in jeder frommen Gemeinde, daß der Bachur als Sabbatgast ein Wörtchen sage aus dem Wochenabschnitt, welches das Herz des Gastgebers stärke und erfreue.

Und so begann der Zempelburger wirklich von dem Wochenabschnitt der Thora zu sprechen; aber der Abschnitt gerade dieser Woche, war er nicht das Schmerzlichste, das hier berührt werden konnte? Er blickte auf Reb Chaims Antlitz und sah es wieder trübe verschleiert; auf Golde, ihre Augen blickten schwermuthsvoll auf den alten Vater. Er fragte forschend in Vögele's Angesicht; ihre Augen sprachen, aber er verstand die Sprache nicht.

„Was will sie?" fragte er sich, während er zerstreut den ersten Vers des Wochenabschnittes als Text seines „Wörtchens" recitirte.

Aber Vögele ließ ihn gar nicht weiter sprechen.

„Guter Bachur," rief sie aus: „nun müßt Ihr mir noch eine Weiberfrage erlauben!"

„Die Ihr wieder besser beantwortet?" lächelte er.

„Das wollen wir einmal sehen!" rief sie aus.

Reb Chaims Augen waren wieder voll Bewunderung.

„Erklärt mir doch einmal," fragte Vögele mit vielem Nachdruck, „warum der Wochen-Abschnitt vom vorigen Sabbat mit einem Weibe beginnt und der Wochenabschnitt vom nächsten Sabbat wieder schon der Weiber im zweiten Vers gedenkt und weshalb gerade der heutige nicht?"

Der Zempelburger war wiederum verlegen, nicht um eine Antwort, sondern weil er nicht wußte, wo das hinaus soll. — „Lasset mich," sagte er deshalb, „erst Eure Weiber-Antwort hören und wenn sie falsch ist, sag' ich Euch die rechte!"

„Gut," sagte Vögele, „gut! Ihr sollt die Weiber-Antwort hören!"

Sie erhob sich vom Stuhl und sprach in einem Ton, dem man es anmerkte, wie viel ihr auf das, was sie beabsichtigt, ankomme. „Wir armen Weiber," sagte sie, „uns hat Gott, gelobt sei er, ein schwach Gemüth gegeben, darum hat er uns nicht hingestellt, um ein hart Wort an uns zu richten. Euch Männern aber hat er ein fest Gemüth gegeben, das sich nicht

4*

beugen soll bei Strafred, denn die Strafred von Gott sind wie Vaterred, die aufrichten sollen! Darum steht Ihr allein dabei! Wär' ich ein Mann," fuhr sie ohne Unterbrechung fort, „wär' ich ein Mann und ein solcher Gelehrter wie Ihr seid, ich träte hin und sagte: Was predigt Ihr Strafred' solch' einem greisen Haupte, dem sein Gemüth nicht mehr so fest ist? Mich ruft auf zur Thora, ich weiß, was da gesagt hat Salomo der König gesegneten Andenkens „„die Straf' von Gottes Mund ist Balsam für die Wund'!"" und morgen Nachts wollt' ich inmitten des Beshamidrasch vor allen Bachurim und allen Gelehrten beweisen, daß ich Recht gethan!"

Reb Chaim war einen Augenblick starr vor Staunen über die Weisheit seiner Tochter, dann richtete er sich hoch auf von seinem Stuhl und war nahe daran sich zu bücken vor ihr. Seine Hände und seine Stimme zitterten.

„Das ist der Maggid! der große Maggid, mein Aeltervater, Friede sei ihm. — — Vögelche, mein Kind! Hast Du das geredt oder hat ein Engel Dir Alles gesagt? — — Komm her," — er breitete die Arme aus, — „daß ich Dich noch einmal heut segne."

Vögele konnte nicht allein dem Aufruf folgen, denn Golde war aufgesprungen, hatte sich der Schwester an's Herz geworfen und sie mit ihren Armen umklammert. Der alte Vater mußte beide Kinder in seinen Armen aufnehmen. Von der unvermutheten Aufregung sehr angegriffen, sank er, mit dem rechten Arm Vögele, dem linken Golde umfassend, auf seinen Sitz zurück.

„Reb Chaim," begann jetzt der Zempelburger nach einer Pause, „ich glaube, ein Engel von Gott hätte nicht wahrer, nicht klarer sprechen können, als Euer Kind. Ich schäme mich, diese Wahrheit nicht längst gefunden zu haben, und bitte Euch, daß Ihr mich morgen an Eurer Statt zur Thora treten laßt."

Der Alte wiegte den Kopf hin und her, wie Jemand, der

vor Verwunderung keines Wortes mehr mächtig ist; dann blickte
er um sich, wie Jemand, der sich dessen versichern will, daß
Alles, was er sieht und hört, kein Traum sei, und endlich zog
er die Arme von den Kindern fort und bedeckte mit beiden
Händen sein Gesicht, wie Jemand, der sich scheut zu zeigen,
was die Augen nicht mehr bergen können. Nach einer Weile
erst, nachdem zwei große Thränen bis auf seinen grauen Bart
hernieder gerollt waren, streckte er die rechte Hand dem Zempel=
burger hin, in welche dieser einschlug.

„Bachur," sagte er mit sehr bewegter Stimme, „Gott, ge=
lobt sei er, rufe ich zum Zeugen an. Auf der Welt könntet
Ihr mir nichts mehr bieten, als Ihr gethan, und auf der
Welt kann ich armer Mann Euch nichts geben, was ich Euch
nicht sonst auch gern gegeben hätte. Aber auf jener Welt,
wenn mich Gott wird abgerufen haben und wenn ich werd ge=
reinigt sein durch Strafen von all meinen Sünden und ich
werde gebracht werden von dem Moloch[1]) in den lichtigen
Gan=Eden[2]), daß ich soll bekommen meinen Antheil im
Jenseits, dann werde ich gehen zu all den lichtigen Zabikim[3])
von Moseh unserm Lehrer an, dessen Antlitz leuchtet wie die
Sonne, bis zum Sch'loh hackobausch, der seinen Sitz hat mitten
in dem siebenten Himmel und ich werd für Euch Fürbitte thun,
daß Ihr und alle, die Euch angehören, sollt beglückt werden
bis hundert Jahr, wie Ihr mich habt beglückt an dem heutigen
lieben heiligen Sabbat!"

Golde war auf ihren Stuhl gesunken und verbarg ihr
Angesicht, und auch in Vögele's Augen flimmerten Thränen,
wie sehr sie dieselben zurückzuhalten bestrebt war.

Und als die Engel des Sabbats sahen, daß es Wehmuths=

---

[1]) Engel.
[2]) Paradies.
[3]) Frommen.

thränen waren, die in Aller Augen schwebten, und als sie
wahrnahmen, wie in jeder Thräne neue und neue Sabbat-
lichter brannten, da begannen sie den stillen Reigen wieder zu
tanzen um jedes Haupt und um den Tisch und ringsum in
der ganzen Stube, und bald waren ihrer wieder so viel, daß
der Raum zu eng ward in dem Stübchen, und all die, welche
noch immer hinzuströmten, den dunkeln Flur füllten und bis
zur Hausthür hinaus, in welche der Mond gar hell hinein
leuchtete.

Aber nach einer ganzen Weile, da horchten sie Alle auf,
denn Vögele begann mit ihrer zarten Stimme das Sabbat-
Lied „der Ruhe und der Freude" zu singen mit der Melodie,
die der Vater heute erbeten. Sie sang allein, leise, wie es so
recht zum Mitgesang einladet. Und als sie an den Vers kam:

>Der Himmel Himmel, Erd' und Meer
>Das ragend hohe Engel Heer —

da trennten sich die Engel zu zwei Schaaren; denn die des
Sanges umringten Golde's Haupt, die mitzusingen begann,
während die des Wortes sich treu zu Vögele hielten. Die
Stimme Golde's klang so glockenvoll, so glockenrein, so warm
und so aus der Herzenstiefe, daß Jeder, der auch nur Einen
Ton ihres Mundes gehört, ohne ihr reines Gesicht zu sehen,
zu ihr hätte die Worte des hohen Liedes (2, 14) sprechen mögen

>Wie süß die Stimme Dein,
>So hold muß Dein Antlitz sein.

Am reich gedeckten Tisch der Reb Noach Brall saß um
dieselbe Stunde der Kosminer mit Flammen der Verlegenheit
im Antlitz; denn Täubchen, die stattliche Frau, hatte ihn heute
mit einer Zuvorkommenheit aufgenommen, wie sie ihm noch in

keinem Hause widerfahren. Solcher Aufmerksamkeit in reichen Häusern nicht gewohnt, war er schon hierdurch ein wenig eingeschüchtert; aber die liebe Frau hatte weit mehr als es sonst Sitte ist, sich mit Fragen, seine Person betreffend, an ihn gewandt und lächelte zuweilen, wenn er in Verwirrung zu sein schien. Dem Scharfblick des Kosminers entging es nicht, daß Reb Noach heute ernster war, als er ihn sonst gesehen, und daß er das Benehmen seines Weibes gegen ihn nicht billige. Wenn er verlegen die Augen senkte und dann mit seinem schnellen Blick aufsah, überraschte er mehreremale die stattliche Hausfrau, wie ihr Blick in seinen Mienen zu lesen suchte, und erschrak, wenn er hiergegen einen klugen forschenden Blick von Reb Noach Brall entdeckte, der auf ihm und zuweilen auch mit Spannung auf seiner Frau haftete.

Welche Flammen schlugen aber über ihn zusammen, als Täubchen folgende Worte an ihn richtete:

„Bachur," sagte sie, „Ihr seid mir gewiß ein gar lieber Gast, und ich habe mich gar sehr auf morgen Mittag gefreut, wo ich hoffte, Ihr werdet uns vom Worte Gottes etwas zum Besten geben, das auch ein Weiberherz versteht. Allein, Ihr wißt, was heute geschehen; der Eiruw ist poßul[1]); ich kann mein Mittagessen nicht in's Haus bringen lassen. Es steht in Reb Chaim Mikwenitzers Ofen. Wir hier werden uns behelfen müssen; wäre es aber Euch wohl Recht, wenn ich Euch bitte, dort Euern Mittagstisch zu nehmen? Ich will Vögelchen sagen lassen, daß sie Euch bediene!"

Der arme junge Mensch! Wie sollte er auch nur Ein Wort hervorbringen bei solchem Flattern seines Herzens, bei solcher Gluth, die er auf dem Angesicht fühlte, bei solchem Beben, das ihn durchfuhr? Er stotterte ein paar Worte heraus, so verworren und unverständlich, daß er mitten inne hielt, als

---

[1]) Ungültig.

er wiederum ein Leuchten in Täubchens Augen und im Angesicht Reb Noachs einen Ernst bemerkte, der wie eine Wolke
darüber lagerte. „Ich werd' das morgen mit Reb Chaim in
der Schul abmachen," sagte der Hausherr mit ruhiger Strenge,
und überhob ihn so einer Antwort. Nach einer Pause fuhr
Reb Noach fort: „Ich bin müd', lieb Weib, ich bin," setzte er
mit einer erzwungenen Ruhe hinzu, „ich bin zu alt geworden
für die schwere Freitags-Arbeit! — Wir wollen beten!"

Mit diesen, in kurzen Absätzen gesprochenen Worten begann er denn auch sogleich nach einem flüchtigen Seufzer:
„Gelobt sei Er und gelobt sei sein Name, der da speiset die
ganze Welt in seiner Güte," und fuhr fort im Tisch-Gebet, mit
ruhigerer und lauterer Stimme und Stimmung.

Nur bei Einem Satze im eingelegten Sabbatgebet, nur
bei den Worten:

„Und in Deiner Gnade gewähre es uns, Ewiger unser
Gott, daß nicht komme Gram und Leid in unsere Ruhe," nahm
die Stimme wieder bei ihm einen leisen Anflug, als ob heute
gerade seine Andacht eine tiefere Beziehung hätte.

Was regte sich denn in ihm? — Eifersucht?! — o wie
kommt dieser Unhold in die Brust des klaren Mannes, des
Gatten eines so liebetreuen Weibes! — Aber ein Schatten
war es doch, wohl nur ein „flüchtiger Schatten", wie die Schrift
es nennt; und der Talmud erklärt dies Wort: „Nicht wie
der Schatten einer festen Mauer, nicht einmal wie der Schatten
eines schwankenden Baumes, sondern wie der Schatten eines
flüchtigen Vogels, der im Sonnenlicht vorüberzieht." Solche
Schatten ziehen an wolkenfreien Tagen auch über lichte Gefilde
und durch reine Herzen! — Und so sehr war es ein flüchtiger
Schatten, daß Täubchen, die sonst so zartfühlende Gattin, nichts
merkte, ja, daß sie nach dem Tischgebet sich wieder an den
Bachur wandte: „Bachur, wollt Ihr nicht doch im Vorübergehen

Vögelchen meinen Gruß bestellen und ihr sagen, daß sie sich auf Euch einrichten soll?"

Reb Noach stand vom Tisch auf, der Kosminer eilte mit flüchtigem Gruß davon und in der Stube war es still.

Da blickte Täubchen zu ihrem Manne auf, und ihr Auge sah zum ersten Mal jenen flüchtigen Schatten über seinem Antlitz.

„Noach leben," sagte sie mit ihrer frischen Stimme, „bist Du denn so gar müde heut?"

„In meinem Alter" — sagte Reb Noach ernst.

„In welchem Alter? mein Herzmann!" lächelte Täubchen und schüttelte den Kopf.

Er setzte sich wieder auf seinen Stuhl und sprach mit einer Strenge, die ihm sonst wohl eigen war, aber dem geliebten treuen Weibe gegenüber fremd: „Was hast Du das Bachurchen heut so in Verlegenheit gesetzt?"

Sie schüttelte noch immer den Kopf; aber sie lächelte dabei und rückte mit ihrem Stuhl ihrem Manne näher. „Erkennst Du denn die Flammen gar nicht, die im schönen Antlitz dieses Bachurchen geleuchtet? Das ist so voll von Liebe jetzt, wie Deines immer geleuchtet hat!"

Der Schatten des fliehenden Vogels ging wieder über das Antlitz; sein Auge forschte, aber sein Mund war stumm.

Das Weib aber sprach mit lichtem Lächeln: „Noach, mein Herz, wenn ich Dir's erst gesagt haben werde, was ich gestern Abend in der Mikwe drüben erfahren —"

Bei diesen Worten kamen zwei Sabbat-Engel aus dem Hintergrunde des Zimmers hervor, wo sie so lange ganz still geweilt, und setzten sich ganz, ganz dicht an beide Seiten der Gatten.

„Gestern?" fragte Reb Noach — und der Schatten war weit, weit weg; sichtbar noch, aber doch verschwindend. Der Engel an seiner Seite aber drängte sich so dicht an ihn, daß er sich zu seinem Weibe hinneigen mußte, und der Engel an ihrer Seite flüsterte ihr etwas in's Ohr, und das muß wohl so liebevoll gewesen sein, daß sie gar nicht anders konnte. Sie schlug mit einem Male beide Arme um seine breite Brust und versteckte ihr Angesicht an seiner Schulter.

„Als ich heimkam, saßest Du über Deinen Büchern und bereitetest sie vor zu Deiner so schweren Freitags-Arbeit, guter Mann! Und ich, ach ich war wieder von Allem, was ich dort gehört und gefühlt, so voll, voll Gemüthsbewegung, wie ich gar nicht sein soll."

Und sie war wieder so, wie der Kreisdoktor meinte, sie solle nicht sein, wie sie aber immer sein mußte, wenn sie Täubchen bleiben wollte.

Reb Noach hob ihr am Kinn das Antlitz in die Höhe und blickte hinein in das Auge und weidete sich an dem Lächeln ihres Mundes und dem Erröthen ihrer Wangen; und fort, fort, weit fort, auch nicht in einer Spur mehr zu sehen war der flüchtige Schatten.

„Ich muß Dir noch Alles erzählen," sagte sie, „von Golde und dem Zempelburger Bachur und von dem liebherzigen Vögelchen und dem Kosminer Bachur, deß Flammengesicht Du leuchten gesehen. Ach, das ist so lieblich und so duftig, wie eine Geschichte in Tausend und Eine Nacht!"

Und schon wieder war sie, wie sie nach dem Kreisdoktor nicht sein sollte, und das fühlte Reb Noach, an dessen Brust sie das Haupt wieder lehnte bis in sein liebendes klares Herz hinein. Er neigte sein Angesicht zu ihrem herab, so daß die Engel über der Gatten Häupter sich ansehen konnten. Sie lächelten Beide.

„Schöne Scheherefade," sagte Reb Noach. „Erzähl' nur Alles, denn ich hab' Dich lieb, wie ich Dich geliebt hab' schon lange Zeiten, als Du noch ein halb Kind warst, vor Tausend und Einer Woche!"

Die Gatten erhoben sich, zwei stattliche Gestalten, an einander gelehnt schritten sie langsam aus dem Zimmer; die Engel
blickten ihnen nach, lächelten und zogen von dannen.

Und draußen über dem Städtchen fanden sie Mondnacht
und Sabbatstille gelagert und viele, viele Engel, die heimzogen
nach der Höhe: denn die des Sabbat-Abends sind nicht die des
Sabbat-Tages. Jene sind lichter und lauter, diese weiser und
stiller; jene lächeln, diese sinnen, jene lieben, diese lehren!

Nur in dem engen dunkeln Hausflur der Mikwe drängten
sich noch viele, viele Abend-Engel durcheinander; denn drinnen
war das Stübchen noch immer voll, weil Golde Sabbatlieder
sang und immer wieder von Neuem anfing, sobald nach tiefer
Stille die Stimme Vögele's anstimmte.

Warum hat Vögele ihren Stuhl verlassen und sich an
Golde eng angeschmiegt auf ihrem Bänkchen? Sie wußte es nicht
klar; aber die Engel des Sabbats wußten es, denn sie flüsterten
das Synagogenlied „Lecho Daudi", das gehört wird, so weit
Israel den Sabbat grüßt:

„Komm, Geliebter, licht,
Zur Braut gegangen;
Ihr liebend Angesicht
Im Sabbat zu empfangen."

Und er kam.

Als der Kosminer in die Thür eintrat, da kehrte ihm
Vögele das Antlitz nicht zu; sie raunte vielmehr Golden in's
Ohr: „Kuck Du ihn an, wie das leuchtet in Aug' und Löckchen
und Angesicht. Ich könnte schier blind werden!" Aber ihre
Hand zog von unter dem Tischtuch Messer und Gabel hervor,
das sie schon für ihn zu morgen geputzt, als sie eben nur gehört, daß der Eiruw vernichtet sei, und sie spiegelte alle Sabbat-
lichter in der blitzenden Klinge wieder, daß die Augen des
Kosminerchens auch schier geblendet wurden. — Er machte
seine Bestellung an Reb Chaim ab und trug sich als Gast zu

morgen Mittag im Namen Reb Noach Bralls an, und obwohl
es sie gar nicht überraschen konnte, zuckte doch der Arm Vögele's,
den sie um Golde geschlungen hatte, so voll Lust und Entzücken
und Schalkhaftigkeit, daß Golde wirklich von all dem angesteckt
wurde.

Der glückliche Reb Chaim nahm seinen neuen Gast mit
Freude und Ehre auf.

„Setzt Euch, Bachur," rief er, „da auf Vögelchens Stuhl,
die Kinder sitzen ganz gut bei einander. Ihr kommt ja wie
gerufen, wir können nun das Tischgebet zu Dreien sprechen."

Während des Gebetes, wo der Kosminer das Antlitz
Vögele's nur von der Seite sah, flackerte es in dem armen
Menschen wieder wie die große Verzweiflung auf. Aber als
sich alle erhoben, da war's ja gar nicht anders zu machen, und
die beiden Pärchen sahen sich so voll und liebend in die Augen,
daß die Engel gar nicht wußten, wem sie folgen und wo sie
bleiben sollten, als endlich die Gäste Abschied nahmen. — — —

Es war schon spät, als die Mädchen durch den finstern
Flur hinaustraten in die Mondnacht, um in der milden Abend-
luft ihr glühend Angesicht zu kühlen. Golde schweigend, Vögele
in der ganzen Ueberschwenglichkeit ihres Wesens.

„Golde!" rief sie und preßte leidenschaftlich die Hand der
Schwester in der ihrigen. „Glückselige Golde, die Du einen
Jubel in Dein treu Herz kannst einschließen, und so ganz, ganz
allein für Dich!"

„Und nicht für ihn?" fragte Golde still.

„Ja," rief Vögele, „und für ihn! Das ist ja auch für
Dich. Ich aber, Golde Herz, mir geht's über alle Sinnen, daß
ich's gar nicht aushalt über Sabbat, wenn nicht die ganze
K'hilla gleich weiß, daß ich streben möcht' für jed' Löckchen in
dem glänzenden Antlitz meines Kosminers!"

Aber welch ein Erschrecken folgte diesem Ausruf! Auf dem
Stein vor der Mikwe, seitwärts der Thür, im Schatten, saßen

die beiden Bachurim noch und hatten Alles, Alles gehört. Sie sprangen hervor. Golde, dem Umsinken nahe, wurde vom Zempelburger aufgefangen, Vögele, mit einem Schrei aufsprin=gend, stand dem Kosminer einen Augenblick fast drohend zornig gegenüber. Was sie der ganzen Welt eben gestehen wollte, das sollte er, das durfte er aus ihrem Munde nicht so erfahren. — Aber er hatte sie trotzdem mit beiden Armen umfaßt, so daß ihr nichts übrig blieb, als die schnell wiedergekehrte Schalkhaftig=keit ihres ganzen Wesens.

„So?" rief sie und versuchte nur schwach, sich aus seinen Armen zu befreien, „was seid Ihr mir für ein frommer Bachur, daß Ihr uns Mädchen so erschreckt, als wär's eine Sünde, wenn wir herauskommen, um das Mondlicht zu begrüßen."

„Wohl ist's eine Sünde," entgegnete der Kosminer, „wenn Ihr am Sabbat in den Mond hinein blickt! Löscht doch Euer Auge sein helles Licht aus!"

„Charischen," entgegnete sie spottend, „seid Ihr so fromm, wie dürft Ihr am Sabbat versuchen, die Flamme der Schmeichelei in meinem Herzen zu entzünden!"[1]

Der arme Bachur, er fühlte sich zurückgeschlagen; durch einen Scherz zwar; aber er sah, daß er solchem Wesen gegen=über von der Kraft seines Arms keinen Gebrauch machen kann. — Er ließ sie nun frei und sprach im Tone ernster Anbetung:

„Lichtiges Wesen, mit meinem Arme kann ich Dich zwingen und halten; aber wie fasse ich, halte ich Deinen Geist, der so hell ist, wie die Sonne!"

„O, geht doch," sagte Vögele sanftmüthig: „Gegen den Mond habt Ihr schon gesündigt, und nun vergeht Ihr Euch gar auch gegen die lichtige liebe Sonne."

---

[1] Am Sabbat darf weder eine Flamme verlöscht, noch an=gezündet werden.

„Ach!" rief er aus: „ich weiß nicht, ob ich mich nicht gegen Alles, Alles versündigen könnt'!"

„Da soll ja Gott im siebenten Himmel sich erbarmen! Ihr sprecht ja, daß man Euch müßte den Mund zuhalten!" Und hierbei kam ihr Händchen dem Munde so nahe, so nahe, daß er es ergriff, und es mit Inbrunst an die Lippen preßte. Was half's? Ein sündiger Mund ist gar nicht so leicht zu stillen. Wohl hatte sie es schon mit beiden Händen versucht; aber die sündhaften Worte gegen die gute Sonne, gegen den lieben Mond, gegen alle lichtigen Sterne, gegen den großen Himmel, gegen die weite Erde, wollten gar kein Ende nehmen; und als er einmal ihre beiden Hände wieder gefaßt hatte, und mit einem Beben, das aus den innersten Stürmen einer in Flammen gerathenen Seele entsprang, ausrief: „Wenn ich Deinen Namen nenne, möcht' ich hinfallen auf die Knieen, wie all die Priester und all das Volk, wenn sie hörten aussprechen den Einen Namen, den Erhabenen, den Heiligen und den Reinen!" [1] — da erschrak die Arme so wegen dieser Sünde, daß sie mit Beben den Mund des Frevlers schloß, und so schloß, daß er der Sprache und der Sinne für eine Weile gar nicht mehr mächtig war, und als er dann aufblickte, nur sah, daß sie ihm entflohen war.

Der Zempelburger geleitete Golde noch einen Schritt in den Flur hinein.

„Und Du glaubst so ganz an mich, Du herziges Herz!" fragte er sie mit einem Händedruck.

„Ja!" sagte Golde, „ganz, ganz glaub ich an Euch!" — entzog ihm sanft die Hand und folgte ihrer Schwester.

---

[1] Am Versöhnungstage wenn der Hohepriester den Gottesdienst im Tempel zu Jerusalem verrichtete.

Ein alter Bibelspruch lautet:

„Gott hat die Menschen gerade gemacht; und sie suchen die vielen Exempel." Eine merkwürdige rabbinische Erklärung hierauf lautet: „„Gott hat die Menschen gerade gemacht,"" „Dies sind die gewöhnlichen Volksklassen" „„und sie suchen die vielen Exempel,"" — „Dies sind die Schüler der Gelehrten".

Der Sabbattag in der frommen K'hilla F., der in unserer Geschichte dem Sabbat-Vorabend folgte, hatte offenbar die Tendenz, den rabbinischen Ausspruch zu bewahrheiten. Er entwickelte so viele gesuchte Exempel der Schüler der Gelehrten, daß er zu den denkwürdigsten unserer guten Stadt gehörte.

Wir haben bereits den Frankfurter Rabbiner vor dem gestrengen Herrn Senator Jenichen mit Wort und Daumen sehr instructiv das Wesen des Eiruw erklären hören; wir hoffen, daß unsere Leser eingesehen, wie dies Vorbild elektrischer Telegraphenleitung in Folge sehr scharfsinnig berechnender Gleichungen höhern Grades ganz gleich sei einem Thorweg, einer Mauer und einem Hause. Wem dies einleuchtet, dem wird aber auch Folgendes verständlich werden.

Daß man am Sabbat keine Lasten tragen darf, das versteht auch das gewöhnliche Volk. Was aber eine Last ist? — das haben die Schüler der Weisen heraus gefunden. Daß eine große Kiste von Centnerschwere eine Last sei, ist nicht schwer einzusehen; aber die Entdeckung, daß eine Kiste so gut sei wie ein Kasten, und ein Kasten so gut sei wie eine Schachtel, und eine Schachtel so gut sei wie eine Tabacksdose, das läßt sich freilich erst aus „den vielen Exempeln" herausfinden, die gesucht sein wollen.

In der frommen K'hilla F. war es nicht mehr nöthig, dergleichen zu suchen; es war längst heraus gefunden. Die Tabacksdosen waren für den heutigen Sabbat, — wo der Eiruw gesprengt, die Einheit des Territoriums zerrissen und ein

Schritt über die Hausschwelle einer Reise von Gebiet zu Gebiet gleich war — in die Behausungen der Besiter gebannt.

Anders verhält es sich mit den Schnupftüchern. — Zwar ist es ausgemacht, daß ein Schnupftuch so gut ist wie ein Laken, und ein Laken so gut ist wie ein Stück Leinewand, und ein Stück Leinewand so gut ist wie ein Ballen Waare. Es konnte demnach kein Zweifel darüber herrschen, daß der Transport eines Schnupftuchs über die Straße für heute eben so zu den Unmöglichkeiten gehört, wie der Transport von Waarenballen in der Rocktasche aus einem Ländergebiet ins andere. Dahingegen genießt das Schnupftuch das große Vorrecht vor den Tabacksdosen, daß es nicht als Defraudation angesehen wird, wenn man dasselbe unter veränderter Be= schaffenheit über die Straße bringt. Bindet man sich nämlich in seiner Behausung das Schnupftuch um den Leib, so hört es auf Schnupftuch zu sein und wird Leibgurt. Ein Leibgurt ist aber eben so gut ein Kleidungsstück, wie eine Hose, und da es ausgemacht ist, daß eine Hose, an ihrem Bestimmungs= ort getragen, keine Last sei, so kann ein als Leibgurt ver= kleidetes Schnupftuch ebenfalls keine sein.

Hiernach sollte man nun freilich meinen, daß alle Schnupf= tücher der Welt so hinreichend begünstigt seien vor den unglücklichen Tabacksdosen, daß es keiner Seele einfallen sollte, zu Gunsten derselben noch irgend eine Art erlaubten Trans= portirens zu ersinnen. Aber die sündige Menschheit ist einmal so, daß sie nicht Maß zu halten weiß, sobald man ihr mit Erleichterungen in dem Gebote entgegenkommt, und es ist eine Thatsache, die nicht in Abrede gestellt werden kann, daß ein Theil der K'hilla etwas darauf setzte, die Schnupftücher nicht in Form von Leibbinden oder Gürteln, sondern unter der Form von Handschuhen über die Straße zu transportiren!

Wir sind weit entfernt von der Annahme, daß hierdurch, wie Einige behaupteten, eine Boshaftigkeit an den Tag gelegt

worden, die der Kerkow's gleichkomme. Gleichwohl wollen wir
nicht leugnen, daß es verfänglich ist, zu behaupten: ein um die
Hand gewickeltes Schnupftuch sei so gut wie ein Handschuh,
und ein Schuh für die Hand sei so gut wie ein Schuh für
den Fuß, und da dieser ein erlaubtes Kleidungsstück, so könne
ein Schnupftuch um die Hand gewickelt nicht als Last, sondern
müsse als Kleidung betrachtet werden. Wir sagen: es ist verfänglich, da man auf gleicher Basis leicht dahin gelangen
könnte, einen Regenschirm als einen Hut mit breiter Krämpe
anzusehen, während er bekanntlich nach allen Autoritäten der
„Berechner" ganz und gar den Gesetzen eines „Zeltes" unterworfen ist!

Nicht zur Rechtfertigung, wohl aber zur Entschuldigung
Derjenigen, welche in unserer K'hilla am Sabbat-Morgen mit
den Schnupftüchern um die Hand gewickelt in die Synagoge
gingen, müssen wir des einen Umstandes erwähnen, daß sich
in unserer frommen K'hilla hierüber keine sichere Praxis hatte
herausstellen können. Der Eiruw war seit vielen Jahren
nicht ungültig geworden; ja die Achtung vor demselben stand
so hoch in den Augen sämmtlicher Bauern, die am Freitag
zu Markte kamen, daß sie lieber ihre Peitsche am Eiruw hängen
ließen, wenn sie durch einen unglücklich geführten Hieb sich daran
verwickelte, als daß sie durch Zerren sich hätten der Gefahr
aussetzen mögen, den Draht zu sprengen und ihrer Kundschaft
ein so bitteres Leid zuzufügen.

Wohl lebten noch in dem Gedächtniß vieler Greise die
schrecklichen Erinnerungen an eine Kuh, die zu den Lebzeiten
des großen Maggid von einem bösen Geist behaftet war, und
die regelmäßig an jedem Sabbat den Eiruw umrannte. An
dieser Kuh geschahen zu viel Wunder, als daß wir sie der
Vergessenheit anheimfallen lassen könnten. Sie war gebürtig
aus der Weichsel-Niederung, gab an Wochentagen sehr viel
Milch, und zeichnete sich somit sehr vortheilhaft vor den übrigen

fünf Genoffinnen aus, die sich mit ihr eines gleichzeitigen Daseins in F. erfreuten. Aber richtig konnte es mit dieser Kuh
doch nicht sein; denn während ihre Genoffinnen sich grundsätzlich
am Sabbat nicht melken ließen und hätte sich eine Frevlerhand
hierzu gefunden, nimmermehr würden Milch gegeben haben, kam
es zur Kunde, daß diese Kuh von dem sündhaften Gelüste beherrscht sei, auch am Sabbat gemolken zu werden; ja sie bewies
dies dadurch, daß sie am Sabbat Milch ausfließen ließ, als
ob eine unsichtbare Frevlerhand sie melke. Bald aber stellte
es sich klarer heraus, welche Bewandtniß es mit ihr habe. Sie
wurde regelmäßig jeden Sabbat wüthend, rannte die Thür
ihres Stalles ein, lief unter Brummen, das oft die ganze
K'hilla allarmirte, bis an den Eiruw an der Weichsel, und
stieß mit ganz besonderer Erbitterung die Eiruw-Stange um.
Daß hier ein böser Geist im Spiele sei, konnte bald jedes
Kind einsehen; und der Erfolg bestätigte dies vollkommen, als
Reb Jekow Baal-Neß[1]), ein Zeitgenoffe dieser Kuh, vor deffen
kabbalistischen Kenntniffen sogar der große Maggid Furcht hatte,
es übernahm, den bösen Geist aus der Kuh zu treiben. Die
heiligen Namen, deren er sich hierbei und bei der Beschwörung
des bösen Geistes bediente, sind ein Geheimniß geblieben, und
mögen nur seinem Sohne Reb Rephoel bekannt gewesen sein,
der, wie wir noch sehen werden, in unserem Städtchen in
stillster Zurückgezogenheit lebte und nur für einige Augenblicke
zuweilen zum Vorschein kam, wo es galt, den vererbten Namen
des Wunderthäters zu bewahrheiten. Die Beschwörung zeigte
sich sehr wirksam, denn als er hierauf verordnete, daß die Kuh
mehrere Tage ohne Unterbrechungen fasten solle und dieser
Verordnung nachgekommen wurde, wüthete zwar der böse Geist
an den ersten zwei Tagen ganz gewaltig und peinigte die arme
Kuh so sehr, daß ihr Schreien durch die ganze K'hilla gehört

---

[1]) Baal-Neß: Wunderthäter.

wurde. Aber als das Fasten anhielt, erwies sich die Macht des Wunderthäters über den bösen Geist in der unumstößlichsten Weise. Die Kuh wurde nicht nur vollkommen geduldig, hörte nicht nur auf zu wüthen, sondern ließ fortan den Sabbat und den Eiruw in Ruhe und ergab sich so offenkundig der Reue über die ehedem am Sabbat von ihr vergossene Milch, daß sie sich auch fortan weigerte, an Wochentagen Milch zu geben.

So beiläufig die Lebensschicksale dieser merkwürdigen Kuh für die Begebenheiten des Sabbats sind, die wir unsern Lesern vorzuführen haben, so sehr gebietet uns jedoch die Rücksicht auf die Wunder, die noch an ihr geschehen, mindestens die letzten Nachrichten ihres Daseins in aller Kürze zu erwähnen.

Als der reumüthige Entschluß, gar keine Milch mehr zu geben, unerschütterlich in ihr blieb, ließ der Besitzer dieser merk= würdigen Kuh den Schächter kommen, damit er sie schlachte. Der Schächter, er hieß Reb Pinches, war der glaubwürdigste Mann in der Welt! Er versicherte, auch nicht die geringste Scharte an seinem Schlachtmesser und nicht den leisesten Wider= stand bei der Kuh gefunden zu haben; im Gegentheil, sie schien voll freudiger Ergebung; und sie war es auch. Denn als der Schächter das übliche Gebet gesprochen und eben regelrecht seinen Schnitt durch den Hals des Thieres hinführen wollte, hörte er ganz deutlich, wie die Kuh andächtig „Amen" sagte. Vor Schreck entfiel ihm das Messer und er sammt Allen, die die Kuh geknebelt hielten, liefen schreiend davon. Die Kuh aber stand auf, lief vor den Augen der ganzen herbeigestürzten K'hilla hinaus zur Stadt und endlich in wilde Wälder hinein, wo sie weitere authentische Nachrichten nicht mehr über sich in die Welt kommen ließ.

Aus jenen denkwürdigen Zeiten nun, wo die Kuh von dem bösen Geist besessen war und den Eiruw an allen Sab= baten vernichtete, waren dunkle Sagen freilich in die Nachwelt gelangt, daß damals bereits mehrere sehr fromme Einwohner

von F. ihre Schnupftücher um die Hand gewickelt, also als
Handschuh transportirt hätten. In neuern Zeiten waren Zer=
störungen des Eiruw fast gar nicht geschehen, und hauptsächlich
seit den Zeiten, daß Reb Jizchak Reb Simchas auf dem Lehr=
stuhl saß, hatte er noch gar keine Gelegenheit, die Schnupftuch=,
oder richtiger die Gürtel= oder Handschuh=Frage zu erörtern
und zu entscheiden. Somit müssen wir denn freilich in diesem
Mangel einer festen sichern Praxis einen Entschuldigungsgrund
für diejenigen finden, die sich in diesem Punkte einer jedenfalls
leichtsinnigen Auffassung des biblischen Verbotes, Lasten am
Sabbat von einem Gebiet ins andere zu tragen, zu Schulden
kommen ließen.

Aber unser milderes, durch historische Betrachtungen ob=
jektiv gewordenes Urtheil, konnte an jenem Tage, wo Kerkow's
Schandthat noch gar zu sehr die Gemüther rege hielt, auch
nicht im entferntesten bei all denjenigen Eingang finden, die
ihre Schnupftücher als Gürtel um die Leiber trugen und dem=
nach in den Handschuh=Trägern fast Genossen Kerkow's sehen
wollten. — Bei der an Mündlichkeit und Oeffentlichkeit ge=
wöhnten Bevölkerung war es nicht Wunder zu nehmen, daß
fromme Glieder der Gemeinde das freie Wort hier walten
ließen, und somit schon beim Hineingehen in die Synagoge
Stichelreden bitterster Art fielen, wie sie eben allen Frommen,
die für Gott eifern, eigen zu sein pflegen. In der Schul'
selbst aber wuchs die Aufregung derart, daß Reb Jizchak Reb
Simchas vor dem Lesen aus der Thora ausrufen ließ, er werde
zum Schluß des Gottesdienstes in einer gelehrten Predigt die
Angelegenheit erörtern und in Ordnung bringen. — Diese Aus=
sicht hielt nun die Gemüther in Ruhe, verursachte, daß man
der Vorlesung aus der Thora die gebührende Aufmerksamkeit
schenkte und sich erinnerte, daß heute Sabbat sei, wo die Straf=
Androhung vorgelesen wird.

Aber gerade dieser Umstand sollte der Aufregung nur

wiederum Nahrung geben. Reb Noach Brall, der neben der
Thorarolle als Vorsteher dastand, stutzte, als er erfuhr, daß
der Zempelburger Bachur sich freiwillig gemeldet zur Thora
hinzuzutreten; allein er ahnte, nach dem, was er am gestrigen
Abend noch von seinem lieben Weibe erfahren, den Zusammen-
hang und gestattete mit einem Lächeln, das dem Synagogen-
diener nicht gefiel, diese Neuerung. Als daher der Vorbeter
statt Reb Chaim den Bachur zur Thora aufrief und dieser dem
Rufe mit aller Ruhe folgte, erhob sich ein solches Murren
während der Vorlesung, daß der in üblicher Weise mit sehr leiser
Stimme gehaltene Vortrag all' der Strafandrohungen fast völlig
dem Ohr der Gemeinde verloren ging.

Unter diesen Umständen war die herrschende Stimmung
in der Gemeinde auf den vom Rabbi angekündigten gelehrten
Vortrag ganz besonders gespannt; und wir dürfen versichern,
daß Reb Jizchak Reb Simchas mit Ehren die großen An-
forderungen auch heute erfüllte, die der Stolz unserer K'hilla
an ihn zu stellen berechtigt war.

Der unsterbliche gelehrte Mann gab ein Kunstwerk zum
Besten, das leider der Nachwelt nicht in unveränderter Form
erhalten worden ist, welches sich aber würdig all' den Pro-
dukten seiner Zeitgenossen anreiht, deren höchster Genuß darin
bestand, unerklärliche Fragen über unerklärliche Bibelverse übereinander aufzugipfeln, bis ein ganzer Thurm unerklärlicher
Bibelverse daraus entstand, der dann endlich ebenso künstlich
auseinander und zurechtgelegt wurde zum Ergötzen all' derer,
denen nichts in der Welt über ein „gleich Wörtchen" ging.

Der gute Rabbi machte sich die Sache nicht leicht. Er
fing an mit der Rotte Korah's, die von der Erde verschlungen
wurde, und fand es höchst auffallend, weshalb sie gerade an
Zahl zweihundert und fünfzig Mann ausmachte? Von dieser
unbeantworteten Frage ging er direkt auf den Felsen über,
dem Moses mit seinem Stabe das Wasser entlockt und ließ

nicht früher ab, als bis er auch diesen Fels in einen unlösbaren
Widerspruch mit einer rabbinischen Lehre verwickelte. Sodann
warf er sich auf die Eselin, die Bileam geritten und bewies
unwiderleglich, daß dieses gescheite Thier im Augenblick, wo
es sich zwischen zwei Zäunen quetschte, ein ganzes Stück im
Talmund übersehen habe. Nunmehr ließ er das Thier in
völligster Verlegenheit hinter sich und wendete sich an den
Regenbogen, der nach der Sündfluth erschien, um an ihn die
Frage zu richten, warum er nicht wie der Bogen eines Schützen
mit der convexen Seite zur Erde gerichtet dastand, um seinen
bedrohlichen Charakter besser an's Licht treten zu lassen. Nicht
minder erschienen dem gelehrten Redner viele andere Wunder
der Vorwelt höchst verfänglich, insofern bei ihrer Darstellung
in der heiligen Schrift irgend ein Wort hätte anders lauten
können oder lauten sollen. Die Gemeinde wurde durch diese
von allen Seiten sich sehr häufenden Schwierigkeiten, die
offenbar gar keinen Ausgang aus dem Labyrinth erblicken
ließen, außerordentlich angeregt. Da aber eröffnete er mit
einemmale eine schmale Pforte in einer Stelle aus den „Sprüchen
der Väter," die von den zehn Sachen erzählt, die bei der
Schöpfung der Welt mitten im Begegnungs-Moment, wo der
Freitag aufhört und der Sabbat anhebt, geschaffen wurden;
und von welchen zehn Dingen merkwürdigerweise gerade die
beregten Bibelstellen handeln, die sammt und sonders den Stoff
der aufgebauten Unerklärlichkeiten des heutigen gelehrten Vor-
trages bildeten. Der gelehrtere Theil der Gemeinde sah schon,
wie hier ein Licht einbrang durch diese schmale Pforte, das alle
Dunkelheiten zu beleuchten bestimmt sei; als aber der Rabbi
mit großer Lebhaftigkeit die Stelle citirte, in welcher es heißt,
daß in jenem verhängnißvollen Schöpfungsmoment auch eine
Zange geschaffen wurde, da lief ein Lichtstrom der Lösung
aller Schwierigkeiten über die Geister der ganzen Gemeinde
hin; denn jene Zange des Talmuds geschaffen am Freitag in

der Abenddämmerung, stand offenbar im engsten Bezuge zu der Zange, mit welcher der Bösewicht Kerkow gerade auch Freitags in der Dämmerstunde sein Vernichtungswerk vollbracht, zumal der Talmud selber die Worte hinzufügt, daß eine Zange immer mit Hilfe einer anderen gemacht wird, es also eben so einer ersten Zange bei der Schöpfung bedurft habe, wie alle jetzt existirenden Zangen nur Nachkömmlinge jener Ersten seien!

Und in der That, es befand sich der Rabbi und sein Vortrag in höchst überraschender Weise so recht im Mittelpunkt der Tagesfragen unsrer guten K'hilla, obwohl sie eben erst in sehr fernen Gefilden zu verweilen schienen und gar nichts ahnen ließ, wo denn Kerkow weltgeschichtlich an den Pranger gestellt und in welcher Weise heute die Gegenwart an die Vergangenheit geknüpft werden solle. Einen herrlichern Aufschwung konnte der Vortrag nicht nehmen, denn noch weiter und bis über die Schöpfung hinaus darf sich zwar die Kabbala[1]) wagen, — und der Rabbi soll zuweilen solch kühne Ausflüge gemacht haben — aber es ist verboten, dergleichen in Gegenwart von zwei Personen zu betreiben, geschweige denn davon in einem öffentlichen Vortrage zu sprechen.

So auf den Gipfel aller berghohen Unerklärlichkeiten schwang der Rabbi mit einer noch weit größern Virtuosität als der Bösewicht Kerkow die Mutter-Zange aus der Schöpfungs-geschichte, zog mit ihr nach und nach alle Haken und Nägel heraus, mit welchen er eben erst sämmtliche Weltwunder in Verlegenheit gesetzt hatte und rechtfertigte dann mit einem höchst genialen Umschwung nicht blos die Rotte Korah's, den Felsen des Moses, die Eselin Bileams und den in Gestalt eines krummen Eiruw erscheinenden Regenbogen, sondern legte auch den Stab Ahrons und das Widder Abrahams ins Gleich-

---

¹) Kabbala, Geheimlehre.

gewicht mit einer ganzen Masse geheimnißvoller Wahrsprüche, von denen Viele behaupteten, sie seien so geheimnißvoll, daß man sie in keinem Exemplar eines existirenden Buches auffinden könne. —

Wir haben zur größten Genugthuung den kleinen Mann mit seinem langen, schwarzseidenen Gewand schon in dem großen erschütternden Moment der Vernichtung gesehen, wie er den Sturm einer Welt mit wenigen drastischen Worten beschworen; ihn heute mit beiden Händen unerklärliche Bibelverse, geheimnißvolle Wahrsprüche spielend um sich werfen und durcheinander jagen zu sehen, und sodann wieder Alles, Schlag um Schlag, eine ganze Welt voll Wunder in's Reine zu bringen, das war ein Genuß, dessen die Jetztwelt und die Nachwelt nicht mehr würdig zu sein scheint.

Und nun noch inmitten des großen Entzückens der Gemeinde kam die moralische Nutzanwendung nur um so schlagender an's Licht. Vor Allem that er überzeugend dar, daß Kerkow's That nur eine Folge der Gottlosigkeit unserer Zeit sei, die sich dadurch kund gebe, daß einige verheirathete Frauen in Posen, Thorn, Bromberg und Culm mit künstlichen Scheiteln gehen. Er schrie diese Uebelthäterinnen, weil sie nicht das Glück hatten, zugegen zu sein, mit sehr lauter Stimme an und verkündete ihnen drohend, daß noch schlimmere Folgen die Welt treffen würden, wenn sie nicht die Scheitel ablegten. Sodann bewies er, wie auch die gute K'hilla F. müsse Buße thun, und wie der zerstörte Eirow nur eine Mahnung sei, daß wir im Exil sind; denn wären wir nicht im Exil, sondern in Jerusalem, so würden wir eine Mauer haben und keinen Eirow brauchen. Endlich warnte er sehr drohend vor dem Leichtsinn mit den Schnupftüchern, die man um die Hand binde, und bewies, daß dies eine besondere Sünde sei, wegen welcher man sich am Versöhnungstage an's Herz schlagen müsse. Schließlich aber ließ er noch einmal Kerkow vortreten und versicherte die

Gemeinde, daß sein Ende nahe sei, denn es steht geschrieben: „Wer den Zaun umreißt, den wird die Schlange beißen!¹)" Die gute fromme K'hilla! Seit langen Zeiten war kein Ereigniß von solch' erschütternder Wirkung daselbst vorgekommen und von solch wohlthuendem Einfluß war lange Zeit kein Vortrag gewesen. Schon beim Heimgang aus der Synagoge war keine Seele mehr da, die die Sünde, um welche man am Versöhnungstage sich besonders an die Brust schlagen müsse, begehen mochte. Schnupftücher, die auf dem Herwege noch Handschuh spielten, wurden jetzt sammt und sonders Gürtel. Der Ciruw war zwar poßul, die Einheit des Gebietes zerrissen; aber die Einheit des mit Schnupftüchern der Frömmigkeit umgürteten Israel war durch die Macht des Wortes unseres Rabbi wieder hergestellt.

Niemand aber kehrte aus der Synagoge seliger heim, als Reb Chaim. Sein altes Antlitz leuchtete derart, daß Golde sich nicht der Thränen enthalten konnte, als er sie segnete. Auch Vögele war sehr erschüttert, als sie den Vater eilig nach dem geliebten Sch'loh hackobausch greifen sah, um seine Rührung zu verbergen.

Der gute Reb Chaim! Er hatte in seinem dicken Folianten Alles gefunden, was er je gesucht; er war fest überzeugt, daß auch sein wahrster Wohlthäter, der Zempelburger, irgend wo im Sch'loh hackobausch stecke, und daß er ihn nur jetzt nicht finde, weil ihn die Freudenthränen verhinderten, die rechten Worte zu lesen! Es war rührend zu sehen, wie eifrig er sich die Augen wischte, und wie beharrlich er ihn suchte, und wie er sich endlich sagte: „Ich werde heute die ganze Nacht Blatt für Blatt durchgehen, und mit Gottes Hilf' werde ich ihn schon auffinden!" — O, gewiß, Du guter Reb Chaim, Du findest ihn recht bald auf!

---

¹) Prediger Salomonis 10. 8.

Draußen vor der Mikwe traf Reb Noach Brall mit seinem
Weib Täubchen beim Heimgang aus der Synagoge zusammen.
Das stattliche Ehepaar nahm sich immer vortrefflich aus, und
heute im prächtigen Sabbat=Staat ganz besonders; aber es
schwebte noch außerdem ein freundlicher Geist über ihnen. „Da
will ich doch tausend Schwüre darauf thun, daß das wieder
ein Stückchen von Vögele ist, um Golden glücklich zu machen!"
sagte Täubchen voller Heiterkeit. „Ich muß dem Maggid da
nur gleich den Text darüber lesen."

Reb Noach lachte: „Das Kind hat ein Köpfchen auf sich,
daß es könnt die ganze K'hilla umkehren!"

„Du, Maggid," rief Täubchen der eben in der Hausthür
erscheinenden Vögele entgegen. „Komm Du nur her! Ich
werd' Dich beim Rabbi verklagen, daß Du ihm die Bachurim
verführst! Was hast Du mit dem Zempelburger da ange=
stiftet?"

„Ich?!" sagte Vögele etwas verlegen wegen der Gegen=
wart des sonst ernsten Reb Noach; aber sie sah das wohl=
wollende Lächeln seines Angesichts und fügte hinzu: „Ich hab'
ihm ein'n Bibelvers ausgelegt!" Und wieder hielt sie mit einer
so verschämten Schalkhaftigkeit inne, daß Reb Noach nicht um=
hin konnte, zu fragen: „Nun, was ist das für ein Vers! Du
Maggid?"

„Der Vers," lachte Vögele, „ist vom König Salomo ge=
segneten Andenkens. Hat er denn nicht geschrieben in seinen
Sprüchen: „„besser offne Strafrede als heimliche
Liebe?"" und das bedeutet: „es ist besser, sich die Strafreden
öffentlich vorlesen zu lassen, als eine heimliche Liebschaft zu
haben."

Reb Noach Brall, trotz der Würde, die ihm so wohl stand
und die er auf der Straße am allerwenigsten gern Preis gab,
schlug ein so schallendes Gelächter über diese witzige Anwendung
des Bibelverses auf, daß sich im Nu ein Kreis Neugieriger ein-

fand. Aber der würdige Mann faßte sich sofort. Er ging mit
Täubchen am Arm nur einen Schritt der lieben Golde entgegen,
die eben, durch das helle Lachen angelockt, aus der Hausthür
trat, bot ihr mit einer Herzlichkeit seinen „guten Sabbat", der
ihr Gesicht nur noch glühender erröthen ließ, als es bereits der
Fall war, und begab sich eilig in sein Haus, um sich in den
Lehnstuhl zu werfen und noch einmal herzlich über Vögele lachen
zu können.

„Das heißt eine Mad! Das heißt ein Maggid!" rief er
aus, indem er mit der Hand auf den Tisch schlug. „Ich soll
mich nicht versündigen, Täubchen leben, das ist eine Mad, um
die man könnte das Kosminer Bachurchen beneiden, wenn ich
Dich nicht mein Herztäubchen leben hätte."

Täubchen lachte über den so seltenen Enthusiasmus ihres
braven geraden Mannes hell auf, ließ sich von ihm den so eben
gehörten und für sie doch zu gelehrten Witz Vögele's erklären,
und nahm nun so herzlich an seinem Entzücken Theil, daß ihre
Augen schon wieder voll Thränen der Begeisterung für die
Kinder in der Mikwe waren.

„Liebherziger Noach leben!" sagte sie: „hast Du denn auch
Golde's Antlitz so recht angesehen?"

„Ob?!" sagte er: „sie sieht aus, wie eine Braut, schön,
züchtig und fromm. — Ach!" — setzte er mit einem leichten
Seufzer hinzu, aber er brach ab und sagte: „es sind liebe
Kinder!"

„Noach leben!" sagte Täubchen, und lehnte sich voll innerster
Seelenbewegung auf die breiten Schultern des geliebten Mannes.
„Ich hab' ein Gelübde gethan, wenn mich Gott der gelobte in
Gnaden bedenken würde" — — Sie verbarg ihr Gesicht an
dem seinigen und schwieg.

„Täubchen leben, Du machst Dir doch schon wieder Gemüthsbewegung!" mahnte sie der Gatte.

„Ach Herr der Welt!" rief sie leidenschaftlich betend aus:

„wenn es Dein heiliger Wille ist, zu gedenken Deiner Magd, so weißt Du doch, daß Du ihr gegeben hast dies bewegte Gemüth und daß meine Seele nicht wird aufhören zu zittern vor Gebet, bis sie wieder eingehen wird in Deine Hand!"

Reb Noach erhob sich ernst und richtete sein schluchzendes Weib mit auf: „Täubchen Herz," sagte er mit ruhiger Festigkeit: „es ist heut Sabbat, und darum faß Dich und vertrau' auf Gott. Aber hör' mich an, was ich da sag'. Ich weiß, was Du hast für ein Gelübde gethan. So wahr heut der heilige Sabbat über der Welt ist, was Du auch thun wirst für die beiden Kinder: so will ich doppelt das Doppelte dazu legen!"

Im Stübchen der Mikwe herrschte heute eine Fülle von Segen an Tisch und Stimmung, wie es nur in den seltensten und gesegnetsten Stunden guter Menschen der Fall ist. Reb Chaim hatte wirklich im unübertrefflichen Sch'loh hackodausch auch den Zempelburger herausgefunden, oder was dasselbe ist, hineingelesen, und nachdem dies einmal fest stand, gab es keine Grenze seiner Verehrung für diesen Gast. Golde sah aus, wie Reb Noach Brall sie schilderte, und der Zempelburger war wie verklärt in Glückseligkeit. Zwischen Vögele und dem Kosminer dagegen spann sich in abgerissenen Worten, in Blicken voll Leidenschaft und Gluth, in stummen Entzücken, in Necken, Schmollen, Grollen, Aufwallen und Ueberwallen, all das Spiel einer Liebe ab, wie es nur in so jungen, regen und überschwänglichen Seelen möglich ist.

Anfangs grollte der Kosminer mit sich und der ganzen Welt. Warum hat der Freund diesen Liebesdienst für Reb Chaim thun dürfen und nicht er? — Er hatte auch gehört, daß sein Vögele etwas dem Reb Noach Brall gesagt, worüber dieser so ungewöhnlich hell auf offener Straße gelacht. Was mag sie gesagt haben? Warum sagt sie das nicht auch ihm? Sie schien ihm so geistreich, daß er sich einbildete, sie halte ihn für einen Thoren? — Hat sie gar über ihn gespottet, wie es gestern Täubchen gethan?! Der arme junge Mensch! Sein Herz krampfte sich bei diesem Gedanken so zusammen, daß ihm sogar Kotze=bue's Verzweiflung höchst flach und lächerlich gegen die Ver=zweiflung dieses Gedankens vorkam. Als sie sich an den Tisch gesetzt hatten, sah ihn wieder Vögele nicht an, sondern spielte mit einem blanken Messer und raunte immerfort Golden etwas ins Ohr. Reb Chaim nahm den Zempelburger allein in An=spruch; der Kosminer wähnte sich nicht nur gottverlassen, sondern, wie er sich voll Zorn sagte: „in Bann gethan," und war nahe daran, einen Eid zu schwören, nie, nie in seinem ganzen Leben, auch nicht einen einzigen Blick mehr auf Vögele zu werfen.

Als jedoch Vögele's Händchen ihm Messer und Gabel zu=schob, und gerade das blanke, blitzende Messer, mit dem sie gespielt, da blickte er ihr doch ins Gesicht, und wie sonderbar oft ein Blick wirken kann, da fuhren ihm wieder ganz andere Gluthen durch's Herz, und er hätte, wenn es thunlich gewesen wäre, gerade das entgegengesetzte eidliche Gelübde abgelegt, nämlich: nie, nie in seinem ganzen Leben, auch nicht einen einzigen Augenblick, ohne dieses Händchen, und ohne dieses Gesicht, und ohne dieses Herz=Vögele existiren zu wollen!

Und nun gar, als Vögele sich die Aermel aufschürzte und erklärte, sie habe den Auftrag, heute Madam Täubchens Rolle zu spielen, ihn ganz allein zu bedienen, und dafür solle er ihr auch ganz allein sein „Wörtchen" sagen; als sie wirklich mit diesen halb aufgeschürzten Armen das Scholent von Reb Noach Brall auftrug und Golde neckte, daß diese ihren Bachur lange nicht so prächtig bedienen könne; — als sie gar die „Kugel" für die musterhafteste von der Welt pries und von ihr rühmte, daß sie ganz allein einen Segensspruch in der

Synagoge verdiene und dabei mit ihren eigenen zwei Händchen —
und andere hatte sie doch einmal nicht! — ihm vorschnitt, und
ihn mit ihrem Mündchen — und sich eines Dolmetscher zu
bedienen, war ja gar nicht möglich! — bat, doch ja nicht
die geliebte Madame Täubchen in ihrer guten Sabbat-Kugel
zu verschmähen, — guter, guter Gott, das Herz dieses
Kosminerchen hätte müssen ein unerhört harter Felsen sein, —
und dazu hatte es nicht die allergeringste Anlage, — wenn es
dabei nicht hätte in einem unabsehbaren Taumel von Seligkeiten
schwelgen sollen!

Und Golde? — Sie hatte sich die Aermel nicht aufgeschürzt,
und pries das Essen auch nicht, ja sie sprach fast kein Wort
und doch bediente sie den Zempelburger und den Vater mit
einer Lieblichkeit, die tausend Zungen nicht hätten genug preisen
können, denn wer will den Liebreiz malen, in welchem sich
innige Bräutlichkeit, innige Züchtigkeit und unendliche Hingebung
paaren?

Und Du, o guter, glückseliger Reb Chaim! Mit zwei
solchen Kugeln war noch nie Dein Tisch, mit zwei solchen
Pärchen noch nie Dein Stübchen, mit zwei solchen Thränen
noch nie Dein Bart geziert! Ja, großer Altenstein! wäre es
Dir doch vergönnt gewesen, dieses gutmüthigste, seligste, mit
der ganzen Menschheit versöhnte Angesicht dieses Reb Chaim,
des Opfers Deines Eigensinnes, mit eigenen Augen zu sehen,
Du würdest geahnt haben, daß, wo die Religion, auch die
Liebe ist, und Du würdest ausgerufen haben: Wäre ich nicht
Staatsminister von Altenstein, so möchte ich Reb Chaim des
Maggids sein!

————

Und nach Tische!

So wie die stolze Wissenschaft der Sprachforschung zeither immer noch an dem oft unternommenen Versuch gescheitert
ist, das Wort „Scholent" zu erklären, eben so vergeblich hat
die noch stolzere Naturwissenschaft der Neuzeit danach gestrebt,
die einschläfernde Wirkung der Sabbatkugel zu erläutern. Es
giebt — man sollte sich des Geständnisses nicht schämen —
eben so Religionsgeheimnisse, wie Naturgeheimnisse, vor denen
selbst neuere Rabbinen, die als Doktoren der Philosophie
Alles wissen, wie vor einem verschlossenen Garten stehen. Was
Scholent ist, kann nur erfahren, nicht erklärt werden; das gestehen sogar Frevler ein, welche den Erfahrungswissenschaften
dieser Art in ganz unbegrenztem Maße huldigen. — Der
Schlummer nach der Sabbatkugel ist eine Thatsache, die die
physiologische Chemie selbst mit Hülfe des allvermögenden
Stoffwechsels anstaune, aber nicht begründen kann.

Wenn wir hiernach sagen: die K'hilla schläft, so bitten
wir dies als Bestätigung allgemeinen Kugelgenusses wie eine
unleugbare Thatsache hinzunehmen. Selbst der glückselige Reb
Chaim konnte dem Zauber zweier Kugeln auf seinem Tisch
bald nach dem Tischgebet nicht mehr Widerstand leisten. Sein
alter Kopf liegt auf dem aufgeschlagenen dicken Folianten, „in
dem Alles steht". Gegenwärtig hat sich sogar sein Käppelchen
etwas verschoben und sich viel ungezwungener in den Text des
Sch'loh hackobausch hineingestellt, als all die andern Dinge,
die Reb Chaim sonst hineinzustellen versuchte.

Auch die Liebe widersteht dem allgemeinen Zauber nicht ganz. Sie schläft nicht, aber sie träumet, wie es denn von ihr im hohen Liede[1]) heißt: „Ich schlafe, aber es wacht mein Herz!" — Begreift Ihr den lieben Vers nicht, o so habt Ihr nimmer geschlafen mit wachem Herzen, so habt Ihr nie geliebt, nie geträumt!

Wollet Ihr aber den Sinn fassen, so sehet zwei Traumgebilde!

Der Zempelburger sitzt im Stuhl. Er hat um Golde, die neben ihm steht, den Arm geschlungen. Sie aber, sie lehnt sich nur leicht an seine Schulter, sie steht so sicher, so vertrauend und doch so gehoben, als wäre der Vers[2]) nur auf sie gedichtet: „Wer ist sie, die emporsteigt aus der Wüste, lehnend an den Geliebten?"

Und Vögele? — Sie spricht nicht; auch nicht ein einzig Wort! Sie sitzt im Stuhl am niedrigen Fenster, und auf einem Bänkchen zu ihren Füßen ruht, liegt der Kosminer, den Kopf an ihren Schoß gelehnt. Ihre Hände kühlen sein glühend Angesicht und die Finger wühlen zuweilen in seinen Löckchen! Die Augen Beider hangen aneinander. Es spricht das seine: „Du hast mich entherzt mit einem Deiner Blicke[3])"; und das ihre erwidert: „O, lege mich wie einen Siegelring an Dein Herz, wie einen Siegelring an Deinen Arm! Denn gewaltig wie der Tod ist die Liebe[4])!"

Auch der gute Reb Chaim sieht auf einen Augenblick das Traumgebilde. Er erhebt das Haupt von seinem Sch'loh

[1]) Hohes Lied Salomonis 5. 2.
[2]) Hohes Lied Salomonis 8. 5.
[3]) Hohes Lied 4. 9.
[4]) Hohes Lied 8. 6.

hackobausch, rückt sich sein Käppelchen zurecht, wundert sich, wie
doch der Wronker Vorsänger so merkwürdige Aehnlichkeit hat
mit dem Zempelburger, und noch mehr, wie die Wronker
Rabbinenfrau dem Koßminer Bachur ähnlich sieht; aber sein
Kopf sinkt wieder auf den Sch'loh hackobausch nieder. —
Schlafe ruhig, Du alter guter Freund! Ueber Deinen Kindern
wacht die Seelenreinheit, der Väter Tugend, der Mütter Sitte.

————————

Die· K'hilla schläft, denn es ist Sabbat=Nachmittag;
nur der gute Wachtmeister, das Auge der Obrigkeit, wacht.
Er geht jetzt über die vollkommen einsame Gasse, um seines
Amtes willen. Er muß den Schulklopfer wecken, weil es Zeit
ist, daß er zum Nachmittagsgebet ruft.

————————

Die K'hilla wacht! Und daß sie wacht, das zeigt erst das
rege Leben im ganzen Städtchen nach dem Gebet!
Erschütternd ist es, wenn ein gemeinsames Mißgeschick die
Massen in gemeinsamen Impulsen bewegt; erhebend ist es,
wenn in gemeinsamen Geschicken ein gemeinsamer Muth die
Massen belebt; und was die Gemeinsamkeit in solchen Zeiten,
nach solcher gelehrten Predigt und in solcher K'hilla zu leisten
vermag, das bewies die Einmüthigkeit dieser frommen Masse,
die nach dem Gebete wie ein Mann spazieren ging.
Elender Kerkow, Du hast die Einheit der Häuser, der
Mauer, des Thores, des Eiruws zertrümmert; die Einheit der
Seelen spottet Dein! Du triumphirst über Tabacksdosen, die
daheim bleiben müssen; die Schnupftücher aber sind einmüthig
jetzt und sprechen, ein Glaubensgurt um jede Lende, Deinem
Frevel Hohn!

Und wie machtvoll eine Gemeinsamkeit ist! Nie, nie
würde die Welt geahnt haben, daß eine K'hilla so viel Schnupf=
tücher überhaupt habe! Mann und Weib, Jüngling und Jung=
frau, Kind und Säugling, Niemand bleibt daheim, dem Böse=
wicht zum Trotz; und Jedes hat ein Schnupftuch um den Leib,
zum Hohn des Frevels. Selbst Leeser Schlapp, Jahr aus
Jahr ein ein abgesagter Feind aller Tücher, heute hat er sich
von seiner intimsten Freundin Ester=Malke=Jüdels eines ge=
liehen; — denn sie ist eine wackere Frau, sie wirft ihm regel=
mäßig beide Pantoffel an den Kopf, ehe er noch dazu kommt,
ihr seinen einzigen zu verehren! — Siehe, er trägt, wie ein
Ritter im Turnier, die Farbe seiner Dame, ein rothes Tuch
von ihrem Kopfbund, als Gürtel um seinen Wamms.

Nicht wie gestern im Sturm wilder Aufregung, nein, mit
Sabbat=Behagen und im Sabbat=Schritt sieht die niedersteigende
Sonne eine Gemeinde dahin wallen, heerdenweise, gruppenweise,
familienweise wohlgeordnet. Umgürtete Männer, umgürtete
Frauen, umgürtete Kinder, soviel das in einhundertundsiebzig
Einzel=Territorien zersprengte Städtchen nur aus den Häusern
treiben kann.

Da — so ist es in einer guten frommen K'hilla — geschieht
auch noch ein Wunder im Angesicht der lichtigen Sabbat=Sonne!

Eine große Gruppe der Spaziergänger wandert eben vor=
über dem Hause des Reb Rephoel=Baal=Neß, des Enkels jenes
großen Wunderthäters, der der Kuh Meister wurde, · die da
that gleich den Thaten Kerkow's. Reb Rephoel lebt abgeschlossen
wie ein Wunderthäter in seinem Häuschen. Er war bei der
Wahl des Rabbi sein heftiger Gegner; er ist jetzt sein Gegner
nicht, sein Freund nicht; er hat sich zurückgezogen, wehklagend
über die immer schlechter werdende Welt und fastet die halbe
Woche und berechnet aus dem Sohar[1]) die Tage des Messias.

---

[1]) Ein Hauptwerk jüdischer Mystik.

An seinem Häuschen gehen heimliche Anhänger seines Namens — als Gegner des Rabbi wollen sie nicht gelten — mit stiller Andacht vorüber und mit Ehrfurcht selbst die unbedingtesten Verehrer des Reb Jizchaf Reb Simcha's. Mit wahrhafter Furcht jedoch blickten die Kinder auf die Thür; denn von dem Wunderthäter haben Alle, Alle gehört; gesehen aber haben ihn nur Wenige, sehr Wenige, wenn sie in schweren Krankheits= fällen zu ihm in's Haus getragen wurden.

Und gerade vor seiner Thür muß ein Fall eintreten, den selbst der Scharffinn aller gelehrten Religions=Berechner nicht voraussehen konnte.

Eine Mutter — Gitel Asef's ist ihr Name — geht an der Seite ihres Gatten — Asef Gitel's ist der seine, — sie, das Schnupftuch um den Leib, er, das Schnupftuch um den Leib, umgeben von der ganzen großen Gruppe umgürteter Genoffen gemischten Geschlechts. Und den Eltern folgt ge= horsam auf Schritt und Tritt der kleine Gedalje, acht Jahr alt, sein Mützchen fromm bis tief in die Ohren und Augen ge= drückt und seine Hände spielen harmlos am Knoten des Tuches, das die gute Mutter ihm eigenhändig um das Leibchen gebunden. Da — gerade vor des Reb Rephoel Wunderthäters Häuschen schreit der fromme Gedalje auf. Aller Augen richten sich auf ihn! — Der Arme! Er hat sein Schnupftuch fallen laffen!

Alles steht bestürzt, weicht zurück und bildet einen weiten Kreis um den armen Knaben. Wer darf es wagen, im An= gesicht der Sabbatsonne und im Bewußtsein des zerstörten Eirum ein Schnupftuch, das faktisch aufgehört hat, ein Gürtel zu sein, von der Erde aufzuheben! Da liegt die von Menschen= händen heute unverrückbare Last! Und soll sie nicht liegen bleiben, ein Zeugniß des gestern erlebten Frevels, bis die Sterne am Himmelszelt erscheinen, so kann nur der gute Wachtmeister oder sonst ein Wunder der Welt das Schnupftuch von der Stelle bringen.

6*

Der gute Wachtmeister, er ist fern. Er befindet sich — sein Schnupftuch theilt ebenfalls das allgemeine Geschick und nimmt die Stelle seiner Säbelschärpe ein — am andern Ende des Städtchens vor dem Hause des Frevlers Kerkow, wo eine andere Gruppe frommer Einwohner eines Wunders harret, das auch nicht ausbleiben wird. Hier aber erwies sich ein Wunder, ein echtes Wunder, freilich erst nach einigen harten Prüfungen an dem kleinen Gedalje, wie das immer zu sein pflegte.

Zuvörderst fällt die Mutter, die lebhafte Gitel Asek's mit ihren lebhaften Armen über den armen Gedalje her:

„Unglückseliger!" schreit sie, und ihre zwei Hände fliegen dem Unglückseligen um die Ohren, die er vergeblich durch zwei Ellenbogen zu schützen sucht — „Schmach und Schande erleb' ich doch an Dir! Vor der ganzen K'hilla muß ich doch mein Gesicht zu waschen geben Deinetwegen, Du Schlemihl[1]) mit zerbrochenen Händen. Du verkürzest mir die Jahre! Du Strafe von Gott! Du bist ein Unglücksmensch wie er nicht ist zu finden von Eck der Welt zu Eck der Welt! — Was schreist Du noch?" schreit sie ihn an, der unter ihren flinken Händen in der That ein Zetergeschrei erhob, das ihr Mutterherz traf; — aber in der Lebhaftigkeit ihrer Empfindungen wandte sie sich an ihren Gatten, der viel zu gelassen dem Unheil beiwohnte, und kehrte die Spitzen ihrer Aufregung gegen diesen. „Da, da! Da steht er, Dein Jung'! was Du redest Dir ein, er wird werden ein Messias; die ganze Woch' muß ich mich mit ihm herumschlagen und an dem heiligen lieben Sabbat hab' ich auch vor ihm keine Ruhe! Was stehst Du da und kuckst in die Welt hinein; siehst Du her, wie da liegt das Schnupftuch vor der ganzen K'hille, daß sich Gott im siebenten Himmel erbarmen möge! — Ach, Herr der Welt!" — Sie ergriff, an

---

1) Pechvogel.

Hand und Mund erschöpft, die Appellation an die letzte In=
stanz und weinte zum Himmel auf: „Was' hab ich gesündigt,
daß Du mich haft so hart gestraft mit einem solchen Kinde!"
Unglücklich Mutterherz, verzweifle nicht! Die Hilfe naht!

Denn siehe, es öffnet sich knarrend die Thür von Reb
Rephoel Wunderthäters Häuschen; und an der Schwelle er=
scheint der Mann, vor dem Alle ehrfurchtsvoll zurückweichen.
Sein Angesicht ist weiß, sein Bart ist weiß, sein Festtags=
Mützchen ist weiß, seine Unterjacke ist weiß, seine Unterhosen
sind weiß und sein Ueberwurf mit den Schaufäden ist weiß
und reicht hinab bis auf seine Schuhe, die ebenfalls ins Weiße
schimmern. Die Gruppe schweigt, die Mutter schweigt, selbst
Gebalje schweigt und der Wunderthäter schweigt und geht ge=
radesweges auf den Knaben los, der schlotternden Gebeines
vor Schreck nicht von der Stelle kann. — Da berührt die
knochige Hand des Wunderthäters den Nacken Gebalje's und
der Knabe sinkt zusammen und fällt mit dem Rücken zur
Erde und in sein Schnupftuch hinein. Und die zwei Hände
des Wunderthäters ergreifen die zwei Zipfel des Schnupftuches
und schweigend bindet er sie vorn an der Brust Gebalje's zu=
sammen, und wieder greift seine Hand an den Nacken Gebalje's
und siehe der Knabe richtet sich auf, schlotternden Gebeines
zwar, aber er steht, und der Leibgurt ist um seine
Lenden.

Ein Schrei des Entzückens wollte eben aus der Brust aller
Anwesenden stürzen, — denn aller Augen haben das Unglaub=
liche gesehen, — aber der Wunderthäter steht aufgerichtet, seine
Hand winkt, das Volk verstummt und er spricht mit tiefer
hohler Stimme:

„Hütet Euch und nehmt es zu Herzen, was da gesehen
haben Eure Augen! Das ist eine neue Gesetzentscheidung: wie
man darf aufheben ein Schnupftuch! Und das steht noch

nicht eingeschrieben in die heiligen Bücher, aber man wird es
einschreiben! Und das weiß nicht jeder Rabbi!"

Mit diesen bedeutungsvollen Worten kehrte er sich um,
ging in sein Haus und ward nicht mehr gesehen!

Die Worte hatten Alle, die Schlußworte aber mit ihrer
tiefen Anspielung, vornehmlich die Anhänger des Rabbi Reb
Jizchak Reb Simcha's, so sehr erschüttert, daß das Schweigen
noch anhielt; allein ein volles Mutterherz kann der Wonne
jubelnder Empfindung nicht Widerstand leisten. Die weinende
Gitel Asek's stürzte mit ausgebreiteten Armen auf ihr Kind los,
das in einem grausamen Mißverständniß des Instinkts wieder
beide Ellenbogen über die Ohren erhob; umarmte dasselbe in
Entzücken und schrie laut: „Gedalje leben, mein gesegnet Kind,
Du bist doch meine Krone, mein Trost in meinen trüben Tagen.
Es ist doch ein Wunder an Dir geschehen, was noch kein Rabbi
weiß! Wir sind doch des Glückes gewürdigt" — schrie sie
ihren Mann an — „daß an unser lichtig Kind ist entdeckt
worden ein ganz neues Gesetz! Die Welt wird uns doch beneiden, so lang' wie sie stehen wird! — Was stehst Du so da,
warum läufst Du nicht in Schul' und sprichst den Dank dafür
öffentlich aus?! Herr der Welt, welch eine Gnade hast Du
mir da angethan mit dem Kind. Es wird doch werden eingeschrieben in ein heiliges Buch und mein Kind und mein Mann
und ich werden doch haben das Glück auf dieser Welt, und auf
jener Welt, daß die Gelehrten sich werden wundern und werden disputiren über unser Schnupftuch, wie über alles andere,
was ist eingeschrieben in Deine heilige liebe Thora und in Deine
heiligen Bücher." — Und sie herzte ihr Kind und weinte
Thränen höchsten Mutterglücks.

Ja, gute Gitel Asek's! Dein ahnend Mutterherz hat Dich
nicht getäuscht! — Gehet hin, verkündet ihr's, daß sie, ihr Kind,
ihr Mann und das Wunder nunmehr eingeschrieben stehen ge-

treulich in dieses gute Buch, und daß fortan alle Gelehrten darüber disputiren können.

Noch hatte die Aufregung über das erlebte Wunder nicht hinreichende Zeit gefunden, sich vollständig unter den Versammelten kundzugeben, als bereits von dem andern Ende der K'hilla her ein Ereigniß angekündigt wurde, das noch wunderbarer erschien.

„Die Schlange hat ihn schon gebissen!" So lautete ein Gerücht von Kerkow's Haus her. Aber es war nur ein Gerücht. Als die verzweigten Ströme der Spaziergänger sich vor dem Hause Kerkow's sammelten, ergab es sich, daß es noch keineswegs so weit mit ihm sei.

Es war weder im Haus, noch im Hof, noch in seinem Garten etwas von ihm zu finden. Aber der gute Wachtmeister hatte ein beschriebenes Blatt in der Hand, das Kerkow an ihn gerichtet, und das er der versammelten Gemeinde vorlas, nur von Leeser Schlapp's Bemerkungen unterbrochen, die sich wie ein vorzüglicher Commentar sehr enge dem Text des Schreibens anschlossen.

Das Schriftstück von Kerkow lautete:

„Wachtmeister, ich will nicht mehr unter den Juden leben!"

„Mag er umkommen unter den Gojim[1])", bemerkte Leeser Schlapp.

„Ich bin erst siebenundzwanzig Jahr alt."

„Nimmer älter soll er werden!" paraphrasirte Leeser.

„Ich wand're aus!"

„Laß' er gehn zu der Schlang', dann braucht sie nicht in die K'hilla hereinzukommen!"

---

[1]) Nicht-Juden.

„Ich will nicht mehr Grobschmied, auch nicht Schlosser, auch nicht Uhrmacher sein, ich will noch was ganz anders werden."

„Ein schönes Sühnopfer kann er werden!"

„In England baut man einen Wagen mit einem Schornstein, wo man kein Pferd zu braucht. Das muß ich auch lernen!"

„Auf Hexerei will er sich auch noch legen."

„Verkauft mein Haus an die K'hilla für 150 Thaler, dann könnt Ihr Euch zehn Thaler behalten und schickt mir das übrige, wohin ich Euch schreiben werde."

„Schickt's ihm in die Hölle."

„Sagt der K'hilla, ich bin gar nicht so boshaft. Lebt wohl, Euer Kerkow."

„Ausgelöscht werde sein Name!" schloß Leeser. „Ich meine," schrie er, „die Schlang' hat ihm schon einen Biß gegeben! Davon ist er verrückt geworden und läuft in alle wilde Wälder, wo die bösen Geister und die Schlangen wohnen!"

Auf diesen Ausspruch Leesers gründete sich das Gerücht, daß Kerkow schon den ersten Schlangenbiß fort habe; wir wollen vorgreifend nur erwähnen, daß das Geschick eine edlere Rache an ihm nahm. Kerkow's Hand war verurtheilt, tausendfach gut zu machen, was sie verbrochen! — Er ging in die Welt, wurde wirklich Locomotivführer, später warf er sich auf die Mechanik und jetzt — baut er Telegraphenleitungen, Stangen mit Drähten, — lauter, lauter Eiruws durch die ganze Welt!

Die untergehende Sabbatsonne sah der Spaziergänger sehr viele, die sich lebhaft von den großen Ereignissen des Tages unterhielten. Unter diesen wanderten auch Golde und Vögele

Arm in Arm in tiefem Gespräch; und fern von beiden der Zempelburger und der Koßminer in eifriger Unterhaltung.

„Golde Herz," sagte Vögele in ihrer Lebhaftigkeit, „ein Stück von meinem Leben schenkte ich darum, wenn ich Deine fromme Ruhe hätte! Sieh' nur, in mir flackert's immerfort. Ich möcht' immer und immer wissen, was er denkt und was er sagt und was er da so mit seinem Händchen beweist und über was er da so disputirt mit seinem Köpfchen und mit seinen Löckchen und mit seinem blitzenden Verstand. — Warum ist Dir gar nicht so?"

„Ich weiß nicht!" sagte Golde träumerisch vor sich hin. „Ich meine immer, daß ich ihn lieber hab', wenn ich gar nicht all' die Gelehrsamkeit fassen kann, die so ein feiner Bachur herauslernt aus all' den guten Büchern."

„Lieber?!" fuhr Vögele auf, „lieber haben, was ich nicht versteh'?! Sieh', Golde, wenn ich nicht wüßte, wie Du Deinen Zempelburger mit Deinem ganzen frommen Herzen und mit Deiner ganzen guten Seele lieb hast, ich möcht's gar nicht glauben. Ich kann gar nicht lieb haben, was ich nicht ganz klar seh' und hör' und weiß und hab'! Dann ist es doch gar nicht so mein, mein! so ganz mein!" Und hierbei preßte Vögele ihre Hand voll Leidenschaft an ihren Busen.

Golde schwieg eine ganze Weile, dann aber sprach sie, so ruhig und so hold, als ob die heftigste Liebe in ihr nie zur Leidenschaft werden könnte: „Vögelchen, mein Herz, verstehst Du denn unsern lieben Gott in seinem siebenten Himmel und all' sein Werk in der Höhe und in der Tiefe, kann ihn denn ein Auge sehen, und ein Ohr hören und ein Verstand messen; und doch haben wir ihn so lieb und so ganz lieb und sagen alltäglich im Gebet, das ist mein Gott, der da ist mein und meine Seele ist Sein!"

Vögele stand betroffen still und nöthigte die Schwester ebenfalls im Gang anzuhalten. Dann zog sie dieselbe bei

Seite, wo kein Auge die Schwestern beobachten konnte, und hier fiel Vögele der Schwester um den Hals und küßte sie und weinte an ihrem Herzen. „Golde, Golde Herz!" rief sie, „hör' zu, was ich Dir sag'. Du bist schöner wie ich! Das weiß die Welt! Du bist besser wie ich; das hab' ich immer gewußt! Du bist aber auch klüger wie ich! Davon kann ich sagen wie Abraham unser Ahn[1]): „Siehe, nun erst weiß ich es!"

„Ich weiß es nicht, liebe Schwester!" sagte Golde. Es war in ihrem Wesen nicht, ihren Werth gegen den Anderer zu messen.

Vögele aber fuhr bewegt fort: „Deine Seele ist wie Dein Name, wie Gold so rein, so fest und so weich und so ohne Sprenkelchen Falsch. — Ich, meine gute Schwester, meine Seele ist nur ein Vögelchen, das fliegt auf, einmal in die Sonne und einmal in den Schatten, und auf einen Baum und an ein Wasser, und springt ein Bißchen und singt ein Bißchen und kuckt in sein Nest und kuckt in die Welt, bis es flattert mitten in ein Netz hinein, wo es fest sitzt und gar nicht ab kann. — Ach, frommes Golde Herz, faß' nur da her, und sieh' wie das da flattert und gar nicht ruhen will!"

Das arme Kind! Sie preßte die Hand der Schwester an ihr pochendes Herz!

Golde wurde fast beängstigt von dem Wogen, das ihre Hand fühlte, dann aber sah sie wieder ruhigen Blickes in das Auge Vögele's und sagte: „Schalkhaftig Vögelchen! Schmähe Dich doch nicht! Bleib nur, wie Gott, gelobt sei er, Dich gemacht hat und Du bist viel, viel besser, wie Du meinst und wie Du sagst."

Und so ist es auch!

---

[1]) 1. Mose 12, 11.

Anderer Art war das Gespräch zwischen dem Zempelburger und dem Kosminer.

„Mich," sagte der Zempelburger, „treibt es fort aus der K'hilla und aus der Talmudschule, ich will ein ordentlicher Lehrer werden, mein Examen ordentlich machen und meine Golde heimführen, um der frommen Seele ein Leben in der Stille zu bereiten, wie sie es verdient. Sie wird beglückt werden, und ich bin es!"

„Und ich" — sagte der Kosminer — „ich ringe mit mir, und weiß gar nicht, wie ich solch' ein Wesen verdienen soll. Ich möcht' ein Stück der Welt erobern, um es ihr zu geben. Nicht lernen mehr möchte ich!" rief er voll Leidenschaft, „und wenn ich die gesammte Gelehrtheit habe, bin ich doch nicht, was sie ist. Thun, schaffen muß ich etwas, was ihr Herz erfaßt und was sie hinstellt so frei und so ganz vor alle Welt, wie sie es verdient!"

Der Zempelburger blickte besorgt auf seinen Freund; dann faßte er dessen Hand und sagte zu ihm: „Vögelchen selber wird am richtigsten sagen, was Du beginnen sollst. Auf sie kannst Du Dich verlassen!"

Die Sabbat-Sonne war längst untergegangen und es kamen die Sterne der Woche heraus am Himmel. Die Männer trennten sich von den Frauen. Jene, um einen herrlichen Psalm Davids, diese, um das Frauen-Lied zu singen:

> Gott von Abraham, Isaak und Jacob,
> Behüt' Dein Volk Israel in Deinem Lob
> Die sieben Täg', daß sie uns bekommen
> Zu Heil und Gut und allem Frommen.

Der liebe heil'ge Sabbat geht dahin u. s. w.

Und der liebe heil'ge Sabbat war dahingegangen.

In der mondhellen Nacht trat der Kosminer in einer Pause nach dem eben verrichteten Mitternachts-Gebet heraus aus dem Beshamidrasch; der Zempelburger folgte ihm.

„Sieh'," sagte der Kosminer und deutete auf das Fensterchen der Mikwe, „sie haben schon ihr Lämpchen ausgelöscht."

„Sie wachen aber noch im Mondenschein." —

Sie gingen vorüber.

„Was machst Du da?" fragte der Zempelburger.

Der Kosminer hatte Kotzebue's Verzweiflung aus der Tasche gezogen und zerriß die Blätter in kleine Fetzen.

„Ich will das nur in alle Winde zerstreuen," sagte er, „das sind ganz leere Reden, das weiß ich erst jetzt, wo mein Herz voll geworden ist."

Er warf die Fetzen in den Wind. „Ich weiß gar nicht, wie ich das hab' bei mir tragen können über den Sabbat ohne Eiruw," lächelte er.

Und die Fetzen flogen hin vom Winde getragen über Dächer und um Schornsteine und an Zäunen und über die Gasse, ein Paar wirbelten um die heilige liebe Schul' herum und jagten davon, und ein größeres Stück Verzweiflung tanzte ganz lustig mitten auf dem Markt, wie das nur ein so ge- machtes Stück Verzweiflung zu Stande bringen kann.

Die Bachurim lachten dazu, drückten sich die Hände und gingen wieder in's Beshamidrasch.

Und es war, wie der Zempelburger gesagt hatte. In der Mikwe wachten die Schwestern noch. Golde lag in ihrem Bette; Vögele war aus dem ihrigen gestiegen und hatte sich auf das Bett der Schwester gesetzt.

„Ich kann gar nicht mehr schlafen, liebe Golde!" sagte Vögele, „mein Herz will wachen und immer wachen, und immer wachen!"

Golde setzte sich im Bette auf und nahm die Schwester in den Arm.

„Golde Herz," sagte Vögele, die sich wie ein Kind an sie schmiegte, „Golde Herz, haft Du unsre liebe gute Mutter, Friede sei mit ihr, gekannt?"

Nach einer Weile sagte Golde: „Gekannt?! — Ich glaub', man kennt die Mutter erst, wenn man Mutter ist!"

„Haft Du sie denn so recht gesehen?" fragte Vögele nach einer Weile.

„Ja!" sagte Golde mit tiefer Regung, „so recht hab' ich ich sie gesehen! Nicht wie man sieht ein Menschenangesicht! Nein, „„so wie man sieht ein Angesicht des Engels"" und man weiß und weiß wieder nicht wie das ausfieht!"

Und beide Kinder weinten.

Nach einer Weile fragte Vögele leise: „Golde Herz, sag' mir nur, war das Recht, daß der Kosminer heut meinen Mund geküßt?"

„Es war kein Unrecht!" sagte Golde ruhig.

„Und gestern," rief Vögele leidenschaftlich, „hab' ich ihn gar zuerst umhalst und ihn geküßt! War es kein Unrecht, Golde Herz?"

„Es war kein Unrecht! Schwester!" antwortete Golde ruhig.

Vögele barg sich wie ein Kind an den vollen Busen der Schwester. Nach einer Weile richtete sie sich auf.

„Golde Herz!" rief sie, „und Deine reinen Lippen haben das noch nicht gekostet!"

Golde schwieg; und Vögele mißverstand dieses Schweigen der Schonung nicht.

„Golde Herz!" rief sie, „haft Du denn noch nicht verstanden den flammenden Vers

„O, küßte er mich Küsse seines Mundes!"[1]

---

[1] Hohes Lied 1. 2.

„Lieb Vögele," sagte Golde und drückte die Hand der Schwester an ihr Herz: „ich versteh' ihn!"

„Und warum hat er Dich noch nicht geküßt!"

„Weil er Recht hat!"

„Und wenn er Dich hätt' gefaßt und hätt' Dich geküßt!" fiel Vögele ein.

Golde nahm beide Hände an ihren Busen und lächelte und sprach: „Er hätte auch dann Recht!"

Und wieder lagen die Schwestern Brust an Brust.

Nach einer ganzen Weile, während sie beide den Tönen aus dem Beshamibrasch gehorcht hatten, sagte Golde:

„Komm', Vögele lieb, laß uns nicht so herumfliegen mit unsern Gedanken an dieser Nacht nach dem Sabbat wie nichts Rechts, leg Dich da bei mir, ich sing' Dir auch den Psalm-Vers „von Gottes Huld"[1]) sieben mal und dann schläfst Du ein!?" —

Vögele gehorchte wie ein Kind, und Golde sang mit ihrer vollen tiefen Stimme in ganz eigner, eigner Art, wie sie vor keinem, keinem Menschen singen kann:

„Und Gottes Huld komm' auf uns herab! — Und unser Händewerk richte Du auf hoch über uns, und unser Händewerk richte und baue Du es auf!"

Sie sang es siebenmal, immer anders, immer eigenthümlicher, immer tiefer, immer seelenvoller. Dann horchte sie, stieg behutsam aus ihrem Bette, um Vögele nicht zu wecken und legte sich auf deren Lager zur Ruhe. —

Heilige Golde!

---

[1]) Psalm 90. 17. der beim Nachtgebet gesprochen wird.

Vier Wochen nach diesen Begebenheiten, und es war am
vierten Halbfeiertage des Hüttenfestes, da saß Reb Chaim des
Maggids in seiner Laubhütte und richtete an den Sch'loh hacko-
bausch wiederum die wichtige Frage wegen der Pacht; denn
der liebste Gast der Mikwe war noch nicht wieder erschienen.
Der gute Schloh' hackobausch schien um die Antwort in einiger
Verlegenheit, aber es dauerte nicht lange; denn die schwarze
Sforo kam und legte einen harten Thaler auf den Sch'loh
und bestellte, daß Täubchen bitten lasse, es möchten doch die
Mädchen zu ihr kommen.

Der gute Reb Chaim! er nahm den Thaler von dem
Folianten mit einer Andacht herab, als käme er direkt eine
höchst befriedigende Antwort auf die gestellte Frage, aus der
heiligen Hand seines heiligsten Schutzgeistes. Er stand auf
und bestellte den Kindern, was ihnen Täubchen Reb Noach
Brall's sagen ließ.

Was war doch den lieben Kindern? — Sie lächelten, er-
rötheten, sahen sich an, wurden ganz roth, lachten, schlugen in
die Hände, fielen sich in die Arme, küßten sich, weinten, sahen
sich nochmals an, küßten sich und lachten und sprangen und
tanzten gar in dem Stübchen herum, daß alle an ihren Dochten
aufgehängten frisch gezogenen Lichte für die heutige Festnacht
des großen Hosiannah mit zu tanzen anfingen, als ahnten sie
auch, was Gott, gelobt sei er, gethan hat an der liebherzigen
Täubchen Reb Noach Brall's.

Golde hielt zuerst inne und faltete die Hände: „Mir
sagt's mein Herz, es ist erhört ihr Gebet! Aber laß uns still
sein und hoffen auf Gott, denn er thut es!"

Vögele aber rief: „Nein, Golde Herz, es ist! es ist!
Wie die beglückte Mutter Hannah ruf' ich aus für unser
Täubchen: „Es frohlockt mein Herz in Gott, es jauchzt meine

Seele in ihm[1])!" und wieder klatschte sie in die Hände und
tanzte mit ihrem Schemel in dem Stübchen herum, bis sie
erschöpft inne halten mußte.

„Komm, Vögelchen," sagte Golde, „laß uns gehen; aber
laß uns ganz ruhig hintreten vor unsere gute Beschützerin und
Helferin."

Und doch blieben die Angesichter so leuchtend, als sie über
die Gasse gingen, daß der Zempelburger und der Koßminer,
die sie vom Fenster des Beshamidrasch aus beobachteten, ganz
geblendet waren, und Reb Noach, der sie von ferne kommen
sah, zu Täubchen sagte: „Da kommen die Kinder an mit Ge-
sichtchen wie Engel, welche gute Botschaft bringen!"

Und wie ein Engel guter Botschaften stand in lichter
Röthe auch die stattliche Täubchen da; und als sie die beiden
Mädchen mit beiden Händen hielt und Reb Noach sie so zu
Dreien sah, da wurde ihm so warm um das Herz, wie am
Tage, da Abraham gesessen im Eingang seines Gezeltes.

Täubchen nahm beide Schwestern an ihr Herz und stand
lange so; Reb Noach ward es, als müßte er, wie Abraham
vor den Engeln[2]), sich vor ihnen bücken zur Erde.

Endlich lächelte Täubchen und sprach munter: „Du,
Maggid! was kucken Deine Augen mir so tief in mein Herz
hinein! Und Du, Golde Herz, schlagst die Augen nieder! Ich
hab' Euch gerufen, daß sich mein Herz soll heut baden in
Eurer Lieblichkeit, liebherzige Kinder!" Und Täubchens Angesicht
ward dabei wieder umflossen von dem züchtigen Leuchten der
eignen Lieblichkeit.

Nach einer Pause trat Reb Noach zu den Dreien und
sprach mit seiner festen sichern Stimme, als wollte er sich selbst
ermuntern: „Täubchen leben, ich hab' Dir die Kinder kommen

---

[1]) 1. Samuel 2. 1.
[2]) 1. Mof. 18. 1.

laffen, daß Du follft mit ihnen fröhlich plaudern, wie es Dein Herz begehrt. Vorerft aber laß Golde bei Dir bleiben und ich will mit Vögelche meinen Text ganz allein abreden." Er nahm Vögele's Hand.

„Laß fie mir noch ein Bißchen," bat Täubchen und lächelte ihren Liebling an. — Vögele aber raunte ihr halblaut zu: „Das ift das Lachen, wonach ich hab' geblickt in Euer Herz hinein, das Lachen, was Gott gemacht hat unferer Aeltermutter Sarah. Nun geh ich mit Eurem Mann und ruf' Euch zu frohlockend: „Ich komm zurück zu Euch!"[1]) — und mit heiterm Blick folgte fie Reb Noach in das Nebenzimmer.

Hier ließ fich Reb Noach in feinen Lehnftuhl am Tifch nieder und zog einen zweiten Stuhl an denfelben. „Setz' Dich! fetz' Dich! Du Maggid! ich will mit Dir da kurz und fcharf reden!" fagte er mit einer Lebhaftigkeit, die mit feinem fonftigen, etwas fteifen und förmlichen Wefen keineswegs ftimmte.

„Ich fteh gern vor Euch!" fagte Vögele mit Ruhe; aber in ihrem Gefichte und in ihren Augen fpielte ein ganzes Heer von Plänen und Gedanken durcheinander; und all das regte fich nur noch lebendiger und ftrahlender, als fie mit einem flüchtigen Blick durch's Fenfter den Zempelburger und den Kos-miner drüben in der Gaffe langfam dahin wandernd bemerkte.

„Maggid!" fagte Reb Noach, der ihr Geficht beobachtete. „Ich meine, Du weißt fchon Alles, was ich Dir da zu fagen hab'."

„Ich weiß nur," fagte Vögele mit der ganzen Bewegtheit ihres Wefens, „was ich Euch zu fagen hab', Reb Noach!"

Reb Noach fchüttelte verwundert den Kopf und fagte: „Nun! gut! red' Du!"

---

[1]) Worte des Engels, welcher Sarah den Mutterfegen ver= heißt. (1. Mof. 18. 10.)

Vögele aber fuhr mit Sanftheit und Bestimmtheit fort: „Was ich weiß und Euch zu sagen hab', ist: Ich geh nicht früher aus Eurem Haus, bis Gott geschickt hat das Heil, daß „jedwedlicher, der es hört, frohlocken wird mit uns[1])!"

Reb Noach schlug mit beiden Händen so kräftig auf den Tisch, daß Täubchen und Golde herbei eilten.

„Täubchen leben!" rief er, „meinst Du, ich hab' dem Maggid gesagt, was ich will und daß der Kreisdokter auch gesagt hat, wir sollen sie zu uns ins Haus nehmen? So wahr soll Gott — gelobt sei er — uns unser Glück bescheeren, ich hab' kein Wort gesagt und sie hat alles schon gewußt!"

Vögele aber fuhr sanft und heiter fort, als ob sie gar nicht unterbrochen worden wäre: „Ich werde Euch dienen, wie eine Magd, und an Euch thun wie eine Tochter, und Euer Sorg' tragen, wie das Herz von einer Mutter, und ich will lachen durch den ganzen Tag, und ich will sinnen für Euch durch die ganze Nacht. Und ich werd' machen, daß die Monate werden hingehen und Ihr wie Jakob unser Ahn sagen werdet, sie sind „wie ein Paar einzelne Tage!" — Und Golde, meine heilige Golde," hier faßte sie die Hand der Schwester, „sie wird arbeiten daheim doppelt wie sonst, und wird wachen daheim in der Nacht doppelt wie sonst, und wird für Euch beten zu Gott, doppelt wie sonst. Und Gott — gelobt sei er — wird uns Alle beisammen erhören, wie er geredet hat: „Und ich werd' begnaden, wen ich lieb habe."

„Aber Reb Noach Brall!" fuhr Vögele mit noch sanfterer Stimme fort. „Ich bitt Euch! Es hat ausgedacht mein Herz eine gute Sache; darum höret mich an, und höret ganz an, was ich thu' reden!"

Sie hielt inne und lehnte sich an Golde, die, das Haupt gesenkt, neben ihr stand.

---

[1]) 1. Mos. 21. 6.

„Reb, red, Du herziger Maggid!" sagte Reb Noach. „Täubchen leben," fügte er nach einer Pause hinzu, „setz Du Dich da neben mich her; und jetzund red und red nur lustig und red behendig, wie es mein Täubchen hören mag!"

Vögele fühlte, wie ein leises Zittern durch die zarte Seele Golde's zog. Sie blickte auf Täubchen, und sah die Rührung ihres ganzen Wesens in ihrem Antlitz, und mit einer leichten Wendung ihres Kopfes schüttelte sie plötzlich all die sanfte Feierlichkeit, mit der sie bisher gesprochen, von sich ab und hob nach einer kleinen Pause im heitersten Tone ihrer Schalkhaftigkeit also an:

„Reb Noach, ich will Euch eine Gelehrten-Frage vorlegen: Warum hebt die heilige Schrift Gottes an mit den Worten: „Bereschit", d. h. „Am Anfang" und warum endet sie nicht mit dem Wort „Tachliß?"[1])

„Täubchen leben!" lachte der Gefragte: „Hör nur den Maggid! das wird doch da eine ganze Deroschoh[2]), wo sie uns Alle mit einander hineinstellt in den Text!"

„Soll ich leben!" rief Vögele, „ich stell' Euch und Euer geliebt Täubchen, und Euer Haus, und uns beide Schwestern, und die zwei Bachurim dort, und unsere Mikwe und alle, alle K'hilla-Kinder, und die Frankfurter Messe und die schöne Stadt Berlin und ein ganz Stückchen Welt hinein in meinen Text!"

Reb Noach klatschte vor Lachen auf seinen Knieen und

---

[1]) Das Wort „Tachliß" eigentlich „Ende", bedeutet zugleich Zweck, Endzweck oder richtiger noch: praktisches Ziel. In diesem letztern Sinn wird es redeweise am häufigsten gebraucht und muß auch so in der folgenden Rede Vögele's verstanden werden, die eine „Tachliß-deroschoh", das heißt, einen auf praktische Ziele hinlenkenden Gelehrten-Vortrag halten will.

[2]) Gelehrter Vortrag.

Täubchen rollten die Thränen aus den Augen; denn solch aus-
gelassene Lustigkeit hatte sie bei ihrem Manne lange, lange
Jahre nicht gesehen.

Selbst Golde lächelte und überwand für einen Augenblick
das Gefühl der Furcht, daß das Genie ihrer Schwester hier
schon über die Grenzen des Schicklichen hinausstreife.

Vögele aber stand so fest und so ruhig da und in ihren
Augen blitzte hinter aller Schalkhaftigkeit eine solche lebendige
Regung ernster Gedanken, daß sie die Stimmung wieder voll-
kommen beherrschte, als sie nach einer Weile mit ihrer sanften
Heiterkeit begann.

„Unsere heilige, liebe Schrift ist gerecht wie Gott, gelobt
sei er, gerecht ist, der sie hat gegeben. Sie will uns sündige
Menschen lehren, was wir zu thun haben; und darum sagt sie
also: „Im Anfang halte Dich zu mir, da stehe ich für Dich
da; denn ich heb an vom „Anfang" und: der Anfang aller
Weisheit ist Gottesfurcht[1]). — Tachliß aber, Ende, Zweck,
praktisches Ziel mußt Du nicht bei mir suchen. Ich will nicht
sein ein „„Spaten, um damit zu graben[2]).'" Willst Du Tachliß
suchen, Du Mensch, da mußt Du Dir allein helfen!"

„Ein fein Wörtchen!" rief Reb Noach in vollstem Ernst.
Vögele aber fuhr fort „und darum will ich reden vom Tachliß."

„Red', red', Du lieb Kind," fügte Reb Noach hinzu, als
sie einen Augenblick eine Pause machte.

„Vor fünfzehn Jahren," begann Vögele ruhig wieder, „hat
man geschlossen die Schule von Reb Chaim des Maggid's.
Und die K'hilla hat aufgebaut ein Beshamidrasch und hat sich
genommen einen guten Rabbi und es lernen darin die Bachurim
gar mächtig Gottes Wort bei Tag und bei Nacht. Aber die

---

[1]) Psalm 111. 10.
[2]) Sprüche der Väter 4. 5.

heilige liebe Gotteslehre ist gut im „Anfang" und will nicht
sein „Tachliß"! — Hab' ich Recht, Reb Noach?"
Reb Noach wiegte noch etwas zweifelhaft den Kopf. Vögele
fuhr fort:
„Und da gehen herum die Kinder von der K'hilla, Jüngelchen
und Mäden, und haben keine jüdische Schule und keine deutsche
Schule, wie es sich gehört, und lernen nichts für die Welt
und nichts für jene Welt! Das ist auch kein Tachliß!"
„Wahrheit, Wahrheit, Wahrheit!" rief Reb Noach.
„Und an der Mikwe hatte sich ein Wunder bewiesen, daß
sie ist nicht abgebrannt und es wohnt in ihr Reb Chaim des
Maggid's mit seinen zwei Mäden. Wie lang aber wird es
dauern, und es wird noch ein größer Wunder sein, wenn das
Haus über einander fällt und Gott wird Reb Chaim und
seine Kinder retten, daß sie werden herauskommen mit dem
Stückchen Leben! Nicht wahr, Reb Noach, das ist auch kein
groß Tachliß!"
„Sie ist gerecht, wie Gott gerecht ist!" sagte dieser.
„Zwei Bachurim," fuhr Vögele mit bewegterer Stimme
fort: „gehen ein und aus in dem Beshamidrasch, und Gott,
gelobt sei er, hat es gemacht, daß die zwei Mäden von Reb
Chaim des Maggid's fanden Wohlgefallen in ihren Augen.
Der eine Bachur, der ein großer Gelehrter ist, hat geworfen
sein Aug auf meine liebherzige Golde, und es „hängt ihr Gemüth
an seinem Gemüth!" — Und da ist das andere Bachurchen,
ein Charifchen[1]), — ein Charifchen! ach — ein Charifchen!
sag ich."
Vögele hielt inne und bewegte ihre zwei Arme mit einem
Entzücken durch die Luft, daß es aussah, als ob sie dieselben
wie zwei Flügel gebrauchen wolle, um sich zur Höhe aufzu-

[1]) Ein scharfsinniger Talmudist.

schwingen, wohin ihr glühend Antlitz und ihre Augen gerichtet
waren. Aber nur einen Augenblick stand sie so, ein Bild der
Verliebtheit und des Entzückens; im zweiten Moment schon
hatte sie die Hände gefaltet und sagte mit der trockensten Treu-
herzigkeit von der Welt:

„Reb Noach, wenn wir noch zwanzig Jahr für unsere
Bachurim die Lichter machen, und jene Nacht für Nacht zwanzig
schwierige Schriftstellen im Beshamidrasch zurechtlegen, dann
sag ich doch: es ist kein Tachliß und ist kein Tachliß und ist
kein Tachliß! — und für den Maggid da ist es gar kein
Tachliß!" setzte sie mit drolliger Heftigkeit hinzu, und zeigte
mit dem Finger auf sich selbst.

„Was sagst Du zu der Mad?!" rief Reb Noach lachend,
indem er sich zu Täubchen wandte. „Mir steht mein Verstand
still!"

„Und nun, lieber Reb Noach," sagte sie wieder mit feier-
lichem Ernste, „wollen wir uns umsehen in Eurem lieben Haus!
Da hat Euch Gott, gelobt sei er, gesegnet mit Gut und Ehre,
und nun wird er Euch segnen, daß man ausrufen wird das
Wort des Propheten Jesaias:[1] „Jauchze, die noch nicht hat
geboren! Breite aus den Ort Deines Gezeltes und die Teppiche
Deiner Wohnung erweitere." Aber, lieber Reb Noach, nicht
Euer Haus allein wird sich ausbreiten! Es wird sich müssen
erweitern Euer Speicher und Euer Laden; denn Ihr werdet
nicht mehr sprechen zu Gott, gelobt sei er, wie Abraham
unser Altvater: „wozu giebst Du mirs, da ich gehe kinderlos
umher?"[2] Ihr werdet danken, daß er Gnade häuft auf Gnade
und Kindersegen giebt in Vater-Mühen!"

„Wie schön möcht' es sein, Reb Noach, wenn Ihr werdet

---

[1] Jesaias 54. 1. 2.
[2] 1. Moses 15. 2.

balb sein, wie unsere Weisen gesagt haben „ein Funfziger
tauglich zum Rathgeben"[1]), daß Einer noch bei Euch ist, „ein
Zwanzigjähriger zum Betrieb"[1]), der da lauft treppauf und
treppab im Speicher, und der da packt und schnürt und bindet
in Eurem Laden, und schreibt und rechnet und arbeitet, bis
die Kinder werden aufgewachsen sein „wie lichtige Bäumchen,
die da sind gepflanzt um Euren Tisch[2])."

„Reb Noach leben, wär das nicht ein rechter Tachliß?"

Der würdige Mann blickte das Mädchen mit so tiefem
Sinnen und so vollem Staunen an, daß er gar nichts sprechen
konnte. Das waren ja die ernsten Sorgen, die ihn in den
letzten Nächten beschäftigt und ihn bei all dem Jubel seiner
Seele bedenklich gemacht hatten! — Er schwieg und schüttelte
nur fortwährend den Kopf hin und her, die Augen auf Vögele
gerichtet.

Aber wie ein Jubellächeln fuhr es über das Antlitz
Vögele's und sie preßte beide Hände in einander und rief mit
Innigkeit: „Es hat ausgedacht mein Herz eine gute Sache,
und das will ich Euch sagen in meiner Deroschoh und die
wird sein mit Gottes Hilf ein Tachliß für Alle!" Sie hielt inne.

„Reb', Du lichtiger Maggid von Gott!" sagte Reb Noach
fast bemüthig: „ich höre, als wenn da möcht' reden ein
Prophet, denn Du redest Gedanken aus den Winkeln meines
Herzens heraus."

Eine ganze Weile blieb Vögele ruhig, dann plötzlich sagte
sie mit munterer frischer Stimme: „Reb Noach leben, borgt
mir Euer Fuhrwerk!"

„Was?" sagte dieser ganz erstaunt: „mein Fuhrwerk?
mein Pferd und Wagen?"

---

[1]) Sprüche der Väter 5. 21.
[2]) Psalm 128. 3.

„Ja!" sagte sie, „ich muß es auch hineinstellen in meinen Text."

Der barocke Sprung machte den würdigen Mann wieder so hell auflachen, daß alle die leisen Wolken der Sorge auf seinem Antlitz wie fortgewischt waren.

Vögele ließ sich gar nicht stören, sondern fuhr in dem muntern Tone fort:

„Von heut über vierzehn Tag ziehen wir heraus Pferd und Wagen aus dem Stall; denn Ihr fahret zur Messe nach Frankfurt. Und auf den Wagen setzen wir hinauf die zwei liebe Bachurim neben Euch. Und wir drei Weiber gehen mit Euch hinaus zum Geleit bis in das Wäldchen, und wenn wir Abschied genommen haben, fahret Ihr zu, und wir drei werden stehen und Euch nachsehen bis um die Ecke herum und werden Euch nachbeten: „Gott segne Euch und behüte Euch!"[1] mit ganzem Herzen!"

„Und wenn Ihr werdet gekommen sein nach Frankfurt und dort gemacht habt Euer Geschäft zum Glück und Segen, dann sollt Ihr nehmen die zwei Bachurim an die Hand und sollet sie führen zu all den jüdischen Kaufleuten von der großen Stadt Berlin, und sollet sprechen zu diesen also: „„Es ist bekannt von Eckwelt zu Eckwelt, daß Ihr Berliner seiet große Gojim;[2] aber daß Ihr habt gute, jüdische Herzen und helfet auf allen armen jüdischen Kindern, die da kommen Jahr aus, Jahr ein zu Euch, um was Gutes zu werden. Da habe ich den Einen Bachur, den Zempelburger, der will werden ein guter Lehrer; aber ein ganz guter; denn er ist ein starker Gelehrter in allen heiligen Büchern und er hat auch schon ge-

---

[1] 4. Moses 6. 24.
[2] D. h. daß sie in Rücksicht auf die ritualen Gesetze einen nichtjüdischen Lebenswandel führen.

lefen ganz gute ſchwere deutſche Bücher, wo er den Sinn ganz allein herausgefunden. — Und da iſt noch ein Bachurchen, ein Chariſchen, der ein Köpfchen hat, das nicht mehr zu finden iſt in der Welt; und dieſer wird lernen bei Nacht alle Wiſſen- ſchaften, die die nichtjüdiſchen Gelehrten ausgeklügt haben; und bei Tag ſollet Ihr ihn machen zu einem guten Kaufmann; denn er hat einen Verſtand, daß er wird in Einem Jahr mehr lernen, wie Ihr in ſieben Jahr! Und Ihr ſollet geben den Beiden „ein Stuhl und einen Tiſch und ein Bett und ein Licht und ein Bißchen Brod zu eſſen und ein Gewand anzuziehen." Und drei Jahre ſollen ſie bleiben bei Euch, und dann werden ſie Euch Ehre machen in der Welt!"'

„Und, Reb Noach leben, wenn Ihr werdet alſo reden aus dem Herzen, werden Eure Worte auch hineingehen in die guten Herzen von den großen Gojim. Und die Bachurim werden ſein in Berlin drei Jahr und wir werden hier ſein!"

Vögele's Stimme zitterte ein wenig; ſie hielt inne und wiſchte ſich nach einer Weile den leiſen Hauch aus den Augen, der ihren Blick umflort hatte.

Um ſo munterer aber fuhr ſie fort:

„Von heut über drei Jahr kommen die zwei Bachurim heim und finden Euer Haus geſegnet. Und Ihr, Reb Noach, werdet erfüllen, was Ihr gelobt habt vor Gott und werdet auftreten und geben das erſte Geld zum Bauen einer Schule für jüdiſch und für deutſch, für alle Kinder der K'hilla; und die Schule wird man bauen zweiſtöckig auf den Platz unſrer alten Mikwe. — Und wenn die Welt wird ſehen den Zempel- burger mit ſeinen guten großen Atteſten von der Regierung und von Altenſtein, wo geſchrieben ſteht, daß er kann ſein ein guter Lehrer in der ganzen Welt, dann wird man wiſſen, daß da vorhanden iſt jüdiſche und weltliche Gelehrſamkeit, die da gut iſt für Anfang und Ende! Und meiner Golde's Herz wird

beglückt werden ohne Ende, daß sie ihren Lohn erhält für all'
ihre Gutheit und all ihre Frommheit und all ihre Heiligkeit." —
Sie hielt wieder inne und preßte Golde's Hand an ihr
Herz. Dann aber fuhr sie fort:

„Und wenn ich werde gedient haben drei Jahre in Eurem
Haus, wie eine getreue Magd, die Euch nur dienen will, wie
man Gott, gelobt sei er, dienen muß, „nicht um Lohn zu bekommen"[1]) und es wird heimkehren mein Erlöser, ein lichtiger
Mensch mit lichtigem Herzen, und er wird sagen: Reb Noach,
Ihr seid ein „Fünfziger", der, wie die Väter angeschrieben haben,
da ist „zum Rath"; ich aber bin ein „Zwanziger", der da ist
„zum Betrieb", nachzueilen der Nahrung, dann wird Gott, gelobt sei er, Euch Beide zusammen beglücken und mein zitternd
Herz wird freudig sein mit Euch!"

Sie hielt jetzt lange, recht lange inne. Dann aber sprach
sie wieder ganz ruhig: „Reb Noach, das ist meine Tachliß-
Deroschoh!"

Reb Noach sprach eine ganze Zeitlang kein Wort, sondern
drehte seinen Kopf immerfort hin und her, wie Jemand, der
seinen Sinnen nicht trauen mag. Dann endlich legte er seine
breite Hand auf den Tisch, und sprach mit tiefstem Ernst:

„So wahr wie morgen noch ist ein Tag des Gottesgerichts,[2])
und so wahr Gott, gelobt sei er, uns eine günstige Entscheidung
geben soll, es wird bei mir nicht Ein Wort von all dem, was
Du da gesagt hast, fallen zur Erd!"

Wieder hielt er inne und sann. Es waren viele Lebenspläne, die Vögele hier gezeichnet, und sie waren klar, bestimmt
und sicher und griffen in das Geschick Aller, ja der ganzen

---

[1]) Sprüche der Väter 1. 3.
[2]) Der siebente Tag des Hüttenfestes wird als „großes
Hosiannah-Fest," als ein Tag des Gottesgerichts gefeiert.

Gemeinde ein! Der schlichte Mann bekam zum erstenmal im
Leben eine dunkle Ahnung davon, daß Wesen solcher Art in
großen Zeitverhältnissen und unter begünstigenden Umständen
herrschend und Schicksale bewältigend auftreten können, und
daß das Kind, das so eben gesprochen, verwandter Natur mit
den großen Geistern sein möge, die man Propheten Gottes
nennt. — Er schüttelte immerfort den Kopf und suchte nach
einem Wort, einem Gedanken für das, was er empfand. Endlich
sah er auf Golde; es war ihm nicht entgangen, wie in ihrem
Antlitz wären der Reden Vögele's gar häufig Farbe und Ausdruck gewechselt, und jetzt sah er einen Glanz der Freude
dasselbe umschweben. Sind doch die beiden Kinder, sprach er
in seinem Herzen, wie „Urim" und „Thummim[1]), die eine wie
„Licht" und die andere wie „Wahrheit". — Darum mußte er
auch von Golde etwas hören.

„Golde," sagte er mit treuherziger Ruhe, „Golde, mein
Kind, komm her zu mir." — Sie kam.

„Golde," sagte er nach einer Pause, „was ich zu thun
hab, weiß ich, und werde ich thun, und noch mehr mit Gottes
Hilfe, als die da gesagt hat. — Aber sag Du mir, Du mit
Deiner Wahrhaftigkeit, sag, versündigt man sich denn nicht,
wenn man anhebt zu glauben an die Worte von Deiner
Schwester, wie an Prophezeiungen? — Red doch, gute Golde!
— Es bewegt sich ja Dein Herz, daß man's Dir ansieht im
ganzen Angesicht. Red doch nur, sag mir all' Deine Gedanken
und was ich denken soll."

„Was Ihr denken sollt," sprach Golde's ruhige klare
Stimme, „das weiß ich nicht; aber was da in mir lebt, das
will ich Euch sagen. — Wenn ich mein Vögelchen seh, wie sie

---

[1]) Zwei Tafeln am Brustschild des Hohen Priesters, die auch
als Orakel gebraucht worden sind.

so geschwind ausfliegt mit all den Flügeln ihrer Seele, dann
wird mir wie der Mutter, wenn sie das Kind lustig auslaufen
sieht, und kann nicht nach und kann nicht einmal sehen, wo da
an den Ecken ein Stein liegt. Sie kann nur beten zu Gott,
— gelobt sei er — „daß er seinen Engeln befehlen soll, das
Kind zu hüten, daß sie es an den Händen tragen, damit der
Fuß nicht strauchelt"[1]) — Aber wenn das Kind so fliegend
wieder umkehrt und heimkommt, breitet die Mutter die Arme
aus und nimmt's an's Herz und „freut sich mit Zittern;"[2])
— denn es hat nicht gestrauchelt! — — Ich hab gezittert;
aber ich freue mich: sie hat heut nicht gestrauchelt!"

„Und morgen?" — fragte Reb Noach.

„Man betet ja zu jeder Nacht, daß Gott den Engeln befehlen soll, daß keiner strauchele!"

Wieder saß Reb Noach ganz still und sann in sich hinein.

Täubchen aber erhob sich jetzt in der vollen Bewegtheit
ihrer Seele, mit der sie die ganze Zeit vergeblich gerungen.
„Noach leben," rief sie, „sei nur nicht bang, ich hab keine
Gemüthsbewegung, ich hab schon seit vier Wochen keine Gemüthsbewegung, das ist nur das Lachen der Seele, die in mir
so lichtig wird, wenn dieser Maggid redt. — Komm, komm
nur zu mir, mein Vögelchen! Weißt Du, Noach leben, das
ist doch wie am großen Freudenfest der Thora, wo man nimmt
ein Licht vom Altar und stellt es hinein in die heilige Lade,
aus der man alle Thora-Rollen herausgenommen hat, um
damit zu tanzen! Komm, Du Licht vom Altar, komm Du an
mein Herz!"

Vögele lag am Herzen der geliebten Frau; aber nur
einen Augenblick. Dann richtete sie sich hoch auf und sprach,
in feierlicher Begeisterung den Arm nach Golde ausstreckend:

---

[1]) Psalm 91. 11. 12.
[2]) Nach Psalm 2. 11.

„Ein Licht vom Altar! Wohl leuchtet es zum Gebete und
es hat die Gnade, auch für kurze Zeit hineingestellt zu werden
in die heilige Lade! Doch brennt es nur vor den Leuten;
man zündet's an, wenn man kommt, und löscht es aus, wenn
man geht! Aber ein andres, ganz andres Licht noch brennt
in jeder lieben, heiligen Schul[1]), das brennt nicht vor den
Leuten und leuchtet nicht, wenn andre Lichter leuchten. Es
brennt in seinem stillen Schrein durch Tag und durch Nacht,
wie da geschrieben steht: „Es soll nicht verlöscht werden!"
Denn es soll sein „ein ewiges Licht!" was da leuchte allen
Seelen, die durch die Schul gehen bei Tag und bei Nacht,
wenn die Leute nicht drin sind! Das ist das Licht für alle
Lichter, das brennt still für sich und man zündet daran an
Alles, was da leuchtet vor der Welt! — Golde! Du mein
stilles, ewiges Licht," rief Vögele, „nicht wahr, ich hab heut
nicht gestrauchelt!"

„Nein! nein, mein gut Herz, nein, Du hast noch gar
nicht gestrauchelt!" sagte Golde.

„Aber zittern hab' ich Dich heut gemacht?"

Golde schwieg.

„Und gebetet hast Du für mich?"

Golde schwieg.

„Und immer, immer wirst Du für mich beten?"

„Ja, meine gute Schwester!"

Und Golde nahm Vögele in ihren Arm, während Täubchen
an der Brust des geliebten Mannes ruhte.

---

[1]) Synagoge.

Was sollen wir noch erzählen?

Wir können nach der Rede unseres Maggid nur mit der Schrift sagen: „Und es ward also!"

Nach drei Jahren kamen zwei herrliche junge Männer aus Berlin. Der Zempelburger, ein Lehrer wie er selten gefunden wird, voll Liebe und Herzenstreue für seinen schönen Beruf, und der Kosminer, ein eifriger Kaufmann, voll vortrefflicher Sachkenntniß für sein Fach und nebenher ausgerüstet mit einem höchst schätzenswerthen Sinn für alles Gute und Schöne im Bereiche der Kunst und der Literatur. Täubchen kam ihnen entgegen, einen lieblichen Knaben an der Hand und eine neue Hoffnung unter ihrem Herzen, und versicherte schluchzend aller Welt, sie habe gar keine Gemüthsbewegung!

Reb Noach wurde es nicht schwer, sein Gelübde zu erfüllen. Er griff tief in seine Tasche, um die Mikwe zu einem recht ansehnlichen Schulhaus umzubauen. Die Gemeinde wußte es ihm Dank und Gott segnete sein Haus und seine Geschäfte, daß es sich unter der rüstigen Leitung des Kosminers bald vielfach vergrößert emporschwang.

Sollen wir von Vögele erzählen? Oder gar von Golde? Wie jene Buchhalterei und deutsche Literatur bei ihrem Kosminer studirte; diese gläubig zu Gott und ihrem Zempelburger aufsah, und ihre Hände nicht ruhen ließ im Schaffen und Wirken für Alle? — Wir müßten ein eignes Buch hierüber schreiben!

Und sollten wir die Hochzeit beider Paare im Hochsommer des darauf folgenden Jahres schildern? Sollen wir erzählen, wie Täubchen ihre goldene Kette um Golde's Hals schlang, wie ihre zitternde Hand den geliebten Maggid schmückte? Sollen wir erzählen, wie Reb Noach die Wohnung für den Zempel-

burger, und Kerkow's Haus für den Koßminer, seinen Com=
pagnon, aus eignen Mitteln ausstattete und sogar mit eigner
Hand schmückte? Oder sollen wir den Zug durch die Gasse bis
auf den Schulplatz beschreiben, wo der Trauhimmel stand? Er=
zählen von der Gemeinde, in der kein Auge trocken blieb, als
die Schwersenzer Musikanten zum Braut=Gang das echte Braut=
Menuett aufspielten? Oder wie Alle, Alle jauchzten, als man
ein zweifaches „Gut Glück" rief? Sollen wir ein Bild geben
von der Lustbarkeit nach Tische im Hause Reb Noachs, als die
„lange Mindel" und die „kleine Chaje" einen eignen Tanz
„Lulow und Esraug" aufführten? Sollen wir's beschreiben,
wie die alte reiche Genendel ihren goldbetreßten Festtags=Rock
aufschürzte, ihre hochhackigen Pantoffeln auf die Hände steckte,
und auf ihren bloßen Strümpfen einen Braut=Tanz aufführte, zu
dem sie mit den Pantoffeln und alle Weiber mit den Händen
den Takt klatschten? Oder sollen wir zeigen, wie vor dem
„Reigen=Führen" Reb Jizchak Reb Simcha's in eigener Person das
Taschentuch aus seiner Tasche zog und zwei Zipfel beiden
Bräuten in die Hände gab und an einem Zipfel selber
anfaßte, um mit abgewandtem Gesicht einen Gott gefälligen
Tanz zu tanzen, bei dem der Schwersenzer Musikant jedesmal
einen gewaltigen Strich auf seiner Fidel that, wenn der Rabbi
gegen die Wand einen Kniz machte? — Sollen wir Euch den
lieblichen Felix, den ältesten Sohn Täubchens, zeigen, wie ihm
der Wachtmeister seinen langen Säbel umschnallte und ihn
mitten auf den Hochzeitstisch stellte, daß Alle lachten, bis ihnen
die Thränen aus den Augen liefen? Oder sollen wir's ver=
suchen zu schildern, welch ein Jubel entstand, als ein Wunder
unerhörter Art geschah und Reb Rephoel Wunderthäter plötzlich
erschien und einen kabbalistischen Kosak tanzte, bei dem die leb=
hafte Gitel Asek's schrie: „den Kosak mög' man in ein heiliges
Buch einschreiben für ewige Zeiten!" Oder soll ich Euch das

größere Wunder noch betheuern, daß die schwarze Ssoro mit Lecser Schlapp in der Küche einen Friedenstraktat bei einer und derselben Gänsebrust abschlossen, laut welchem „ewiger Friede" zwischen diesen zwei Mächten herrschen solle?

Es wäre all dies und noch mehr, wovon man Bücher voll schreiben könnte, doch nichts, gar nichts, wenn ich Euch zeigen könnte Reb Chaim's altes Antlitz, wie er seine Kinder segnet, Reb Noach und Täubchens Antlitz, als er zu ihr sagte: „Weißt Du, mein Herzweib, heut hab' ich auch die Gemüthsbewegung!" Vögele's Antlitz, als sie ganz wortlos am Halse des Kosminers hing, und — Dein Antlitz, heilige Golde, im Arme Deines Gatten!

Mendel Gibbor.

———•———

Es war an einem Dienstag Nachmittag, inmitten der drei Trauerwochen[1]), als der Sonnenbrand eines heißen Sommers in tiefster Schlummerstille über der kleinen frommen jüdischen Gemeinde ruhte.

Die Gassen waren menschenleer. Die Männer ausgewandert auf die Dörfer nah und fern, um — soweit kein Gensd'arm sich blicken ließ, mit den Bauern Handel und Wandel zu treiben. Die Frauen und die Kinder, die eigentliche Besatzung des Städtchens in Wochentagen, walteten oder ruhten im Schatten ihrer kleinen Wohnungen, wo, beim Mangel aller Mündlichkeit zu dieser heißen Stunde, mindestens offene Thüren und offene Fenster den herrschenden Geist unbedingter Oeffentlichkeit hinreichend bekundeten.

Selbst die Hühner auf dem Marktplatz, der gesegneten Stätte ihrer erfolgreichen Nachgrabungen von einem Markttage zum andern, ruhten still im Sonnenbrand, ein jegliches im aufgewühlten Sandbette des ungepflasterten Erdbodens; sogar der Hahn des guten Wachtmeisters, sonst ein Bild unbestechlicher obrigkeitlicher Wachsamkeit in der ganzen Gemeinde, drückte

---

[1]) Zwischen dem Fasten der Zerstörung Jerusalems und dem Fasten der Verbrennung des Tempels.

heute, schlummermüde vor dem Hause des Herrn Bürgermeisters liegend, ein Auge zu und begnügte sich in der allgemeinsten Weltruhe, mit dem andern Auge zuweilen den Adler anzuschauen, der, höheren obrigkeitlichen Charakters, über der offenen amtlichen Eingangsthür schwebte.

Ein Blick aber in eben diese offene Eingangsthür konnte Jeden, der es bezweifelte, überzeugen, daß die wahre Obrigkeit, wenn sie auch zur Zeit gerade nicht über die Gemeinde wachte, doch nicht gar so fern sei, daß man für das Gemeinwohl hätte fürchten müssen. Rechts im Schatten des Einganges nämlich ruhte sie in der würdigen Gestalt des guten Wachtmeisters, und nicht etwa ungesellig und allein, sondern in Gesellschaft seines intimsten Freundes, Jankele Klesmer (Musikant), der links im Raume des Eingangs sein Lager aufgeschlagen.

Wenn es wahr ist, daß das Gedeihen der Obrigkeit nur ein Abglanz des Gedeihens aller Regierten ist, woran wir gewiß nicht zweifeln, — so dürfen wir uns um die Wohlfahrt der Gemeinde keiner Sorge hingeben. Das Antlitz des guten Wachtmeisters blüht; von dem hervorragendsten Theile dieses Antlitzes können wir sogar sagen, daß das Blühen einem Glühen gleichkommt. In Hemdsärmeln, ohne den Zwang civilisirter Hosenträger, mit gelüftetem Hosengurt und völlig geöffnetem Hemdskragen sitzt die gute Obrigkeit schlummernd mit dem Rücken gegen die Wand gelehnt. Gegenwärtig hat sich das blühendste Gebilde ihres Antlitzes auf die nackte Brust herniedergesenkt und bestrahlt dieselbe mit einem Rosenroth, dessen Wärme der Kunstwerke eines Paul Veronese spottet.

Erwägen wir, daß bereits der dritte Tag in dieser Woche dahin geht, seitdem unsre gute Obrigkeit ihre Sabbat-Schnäpschen, als Tribut wahrer Religionsfreiheit und echter Gleichberechtigung aller Bekenntnisse, in Juden-Häusern genossen, so deutet die Vollblüthe derselben sicherlich auf die Blüthe der Gemeinde selber, und legt Zeugniß davon ab, daß sogar die Drei-Wochen nicht im Stande sind, die glückliche Harmonie zu stören, die immer in guten Regierten und guten Regierern waltet.

Bei weitem weniger harmonisch ist die Lage seines vis-à-vis. — Jankele Klesmer, links im Hausflur ruhend, verräth schon auf den ersten Blick dem kundigen Beobachter, daß er keineswegs dauernd ein Insasse dieses obrigkeitlichen Raumes ist; und in der That, er ist nur ein Gast unter dem Schatten dieses Daches, wie er überhaupt sein ganzes Leben lang nur ein Gast auf Erden ist. Seinem Berufe nach von Gemeinde zu Gemeinde wandernd, um auf den Hochzeiten aufzuspielen, ist er selbst in unserer guten Gemeinde, seinem Geburtsort, nur als Gast in den drei Trauerwochen eingekehrt, in welchen keine Hochzeiten begangen werden, und wo, gleich der Harfe an den Weiden Babylons, sein Saitenspiel, seine Fiedel, verstummt und verstimmt in der Stube seines besten Freundes, des guten Wachtmeisters, aufgehängt ist. Jankele Klesmer schlummert ebenfalls an die Wand gelehnt; aber sein Kopf hängt bald über der rechten, bald über der linken Schulter; seine Arme liegen eingeknickt an seinem magern Leibe, als hätte er selbst im Schlafe in den drei Wochen Bogen und Fiedel in Händen; und von seinen zwei Beinen — er hat zwei und zwar von verschiedener Länge — ist das kleine gestreckt und das große eingeknickt, ein wahres Bild der Disharmonie, gegenüber dem sichern harmonischen Schlummer seines Freundes, des guten Wachtmeisters.

Die Sonne des Hochsommers geht eben in majestätischer achtungsvoller Stille um den Giebel des obrigkeitlichen Hauses herum, als wolle sie es recht geflissentlich darthun, wie sie nicht Schuld sei, wenn die Schläfer bald aufgestört werden sollten; aber der Hahn des Wachtmeisters läßt sich von dieser Ruhe nicht täuschen. Er erhebt den Kopf, wirft ihn rechts, horcht und lugt nach dem Sandberg vor dem Städtchen, wirft ihn links, um mit den Sinneswerkzeugen dieser zweiten Seite sich zu überzeugen, daß keine Täuschung obwalte; und da er merkt,

daß ein Feind wirklich im Anzuge sei, erhebt er sich auf seine
Beine, lüftet die Flügel, schüttelt den Kamm und gluckt in auf=
gebrachtem Tone. Als er jedoch nach dargethanem Unwillen
wahrgenommen, daß sein Protest unbeachtet bleibt, macht er sich
auf und eilt in den obrigkeitlichen Hausflur, stellt sich zwischen
die schmächtige Gestalt Jankele's und die mächtige Gestalt seines
Schutzherrn und stößt mit gestrecktem Halse, geschlossenen Augen
und eingezogenem Schwanz ein so nachtönendes herausfordern=
des Kikriki aus, daß der gute Wachtmeister den müden Kopf
erhebt, und der flinkere Jankele mit einem Satz auf seinem
langen Beine steht. —

Und Zeit war es, daß die Obrigkeit wache. Denn in den
Häusern, die dem Sandberg näher lagen, vernahm man schon
deutlich das Trappen eines Pferdes, und alle Köpfe, die in
Thüren und Fenstern erschienen, sahen zu ihrem Entsetzen, wie
wirklich die Drei=Wochen Unglückswochen für Israel sind, denn
alle erkannten auf den ersten Blick trotz des blendenden Sonnen=
lichtes, daß der Reiter auf dem Pferde kein anderer als der
Gensd'arm, und der gewaltige breitschultrige Mensch, den er
als Gefangenen vor sich her transportirte, kein anderer als
Mendel Gibbor sei. —

Hatte der obrigkeitliche Hahnenruf zwei Schlummernde er=
muntert, so hätte wohl der Schrei des Entsetzens, der bald
durch die ganze Gasse lief, einen Todten erwecken können. „Der
Schandar bringt Mendel Gibbor!" Dieser Ruf ging wie ein
Sturm durch alle Häuser. Die Frauen und Kinder eilten, zum
Theil sogar in den verfänglichen Sommerkostümen, auf die
Straße; und in solcher Hast stürmten sie herbei, daß der Pan=
toffel der schwarzen Nucho weit vorauf dem Ziele zuflog, bevor
der eilige Fuß der so lebhaften Besitzerin ihm nachfolgen konnte.

Aber die Eile war auch nöthig, um zu sehen, was hier
vorging. Denn so folgsam der Gefangene Mendel Gibbor den
Sandberg zur Seite des Pferdes hinabging, so fest stand er

an dem Boden gewurzelt, als er unten das Weichbild der Stadt, den Gasthof mit der Tränke vor der Thür, erreicht hatte; so gutwillig er seinen heißen Kopf bisher gesenkt gehalten, so zornig erhob er ihn jetzt auf das barsche „Vorwärts!" des Gensd'arms und rief mit einer Löwenstimme voll innerer Aufregung, die fast das Pferd scheu machte: „Ich will nit durch die Gass'! kommt unten herum an der Weichsel!"

Da in diesem Augenblicke auch bereits der Vortrab der Besatzung unseres Städtchens, die Kinder und die neugierigsten, flinksten Weiber, den Schauplatz des Vorganges erreicht hatten und im Chor ein Geschrei erhoben, das jeder parlamentarischen öffentlichen Ordnung Hohn sprach, so hatte der Gensd'arm zunächst nichts zu thun, als sich hoch im Sattel aufzurichten und mit einem kalten Blick über den blonden Schnurrbart die herbeigeströmte Gesellschaft anzustarren. Nachdem er dies eine Weile rechts und links gethan, während inzwischen auch schon der Nachtrab herbeigeströmt war, rückte er mit großer Ruhe seinen Säbelgurt zurecht, warf dann den kalten Amtsblick auf den Gefangenen herab und rief noch einmal und zwar mit lauterem Kommando: „Vorwärts!"

Diesmal drohte nicht die Löwenstimme Mendel's, sondern der Chor der Weiber und der Kinder, das Pferd scheu zu machen. „Er will nit durch die Gass'! reitet unten an der Weichsel!" war die hundertstimmige kreischende Antwort, gemischt mit Verwünschungen, die dem Gensd'arm entgegenscholl, und die ihn wiederum nöthigte, den Kopf im Nacken rechts und links zu drehen und die Gesellschaft noch einmal zu mustern.

Als aber hierauf das Amazonengeschlecht keineswegs erschreckt die Waffen streckte, sondern in Stachelreden innerster Empörung nur noch heftiger gegen den Gewalthaber zu Pferde die einmal gelösten Zügel schießen ließ, schien das Pferd selbst die Intervention beginnen zu wollen. Es fing an, anstatt vorwärts, ein wenig seitwärts, ja sogar rückwärts zu wandern

unb schlug mit dem Schweif so böswillig um sich, daß der
Kreis nach der einen Seite sich unter schreienden Protesten erweiterte. Dasselbe Manöver nahm das bösgesinnte Pferd
auch auf der andern Seite vor, wodurch es Geschrei und
Empörung in noch größerem Maßstabe erzeugte, aber auch zugleich bewirkte, daß der Gensd'arm mit seinem Gefangenen inmitten eines Kreises von größerem Umfange verblieb.

Nachdem dies geschehen, faßte der Gensd'arm hinter sich,
um sich zu überzeugen, daß der Packen, den er Mendel abgenommen und dem Pferde aufgeschnallt, noch da sei; und
hierüber beruhigt, schob er noch einmal den Säbelgurt zurecht,
stemmte die linke Faust auf die Hüfte und wandte sich zu
Mendel, der wieder den Kopf hatte sinken lassen, mit den
Worten: „Willst Du vorwärts?"

Aber auf dieses Solo des Reiters fiel nun der Chor der
Frauen mit verdoppelter Kraft ein, und es erhob sich ein Geschrei des Protestes in so verschiedenen Variationen über das
eine Thema: „Nein!", daß selbst das ungeübteste Ohr nicht
mehr über den Stand der öffentlichen Meinung in unsrer guten
Gemeinde im Zweifel sein konnte.

Da in diesem Momente der Reiter sich noch höher aufrichtete, das Pferd sich auf die Hinterbeine stellte und die gewaltige Gestalt Mendel's plötzlich eine Haltung annahm, die
hart an den Paragraphen des Landrechts über thätliche Wider-
setzlichkeit gegen obrigkeitliche Gewalt anstreifte, so erhob sich
das Geschrei bis zum Zeter und würde wahrscheinlich nur die
Einleitung zu einer sehr tragischen Scene gewesen sein, wenn
sich nicht plötzlich, wie in einem guten Melodrama, der Zeter-
Chor in einen Jubel-Chor verwandelt hätte, der alle Spannung
in den einen Ruf aufgehen ließ: „der Wachtmeister! der
gute Wachtmeister!"

Und in der That, es kam der gute Wachtmeister. Voran
der Hahn mit gestrecktem Hals, erhobenen Flügeln und gesenktem

Schwanz. Hinterher Jankele, von einem kurzen und einem langen Bein in sanfter Wellenlinie dahingetragen, und inmitten der Wachtmeister, der gute Wachtmeister, schon von fern mit der einen Hand durch die Luft fechtend, während die andere Hand die Pflicht der fehlenden Hosenträger an dem einzigen obrigkeitlichen Kleidungsstück verrichtete, das er heute glücklicherweise in der Hitze des Tages nicht abgelegt hatte.

Der Weiber-Chor empfing ihn mit fliegenden Armen, racheschreiend und ihm entgegenjubelnd wie einem Siegesgott. Der Kreis öffnete sich vor ihm und dem Hahn, und schloß sich hinter ihm, den Freund Jankele in seiner Wellenbewegung in sich aufnehmend. Das Pferd senkte sich vor Respekt wieder auf die Vorderbeine. Mendel nahm wieder die buldende Stellung ein, die einem guten Unterthan ziemt: nur der Gensd'arm behielt seine Haltung bei, und — die Gemeinde vergaß dies in Jahren und Jahren nicht — sah auch den guten Wachtmeister mit seinen blauen kalten Augen über seinem blonden Schnurrbart an.

Aber der gute Wachtmeister war nicht der Mann, sich nur auf einen Augenblick durch dergleichen imponiren zu lassen. Er wußte so sicher, was er zu thun hatte, daß er nicht einmal eine Erklärung über die Vorgänge forderte, welche in solchem Grade die Milch der frommen Denkungsart dieser guten Gemeinde in das gährende Drachengift einer plötzlich erwachten öffentlichen Meinung umzuwandeln vermochte. Er kam, er sah und wußte mit einem Blicke Alles, was vorgegangen; und im selben Augenblicke dekretirte er auch schon mit einer Sicherheit Friedensbestimmungen, gleich einem Feldherrn auf sieggekröntem Schlachtfelde.

„Schon gut, Gensd'arm!" rief er, „schon gut, Gensd'arm! Es ist der Fünfte, den Ihr einbringt! — Schon gut! Aber hier ist er mein Gefangener, und nun könnt Ihr aus der K'hille (Gemeinde) reiten!"

Mit diesen Worten, im höheren Pathos gesprochen, in welchem es ihm zuweilen passirte, daß er, statt der vulgären deutschen Sprache der Behörde sich zur gehobenen Redeweise der jüdischen Gemeinde verstieg, reichte er seinem jetzigen Gefangenen die Hand wie zum Bewillkommnungsgruß „Friede sei mit Euch!" und würdigte den Gensd'arm nur deshalb eines zornigen Blickes, weil nunmehr auch der Hahn seine Siegerlaune kund that und mit einem zornigen Ruck dem Pferde zwischen die Hinterbeine fuhr, worauf dieses die Entgegnung durch einen Hieb mit dem Schwanze keineswegs schuldig blieb.

Diese Frechheit des Pferdes verfehlte nicht, die Empörung der Zuschauerinnen auf's Neue zu erwecken. Die lebhafte Stimme der schwarzen Nucho im Mezzo-Sopran des Zornes machte sich besonders im Chorgeschrei durch die Behauptung bemerkbar: „Sein Pferd ist auch so voll Risches (Judenhaß) wie er!" Da jedoch der Gensd'arm keineswegs, wie man mit Ungeduld erwartete, Anstalt traf, aus der K'hille zu reiten, sondern im Gegentheil die linke Faust auf den Schenkel aufsetzte und den Kopf zum Wachtmeister zuwandte, als wolle er Einsprache erheben, so verbreitete sich plötzlich eine erwartungsvolle Stille in dem lebhaften Zuschauerkreis: denn war es auch unzweifelhaft, daß jedes Wort, das der Rosche (Judenfeind) spricht, entsetzlich sein muß, so wissen wir dennoch, daß die menschliche und namentlich die zarte weibliche Seele einen gewissen Reiz für entsetzliche Dinge empfindet und sich selten den Genuß versagen mag, Aeußerungen zu hören, über welche sie dann Zeter schreit, daß man dergleichen habe anhören müssen.

Was der Damen-Chor zu hören bekam, war, objektiv bebetrachtet, so überraschend nicht, aber es hatte seinen guten Grund, daß es Schauder erregen mußte.

„Wachtmeister," ließ sich der Gensd'arm vernehmen, „ich habe Euch den Arrestanten übergeben; aber dies hier" — er wies hinter sich auf den Packen, den Jeder als das transportable

Waarenlager Mendel Gibbor's erkannte — „dies bring' ich
selber zum Herrn Bürgermeister, um es amtlich versiegeln zu
lassen, denn, Ihr wißt, ich habe meinen Antheil dran!"

Der Wachtmeister zuckte die Achsel, wie Jemand, der
zwar viel vermag, aber dennoch nicht jeden Schlag des Schicksals
vom Nacken der Menschheit abwenden kann. „Der Herr
Bürgermeister," sagte er mit einiger Wuth, „ist über Land;
aber meinethalben, bringt's nach der Amtsstube," und damit
wandte er dem Gensd'arm den Rücken und sagte zu seinem
Arrestanten: „Komm, Mendel, geh' mit mir!"

„Wachtmeister," sagte Mendel mit einer Traurigkeit, die
zu seiner starken gewaltigen Figur in einem rührenden Kontrast
stand, „kommt unten herum, ich will nit wie ein Dieb durch
die Gass' geführt werden." Der gute Wachtmeister entgegnete
nichts darauf, sondern schüttelte bejahend den Kopf und trat
mit ihm auch sofort, begleitet von dem guten Hahn, dem guten
Freund Jankele Klesmer und den guten Wünschen aller Weiber,
den Weg seitwärts zur Weichsel hinunter an, während sich
bald darauf auch der Gensd'arm in Bewegung setzte, indem er,
begleitet von Schmähungen und Verwünschungen, die wir
Angesichts der strafrechtlichen Bestimmungen selbst historisch zu
referiren Anstand nehmen, in einem recht boshaften Trott
seines boshaften Pferdes, den Weg durch die Gasse zum Hause
der hohen Obrigkeit auf dem Marktplatz einschlug.

Die Aufregung in der zurückgebliebenen Gesellschaft war
zu groß, als daß diese ohne Austausch der öffentlichen Meinung
so schnell den Schauplatz des großen Ereignisses am Sandberg
hätte verlassen können. Der Gensd'arm fand daher die Gasse
menschenleer; nur zwei Männer standen vor der Thür ihrer
nachbarlichen Behausung, die er eines halben Blickes würdigte,
weil er vermuthete, daß er der Gegenstand des Eifers sei, mit
welchem der Eine in den Andern hineinredete.

In der That, er täuschte sich hierin keineswegs. Der

Eine, Reb Abbele, durch die unruhige Bewegung des Leibes,
des Kopfes und der Arme, wie durch schwarzen Kaftan und
schwarzes Käppelchen hinreichend als gewandter Disputator
dokumentirt, unterbrach seine heftigen Gestikulationen, um dem
Gensd'arm das Antlitz nebst dem spitzen Bärtchen grüßend
entgegenzustrecken. Der Andere, den wir noch näher kennen
lernen werden, grüßte den unwillkommenen Gast gar nicht;
im Gegentheil, er wandte sich ab, um ihm entweder die Mißachtung recht auffallend zu beweisen, oder, wie wir richtiger
vermuthen, um den Gram zu verbergen, den der heutige Vor-
gang in ihm erzeugte.

Hierüber aber wurde Reb Abbele erst recht aufgebracht.
„Du Narr, Du Thor Du," redete er den Nachbar hitzig
an. „Was machst Du für ein beweint Antlitz? Weißt Du
nit, daß es immer so ist? Fängt nit jeder neue Schandar so
an? Und was ist das End'? Eh' er ein halb Dutzend eingebracht hat, lernt er verstehen, warum dem alten Schandar
wohler gewesen ist, wenn er Keinen eingebracht. Du Thor
Du," fuhr er, in der Disputation heftiger werdend, fort.
„Du weißt nichts, Du kennst die Welt nit. Darum mußt Du
hören, was ich Dir sag'! Und ich sag' Dir" — hierbei erhob
sich seine Stimme heller zum vollendetsten Tone überzeugender
Belehrung. — „Hör' zu! Ich sag' Dir, Ein Schnäpschen, das
er bald wird trinken in der K'hille, bringt ihn herum und
herum mit dem Judenfresser von Pferd!"

Reb Abbele klatschte hierbei in die Hände und lachte sich
außerordentlich herzlich Beifall zu, wegen der witzigen
Corrumpirung eines Bibelverses, den er als Beleg für seine
Behauptung hierbei zum Besten gab. Ja, er ging sogar so
weit, in Ermangelung eines andern Zuhörers seinem sehr unge-
lehrten und traurigen Nachbar den Witz begreiflich zu machen. —
Als jedoch auch dies vergeblich war, und der Nachbar durchaus
nicht Beifall lachen wollte, ja als er statt dessen sogar noch

seufzte und in Mitleid über das Mißgeschick Mendel's das Haupt sinken ließ, empörte dies den gelehrten Reb Abbele so sehr, daß er den Nachbar mit schneidendem Zorn ganz wüthend anfuhr: „Du bist, sag' ich Dir, ein Narr, ein großer Narr, sag' ich Dir! Soll ich leben," rief er hitzig, „die Leut' haben Recht, sag' ich Dir, Du bist gar kein Mensch, Du bist ein Mennist!" Mit diesen Worten warf Reb Abbele einen sehr verächtlichen Blick auf den Angerebeten und begab sich mit einem langen „Na!", die Schultern zuckend, zurück in seine Behausung, über sich selber aufgebracht, daß er, der gelehrte Reb Abbele, der auf Alles ein gleich Wörtchen wußte, durch das Ereigniß des Tages verlockt worden, mit seinem unwissenden Nachbar überhaupt Rücksprache zu nehmen. —

Der Geschmähte nahm den Schimpf in stiller Duldung hin. Er wußte, daß man ihn wegen seines stillen Wesens, seiner scheuen Sitten, seiner peinlichen Sauberkeit, seiner Zurückgezogenheit und trüben Wortkargheit einen Mennist, eigentlich Mennoniten nannte. „Salme Mennist!" hörte er oft hinter sich her die Kinder rufen, aber er litt es ohne Schmerz; denn er war über die Empfindlichkeit einer gerade nicht schimpflichen Bezeichnung hinaus, ja er sagte sich zuweilen, daß ihm dieser Name noch immer lieber sei, als der Spottname, den er vor vielen Jahren als Junggeselle habe tragen müssen, wo man ihn wegen seiner Schüchternheit und der fast völligen Bartlosigkeit seines Gesichts „Salme Mädche" nannte. Jetzt, wo er seit achtzehn Jahren Wittwer war und über die Abgeschlossenheit seiner Lebensweise oft nachdachte, gestand er's im Stillen, daß die Bezeichnung „Mennist" etwas Treffendes für ihn habe.

Und weil ihm denn die Bezeichnung nicht weh thut, wollen wir ihn auch so nennen.

Salme Mennist mit seinem noch frischfarbigen vollen, aber doch sehr gefurchten Gesicht, seinem blauen saubern Sammetkäppelchen auf dem kahlen Kopf, seinem braunen Tuchrock mit

faſt thalergroßen ſchwarzen Knöpfen ſtand noch eine ganze
Weile geſenkten Hauptes und rieb ſich trübſelig die Hände,
denn Mendel Gibbor, dieſer rieſige zweiundzwanzigjährige
Menſch mit ſchwarzem Haar, ſchwarzem Bart und überkräftig
markirtem Geſicht, war zwar äußerlich das auffallendſte Gegen-
ſtück zu ihm, aber er war doch ſein Liebling und ſein Troſt.
Das Mißgeſchick, das dieſen heut betroffen, ging Salme Menniſt
außerordentlich nahe.

Als er nach einer Weile wahrnahm, daß die Beſatzung
der Stadt vom Sandberg her ſich näherte, ſchlich er ſtill in
ſein Häuschen zurück, ſchloß die untere Hälfte und lehnte
die obere Hälfte der Hausthür an, damit Mendel, wenn er
käme, nicht erſt zu warten brauchte, bis er ihm öffnete, und
begab ſich hinauf auf den Boden, dieſe Wohnſtätte Mendel's,
um ſie zum Empfang des Eigenthümers aufzuräumen, der ſie
für heute ſo unfreiwillig in Beſitz nehmen ſollte, während er
regelrecht, wie ein richtiger Hauſirer, erſt am Freitag in die
Gemeinde hätte heimkehren ſollen.

———

Zur Erklärung das Mißgeſchicks, das Mendel Gibbor getroffen, brauchen wir denjenigen Leſern nicht viel zu ſagen,
deren Gedächtniß in die Zeiten hineinreicht, wo eine väterliche
Regierung vor lauter Sorgfalt für das Wohl der kindlichen
Unterthanen gar nicht wußte, welche Mittel und Wege ſie aus-
ſinnen ſollte, um ſie vollkommen glücklich zu machen. Da
jedoch bei der Wandelbarkeit aller Dinge in der Welt auch
Zeiten kommen könnten, wo man meinen möchte, daß Unterthanen auch ohne immerwährende väterliche Regierungsſorgfalt
glücklich ſein könnten, ſo müſſen wir zur Belehrung der Zukunft
ein wenig in die Vergangenheit zurückgreifen.

In den menſchenfreundlichen Zeiten des Wohlwollens der

Regierer, in welchen diese Vorsehungen aller Unterthanen der festen Ueberzeugung lebten, daß den unmündigen Regierten jedes Licht der Erkenntniß ihres Heils ausgehe, sobald ihnen nicht auf Tritt und Schritt die Leuchte einer ewig wachsamen Gesetzgebung zur Seite wandelt, in jenen Zeiten war die Gesetzgebung auf den weisen Plan verfallen, wie man nicht nur um des Glückes der ländlichen und der städtischen Bevölkerung, sondern auch um des Heils der Juden willen — dieser unerschöpflichen Fundgrube gesetzgeberischer Genies — eine neue soziale Ordnung der Dinge einführen müsse.

Man ging hierbei volkswirthschaftlich von dem Gesichtspunkt aus, daß es ein großes, sehr großes Uebel sei, wenn man den Bauern Taschentücher, Kattun, Bänder, Stecknadeln, Pfropfenzieher, Federmesser, Bleiknöpfe, Hosenträger, Kämme, Spiegelchen, Kleiderbürsten und dergleichen in's Dorf bringe, und sie dadurch des civilisirenden Vergnügens beraube, nach solchen Dingen in die Stadt zu fahren, und sie den dort angesessenen Herren Bürgern und Meistern abzukaufen. Ferner war man fest überzeugt, daß es ein nicht minder trübseliger Umstand sei, wenn der Bauer sich nicht im Betrieb seiner Wirthschaft zu stören brauche, um drei Pfund Schweineborsten und ein Kalbfellchen zu verwerthen, sondern ihm dergleichen Dinge von Hausirern abgekauft werden, die Alles, was seine Wirthschaft hervorbringt, wie Wachs, Talg, Federn, Wolle, Honig oder Pelzwerk, ihm aus dem Hause holen. Und da es eine unleugbare Thatsache war, daß vornehmlich die Juden kleiner Städte dergleichen verderbliche Hausirgeschäfte, die man mit dem Namen „Schacher" bezeichnete, betrieben und die Verbreitung städtischer Fabrikationsprodukte auf's Land und ländlicher Produkte nach den Städten vermittelten, so war es klar, daß diesem Unwesen in vollster Menschenliebe gesteuert und Reskripte erlassen werden mußten, die dem Einhalt thäten.

Der staatswirthschaftlichen Einsicht der Herren Chaussee-

Einnehmer würde es freilich am meisten entsprochen haben, wenn die Juden, welche das Fahren der Bauern nach der Stadt behinderten, mit einem Zoll am Chausseehaus belegt worden wären. Die Herren Kammmacher und die Herren Tuchmacher nebst verwandten Gewerbsgenossen in Provinzialstädten würden eine Weltverbesserung darin erblickt haben, wenn den Bauern der direkte Befehl zugegangen wäre, ausschließlich in ihren Läden und Werkstätten ihre Bedürfnisse einzukaufen und die Produkte zu verkaufen. Die damaligen hohen Behörden jedoch begnügten sich mit weit milderen Maßregeln; sie verboten das Hausiren ohne obrigkeitliche Genehmigung und Ertheilung eines Hausirscheins, und schränkten die Ertheilung der Hausirscheine Seitens der Herren Bürgermeister auf eine kleine Zahl alter, schwacher Familienväter ein, wodurch in väterlichem Wohlwollen nicht blos die obenerwähnten volkswirthschaftlichen schweren Uebel vermindert, sondern auch die Juden kräftigern und jüngern Alters angehalten werden sollten, dem althergebrachten Schacher zu entsagen und ganz neue Lebensberufe zu ergreifen.

Wenn dieser wohlwollende Regierungsplan sich trotz der Reskripte nicht verwirklichen wollte, so müssen wir sagen, daß es keineswegs Schuld der Behörden war. Die Bürgermeister zwar waren wenig geneigt, die Hausirscheine zu versagen; allein Landrathsämter und die landräthlichen Gensd'armen, die auf Juden ohne Hausirscheine Jagd machten, die letzteren namentlich, weil ihnen ein Antheil an der konfiscirten Waare zufiel, legten der laxen Handhabung der Gesetze Hindernisse in den Weg. Es scheiterten die edlen Absichten dieser Reskripte auch keineswegs an dem Widerstande und den Bemühungen einflußreicher Juden in den Hauptstädten. Denn unter diesen reichen Juden war damals auch die feste Ueberzeugung im Schwunge, daß der rege Zwischenhandel und Austausch ländlicher und städtischer Erzeugnisse ein Staatsübel sein müsse. Auch sie nannten verächtlich im Kleinen „Schacher", was man im Großen stolzirend

„Handel" nennt. Der weise Ausspruch, daß die Juden nicht emancipirt werden könnten, so lange die Mehrzahl Schacher treibe und sich höchst empörend vom Proletarier-Dasein fern halte, dieser weise Ausspruch wurde dazumal von reichern Juden wiederholt, die zwar aus Mode über die Vermehrung des christlichen Proletariats, aber dennoch aus Sehnsucht nach Emancipation über den Mangel eines jüdischen seufzten. — Ja, viele von ihnen waren so schmerzlich davon berührt, daß ihre wohlgebildeten Söhne nicht Lieutenants werden konnten, wozu Talent und Taille sie offenbar berechtigten, daß sie schwere Anklagen gegen die ärmeren Glaubensgenossen in kleinen Städten erhoben, welche sich höchst eigensinnig sträubten, zur Ausgleichung aller sozialen Unterschiede, ihre Söhne zu Stein-klopfern an der Chaussee zu erziehen.

An der Behörde und den reichen Juden in großen Städten lag es also keineswegs, wenn die weisesten volkswirthschaftlichen Maßregelungen fruchtlos blieben; wenn wir aber durchaus Gründe hierfür angeben sollen, so müssen wir offen sein und sagen, daß sie näher lagen, als man vermuthen möchte, sie lagen nämlich an den jüdischen Hausirern und den Bauern selber, für deren Wohlergehen man die Reskripte, diese papiernen Gensd'armen der Menschheit, erfunden hatte.

Was die jüdischen Hausirer in den kleinen Städten betraf, so wiesen sie vorweg die erwähnte erhabene Steinklopfer-Theorie zur Ausgleichung aller sozialen Unterschiede zwischen Christen und Juden mit großer Entschiedenheit zurück. — Unser Reb Abbele, der für Alles ein gleich Wörtchen vorräthig hatte, gab es auch hierüber zum Besten. „Wir frommen K'hille-Kinder," sagte er in der lebhaften Beweglichkeit seines ganzen Leibes, „können gar nicht Steine an der Chaussee klopfen! Warum? — weil der Midrasch[1]) erzählt, wie unser Aeltervater Jacob von

---

[1]) Sagenreiches Buch der Bibel-Erklärungen.

Beerseba nach Haran ist gegangen, ist er gekommen nach Beth-
El bei Nacht und hat sich gelegt viele Steine unter seinen Kopf,
um darauf zu schlafen. Da haben die Steine angefangen zu
zanken miteinander, auf wem der fromme Kopf ruhen soll, und
da hat Gott, gelobt sei Er, gemacht aus all' den Steinen Einen
Stein, den unser Aeltervater am Morgen aufgerichtet hat zu
einem Altar. — Wenn wir nun unsere frommen K'hille-Kinder[1])
auf die Chaussee schicken, Steine zu klopfen, und Eines sich
niederlegt, ein Bischen schlummern, kann ihm ein Wunder
passiren, wie bei unserm Aeltervater und aus allen kleinen
Steinen wird wieder Ein Stein, und die Chaussee wird gar
nit fertig. Wenn nun die reichen Juden in Berlin wirklich
meinen, daß die Christen allein nit können die Chausseesteine
klein kriegen, mögen sie ihre Kinder, die nit fromm sind, hin-
schicken, um den Christen zu helfen; die sind vor einem solchen
Wunder ganz sicher." — Nach einem solchen mit großem Beifall
dargethanen und mit noch größerem Beifall aufgenommenen
Wörtchen konnte natürlich die schöne Steinklopfer-Theorie nicht
recht einschlagen.

Aber auch abgesehen von den theoretischen Problemen,
verschwor sich die Praxis zwischen Bauern und Juden ganz
entschieden, um die beglückenden volkswirthschaftlichen Reskripte
zu untergraben.

Die Bauern und die Juden lebten und handelten nämlich
sehr friedlich und gemüthlich mit einander. Wenn dazumal auf
Bällen, Abendgesellschaften und ästhetischen Zirkeln in großen
Städten immer noch, trotz der beflissensten Vorurtheilslosigkeit,
eine gewisse Spannung zwischen zuvorkommenden jüdischen
und toleranten christlichen Mitbürgern herrschte, so fand zwischen
Christoph und Itzig auf dem Dorfe, bei einer und derselben
Schüssel Pellkartoffeln, das allerbeste Einvernehmen statt.

---

[1]) Gemeindekinder.

Christoph brauchte ein neues buntes Halstuch, und Itzig nahm dafür ein Bischen alte Schweinborsten, die Christophin suchte sich bei Itzig Bänder aus uud gab ihm gern eine Hand voll Federn mehr dafür, wenn das rothe Band recht hübsche gelbe Spren- telchen hatte, und dabei kam's ihr gar nicht in den Sinn, daß es besser wäre, wenn sie zur Stadt fahren müßte, um darauf Reisegeld auszugeben. — Und wie's mit Itzig ging, ging's mit Jacob, und was dem Jacob galt, galt dem Joffef. Und all' das ohne ein Bischen gebildete oder eingebildete Toleranz. Der Jude fand beim Bauern Nachtlager und Quartier, so oft er kam. Er war nicht allein Geschäftsmann, sondern auch Zeitung und Briefpost für den Bauern und wandelndes Mode-Journal für die Bäuerin. Auch in der Religion genirten sie sich gegen- seitig nicht, im Gegentheil, sie gingen sich dabei gern zur Hand. Wenn die Bauernfamilie in die Kirche ging, wiegte inzwischen der Jude das Kind und sah nach dem Feuer, und wenn der Jude fortging, übergab er getreulich der Bäuerin das Töpfchen, inwendig mit Kreide als „koscher" [1]) bezeichnet, damit sie es wohlverwahrt und gesondert aufhebe, um die Gewissensscrupel eines andern Glaubensgenossen zu beseitigen, der nach ihm das- selbe für sein Bischen warmes Essen benutzen wollte.

Was konnte es unter solchen Umständen verschlagen, wenn die hohen Behörden Rescripte machten, um Uebeln der Volks- wirthschaft zu steuern, wo die Wirthschaft dem Volk ganz wohl gefiel.

Freilich die Gensd'armen, diese wirklichen Volksbewirth- schafter, dachten hierüber anders. Nicht die erfahrungsreicheren, die den kleinen Krieg mit der Menschheit schon hinter sich hatten und mit Bauern und Juden gern in Frieden leben wollten; wohl aber die frischen, die von Zeit zu Zeit auf dem immer breiter werdenden Gezweige der Gesetzlichkeit hervorknospten,

---

[1]) Rein nach den Speisegesetzen.

unter deſſen Schatten das Volkswohl gedeiht. Wenn wir ſagen:
ſie dachten anders, ſo gehen wir — in Anbetracht, daß es
uns Sterblichen nicht gegeben iſt, Herz und Nieren der Menſchheit
und noch viel weniger der Gensd'armen zu prüfen — hierin
vielleicht etwas zu weit. Es iſt auch unſere Abſicht nicht, ſie
zu verdächtigen, daß ſie ſich bei ihren Thaten mit Gedanken
plagten; im Gegentheil: wenn ſie erſt zu denken angefangen,
pflegten ſie mit Thaten aufzuhören. Aber wahr iſt es, ſo lange
ſie in parabiſiſcher Unſchuld der Neuheit das erſte Schnäpschen
vom Baume der Erkentniß noch nicht genoſſen hatten, waren
ſie eine Calamität für Juden und Bauern, und ein ſolches
Opfer dieſer Calamität haben wir in eben Mendel Gibbor, der,
weder verordnungsmäßig krank, noch vorſchriftsmäßig ſchwach,
und noch weniger als dies mit einem Schein verſehen, vom
neuen Gensd'arm beim Hauſiren im Dorfe betroffen worden war.

Und in der That, er war nicht vorſchriftsmäßig krank.
Das mußte Jeder fühlen, der jetzt Mendel's gewaltige Geſtalt
dahinſchreiten ſah zwiſchen dem breitbeinig wie ein Pendel
dahinwandelnden Schutzpatron der Gemeinde, und dem gleich
einer Welle auf- und niederſteigenden Freunde Jankele Kleſmer.
Würde es dem Beſchauer auch ſchwer geworden ſein, in dem
Andern den Apollo aller Hochzeitsfideln zu erkennen; in dem
mit ihnen am Weichſelufer dahinſchreitenden Mendel würde er
den Herkules der K'hille ſofort erkannt haben. Körperlich krank
war Mendel nicht, das ſah man jedem ſeiner Schritte an,
obwohl er jetzt, die Hände auf dem Rücken, mit tiefgebeugtem
Nacken und ſehr ſchmerzlichem Ausdruck im Geſicht, nur langſam
dahinwandelte und zuweilen, den Kopf ſchüttelnd, ſtehen blieb,
um alle Troſtgründe ſeiner Begleiter ſtumm abzuwehren.
Schwach war er ebenfalls nicht, dagegen ſprach ſchon ſein er-

erbter Name: Gibbor (der Starke), deſſen er ſich ſchon im
Alter von ſechszehn Jahren würdig gezeigt hatte, als er, bei
einer großen Bauernſchlägerei auf dem Marktplatz, aus dem
ſchreienden Lager der jüdiſchen Zuſchauer in das thatenluſtige
Lager der Gojim[1]) mitten hineinſprang, den gewaltthätigſten
und gefürchtetſten Bauern herausholte, und ihn ſeparatim über
den jüdiſchen Scharrenklotz verarbeitete. Er wurde auch, von
jenem Freitag ab, offiziell als Gibbor behandelt; denn der gute
fromme Rabbi ließ ihn Sonntags darauf zu ſich rufen und
verfuhr mit ihm, wie ſich's gebührt: er nahm ihm nach einer
Vermahnung, bei welcher der junge ſtarke Mendel ſich ganz
gewaltig unter dem Wort des kleinen altersſchwachen Rabbi
beugte, auf Handſchlag an Eidesſtatt und unter dem gefürchteten
Bann des Rabbi Gerſchon, das Wort ab, daß er gegen keinen
Juden die H a n d und gegen keinen (Goj[2]) die F a u ſ t aufheben werde, ſo lange er nicht in lebensgefährlicher Nothwehr
ſo handeln müſſe.

Mendel war gutwillig darauf eingegangen und ſagte in
frommer Erſchütterung, als ſeine gewaltige breite Hand zitternd
in der ſchwachen des Rabbi lag: „Rabbi! Ich ſeh', es iſt eine
Gnade von Gott, daß ich ein Gibbor bin, da hab' ich doch
die Vergünſtigung, Eure fromme Hand zu berühren, in die mein
Vater, Friede ſei mit ihm, auch ſeinen Handſchlag gegeben.“

In der That war der Name Gibbor ihm ebenſo erblich,
wie dieſe Behandlung. Mendel's Großvater: Meyer Gibbor,
oder auch wegen ſeines bäueriſchen Weſens „M e y e r B a u e r“
genannt, wurde durch einen gleichen Handſchlag zu einem
Menſchen umgewandelt, deſſen Thaten wir noch Gelegenheit nehmen werden, unſern Leſern vorzuführen. — Mendel's
Vater, Chaskel, ebenfalls als Gibbor gezähmt, hatte durch ſeinen

---

[1]) Nicht=Juden.
[2]) Singular Nicht=Jude.

frühen Heldentod, von dem keine Urkunde rühmend erzählt, den
Beweis geführt, wie in starken Leibern oft eine gewaltige, große
Seele thätig gewesen ist. Er ertrank im Frühjahr 1813 im
Weichselstrome, als er beim Eisgang eine Bäuerin mit zwei
Kindern retten wollte, die, auf dem Strohdache ihres vom Strom
fortgeführten Hauses um Hülfe rief. — Mendel, damals vier
Jahre alt, blieb als elternlose Waise der Sorge der Gemeinde,
der Pflege Salme's und dem Wohlwollen einer geheimen Wohl=
thäterin überlassen, die wir bald näher kennen lernen werden,
und die mehr von ihm wußte, als er selber und Alle, die ihn
sahen. Was aber Alle von ihm wußten und was uns zunächst
angeht, ist die Thatsache, daß er ganz gewaltig emporgewachsen
war und durch seine ganze Gestalt ein unumstößlich Zeugniß
ablegte, wie er keineswegs kränklich und altersschwach und
demnach nicht im geringsten sich dazu qualificire, einen regle=
mentsmäßigen Hausirschein zu erhalten.

Obwohl in der damaligen Zeit der wunderwirkenden volks=
wirthschaftlichen Rescripte gar viele Wunder als Gegenwirkung
an der Tagesordnung waren, — wie dies immer unter gleichen
Verhältnissen der Fall war und stets sein wird, — obwohl
der Kreisdoktor so merkwürdige Krankenatteste und der Bürger=
meister so wunderbare Geburtsscheine ausstellte, daß, wenn es
auf eine Wette angekommen wäre, man viel hätte darauf geben
können, daß Mendel Gibbor trotz alledem noch hausirscheinfähig
hätte sein können, so war dies in Wirklichkeit doch nicht der
Fall, denn Mendel Gibbor war eigentlich kein Hausirer. Er
hatte einen Abscheu vor dem Kleinhandel; und auch dieser
Abscheu war ein Erbstück, wodurch er sich als Nachkomme der
Gibbor=Familie kund that. Er fand mehr Lust daran, in der
Gemeinde die schwersten Handdienste zu leisten. Er konnte
Holz hacken, Wasser tragen, Balken schleppen und Ballen
schnüren „wie ein Goj", und wenn's zu den Wollmärkten
ging, war's eine Lust für Jung und Alt, ihn Wollsäcke auf

Frachtwagen aufladen zu sehen. Wenn er sie spielend hinauf-
gebracht und dann sich auf den haushohen Frachtwagen hinauf-
schwang, um sie mit den Beinen zu sacken und fest zu treten,
war der gewaltige Mensch, wie er da oben in der Luft herum-
wirthschaftete, nicht blos eine Augenweide der Weiber und der
Kinder und des von ihnen unzertrennlichen Wachtmeisters,
sondern auch Salme Mennist, troß seiner Angst, ihn auf so
schwindliger Höhe zu erblicken, rieb sich dabei vergnügt die
Hände, weil Mendel gar merkwürdig lustig war. Ja, sogar
die Bürgermeisterin sah ihm mit Wohlgefallen aus ihrem
Fenster zu; selbst der Herr Bürgermeister würdigte zuweilen
dieses Schauspiel seines hohen Blickes; und um Alles mit
Einem Worte zu sagen, sogar der gelehrte Reb Abbele trat
dabei vor seine Hausthür und benußte solche Gelegenheit, sein
„gleich Wörtchen“ [1] auf Mendel zu sagen, zum Ergößen all'
seiner Zuhörerinnen und besonders zum Staunen der schwarzen
Nucho, der eifrigsten Verehrerin seiner Gelehrsamkeit, die hoch
und theuer schwor, daß „der gepriesene Jüd“ Reb Abbele so
gelehrt ist, daß er die größten Wollsäcke in den kleinsten Bibelvers hineinstellen könne.

So lebte denn eigentlich Mendel fröhlich und guter Dinge
durch's ganze Jahr nicht auf den Dörfern, sondern in der
Gemeinde. Nachdem er durch seinen Handschlag aufgehört
hatte, furchtbar zu sein, scheute sich Niemand, gelegentlich seinen
Unmuth zu reizen; er mußte daher manchen Muthwillen und
manche Unbill tragen, wie das bei einem gezähmten Gibbor
immer zu sein pflegt. Und wie in den meisten solchen Fällen,
gewöhnte sich Mendel auch an den Uebermuth schwacher
Menschen und hatte für dergleichen nur ein trübes, stilles
Lächeln, das seinem überaus kräftigen, markirten Antliß zuweilen einen Ausbruck verlieh, der lebhaft an jenen elegischen

---

[1] Wortspiel.

Zug mahnte, welchen die feinsinnigen griechischen Künstler fast durchgängig am Kopfe eines ruhenden Herkules verewigt haben. Erst vor einiger Zeit war etwas mit ihm vorgegangen, das sein Wesen und auch seine Hantirung umwandelte. — Noch jüngst, am fröhlichen lieben Vorfeiertag des Pfingstfestes war er lustig in den Wald hinausgegangen, um frische Birkenzweige zum Aufputz der lieben heiligen Schul[1]) zu holen; und er kam heim wie ein wandelnder Laubwald, so groß, daß er nur mit Mühe hindurch kam durch die weit geöffneten Thüren des Gotteshauses. Als er das Innere mit dem üblichen frommen Spruch betrat: „Wie erhaben ist dieser Ort u. s. w.,[2]) klang seine Stimme voll und kräftig. Er fand daselbst drei festlich geschmückte Frauengestalten, zu deren Füßen er seine Bürde niederlegte. Da stand die kleine, aber mächtige, Ehrfurcht gebietende Gestalt der steinalten blinden Malkoh, die ihren Namen (die Königin) mit Recht trug. Ihr Kopf, mit der Perlen=Binde und der goldenen Haube geschmückt, war aufgerichtet. Ihre Augen, in die kein Licht von außen eindrang, waren dennoch klar und offen und vom inneren Lichte umstrahlt. Zwei rothe Seidenbänder, von der Haube hinunter auf den seidenen Brustlatz wallend, faßten ihr alterbleiches schmales Antlitz ein. Der himmelblaue Brokatrock, mit Treffen besetzt, bauschte sich weit um sie, in reichen Falten niederwallend von dem mit Wülsten umgebenen gelbseidenen Mieder. — Ihr zur Rechten stand in ähnlichem Festgewande die reiche alte Genendel, die in Leid und Freud bei keinem frommen Werke fehlte, und die jetzt einen Korb mit geschnittenem Kalmus trug, den sie auf den Fußboden auszustreuen bereit war. Zur Linken Malkoh's stand deren Enkelkind, die zarte Händele, den jungfräulichen Lockenputz in Ehrfurcht vor dem Gotteshause züchtig

---

[1]) Synagoge.
[2]) 1. M. 28, 17.

mit einem rothseidenen Tuch umhüllt, das Antlitz ein getreues
Ebenbild der Großmutter, soweit die frische Jugendblüthe dem
höchsten Alter noch ähnlich sein kann. Sie hatte zwei Kränze
um den Arm und drei Sträuße in der Hand, bestimmt, um
Altar und Heilige Lade zu schmücken.

Froh und muthig hatte Mendel seine Bürde zu den
Füßen der Frauen niedergelegt. Es that ihm wohl im tiefsten
Herzen, als die alte Malkoh den Geruch des frischen Laubes
hoch einathmete, die Hand mit den weißen Manschetten erhob
und mit klarer Stimme sprach: „Mendel, das ist wie der
Bibelvers sagt: „wie der Geruch vom Feld, der gesegnet ist
von Gott, gelobt sei Er!"

Mit einer beglückenden Andacht, wie er sie niemals
empfunden, schmückte er die Wände der lieben heiligen Schul
nach Anleitung der blinden Malkoh, die ihre Weisungen mit
einer Bestimmtheit gab, als ob in diesem Hause das Licht ihrer
Augen klarer wäre wie das der Sehenden. Der alten, reichen
Genendel trug er mit Stolz den Korb vor, als sie die Kalmus-
schnitzel ausstreute und die Stellen ganz besonders reich be-
dachte, wo einst ihr frommer Vater, ihr längst verstorbener
Gatte und zwei ihrer gelehrten Schwiegersöhne gebetet, als sie
noch unter den Lebenden einherwandelten. — Mit heiligem
Schauer aber sah er, wie Händele in frommer Scheu die
Kränze und Sträuße auf die Stufen zur Heiligen Lade niederlegte, die sie nicht zu betreten wagte. Er nahm sie von dort
auf, brachte sie nach ihrem Wunsche an die Orte ihrer
Bestimmung und fing in Demuth und Bewunderung den Blick
ihres Auges auf, mit dem sie ihm ihren stummen Dank
kund gab.

Noch stand Mendel auf den Stufen, als er die drei
Frauengestalten, nachdem sie sich dreimal verbeugt, und dem
Pfosten des Eingangs durch den üblichen Handkuß ihre Ehr-
furcht bezeugt, aus dem stillen Dunkel des Gotteshauses hinaus

in das helle Sonnenlicht des lauten fröhlichen Pfingst-Vortages treten sah. Nun aber befiel ihn eine Wehmuth, von der er sich keine Rechenschaft zu geben vermochte. Er blieb lange in wortlosem Sinnen stehen, das ihm selber fremd und räthselhaft erschien. Endlich, als er sich ermunterte, wähnte er seinen ihm neuen Gefühlen den richtigen Ausdruck zu geben in folgenden Worten, die er in tiefster Erregung aussprach: „Gott, Du Gelobter, warum hast Du mich gemacht zu so einem niedrigen Knecht, daß ich nit einmal weiß die Stelle, wo meine Voreltern gestanden haben, um zu beten vor Dein heilig Angesicht!"

Und in dem Schmerz, daß er ein gar so „niedriger Knecht" sei, verließ er das einsame Gotteshaus in einer Stimmung, die fern und fremd von der war, welche ihn bis dahin beherrscht hatte.

An dem fröhlichen Pfingstfest bemerkte Niemand die Veränderung, die in Mendel vorgegangen. Nur als Salme am zweiten Festtage an seiner Seite aus der Schul' heim und auf dem Wege hineinging in das Haus der „Großmutter Malkoh", um sich von ihr „segnen"[1] zu lassen, weil seine vor achtzehn Jahren verstorbene Frau eine ferne Verwandte der Malkoh gewesen, nur da, als Mendel in der Ferne auf seinen Begleiter gewartet hatte, fiel diesem die wehmuthvolle Miene auf, mit der ihn Mendel empfing. Der stille, wortkarge Salme sah ihn fragend an; als Antwort sprach Mendel die Worte vor sich hin: „Ich hab' am heiligen lieben Feiertag nit einmal Einen, der mich segnen mag." Aber nach dem Feste, als die Werktage wieder angingen, in denen Niemand sonst munterer war als Mendel, kam es schnell an's Tageslicht, daß ein Geist der tiefsten Verdrossenheit über ihn Herr geworden. Es fiel

---

[1] Nach jüdischer Sitte pflegen die älteren Glieder der Familie an Sabbath und Festtagen ihren jüngeren Verwandten einen Segen zu ertheilen.

an ihm nicht blos eine Menschenscheu auf, sondern er erschreckte Alle, die ihn zur Rede stellten, durch ein heftiges Wesen, das sich nichts, auch nicht einmal eine gutmüthige Neckerei gefallen lassen mochte. Ja, als er zur Sommer-Messe die Wagen packte, geschah es mit solcher Gleichgültigkeit, daß alle erfahrenen Frauen der Gemeinde bedenklich den Kopf schüttelten und einander zuraunten, es gehe Mendel doch wie jedem Gibbor, der seinen Handschlag gegeben, er werde des K'hille-Lebens[1]) überdrüssig und werde so „verzweifelt, daß er — Gott soll behüten — noch einmal unter die Soldaten gehen könnte."

Wenn Mendel's Lebens-Unmuth ihn nicht zu solch „verzweifeltem" Schritte trieb, so verdankte er dies der Auskunft, die sein treuer und besorgter Gönner Salme Mennist ihm aufzwang. Mehrere Tage versuchte es dieser vergeblich, den Grund des auffallenden Trübsinns Mendel's zu erforschen; er bekam nichts zu hören, als die traurige Klage: „Ich bin mein niedrig Leben satt." Als aber jede tröstliche Zurede ohne Einfluß blieb, da entschied eine unerwartete That Salme's das Lebensschicksal Mendel's. Der notorisch arme Salme, der seinen Unterhalt nur kümmerlich durch kleine Besorgungen erwarb, mit welchen ihn von Zeit zu Zeit einige altangesessene Gutsbesitzer der Gegend betrauten, trat eines frühen Morgens mit einem ziemlich großen Packen Hausirwaaren vor das Lager Mendel's, auf welchem dieser jetzt, wider seine Gewohnheit, länger als sonst verweilte, und dessen Hand treuherzig fassend, sprach er nichts als die bittenden Worte: „Nimm und geh auf's Dorf!"

Stumm, wie Mendel auf die Fragen Salme's geblieben, verblieb dieser auf alle die Fragen Mendel's, woher er die Waaren habe? „Nimm, und geh' auf's Dorf!" war Alles, was Mendel zu hören bekam. Drängend, rührend, ja sogar

---

[1]) Gemeinde-Lebens.

unter Thränen wiederholte Salme immerfort diese Bitte, was auch Mendel einwandte.

Er konnte nun nicht anders. Diese schlichte Treue Salme's fachte in der That den jungen Lebensmuth in dem starken Menschen wieder an. Er steckte die Gebetriemen in seine Tasche, nahm den Packen auf den Rücken und den Stock in die Hand, er preßte Salme's beide Hände, küßte treulich dreimal die Inschrift an der Thürpfoste[1]), betend: „Der Allmächtige! er bewahre und errette mich vor allem Bösen", und ging unter dem Wunsch Vieler, die es sahen, „daß ihm der Prophet Elias begegnen möge!" hinaus aus der K'hille in's Dorf.

Zwei Sabbate war er schon heimgekehrt, zwar ohne von der gewünschten Begegnung erzählen zu können, aber doch mit aufgerichtetem Muth; denn die Bauern und Bäuerinnen thaten bald vertraut mit dem starken Menschen. Wie ihm zum dritten Male nicht der alte Prophet Elias, sondern der neue Gensd'arm begegnete, und wie dieser ihn in die K'hille zurückbrachte, haben wir Eingangs unserer Erzählung gesehen.

Die Hände auf dem Rücken, das Haupt tief gebeugt und mit dem elegischen Zug in seinem markirten Gesicht, dem troß alles Trübsinnes der Anflug dulbsamer Gutmüthigkeit eingeprägt blieb, ging Mendel zwischen seinen Begleitern am Weichsel-Ufer dahin. Er schüttelte verneinend auf alle ihre Trostsprüche den Kopf und blieb von Zeit zu Zeit stehen, um sich aufzurichten und in der Schwüle des Tages hoch aufzuathmen; wenn sein Blick hierbei den Ufern entlang in die Ferne schweifte, war es, als ob er den Wunsch ausdrücken sollte, recht bald weit

---

[1]) „Höre Israel, der Ewige, unser Gott, der Ewige ist einzig!"

weg aus dem Bereiche zu kommen, wo eine niederdrückende
Vergangenheit hinter ihm lag.

Jankele Klesmer, hitzig wie alle genialen Künstlernaturen,
konnte diese stumme Abwehr alles Trostes nicht ertragen. Er
stellte sich auf seinen langen Fuß, als Mendel wiederum hoch
aufseufzte, und rief: „Nu! was is denn da Großes mit Dir,
Mendel, das is schon manchem Hausvater passirt! Und Du
bist ein lediger Jung!" — Aber Mendel legte ihm die schwere
Hand auf die Schulter, die den Künstler beruhigend auf sein
kurzes Bein niedersenkte, sagte unter einem Seufzer: „Jankele,
es ist nit meine Waare!" und ging kopfschüttelnd weiter.

Der mit der Prosa des Lebens vertrautere Wachtmeister
hatte praktischern Trost zur Hand. „Mendel," sagte er, „laß Du
ihn nur den Packen auf die Amtsstube bringen; der Bürgermeister ist nit daheim, und abwarten kann er nit, bis er kommt.
Er wird aus der K'hille reiten müssen, ehe der Packen unter
Siegel gelegt wird, und wir werden Zeit haben, ihn zu unter=
suchen und Deine Leibwäsche herauszunehmen und für seinen
Antheil andere Waare hineinzustecken."

Jankele sprang wieder auf sein langes Bein, griff nach
der Hand des Wachtmeisters und rief hochbegeistert: „So wahr
ich lebe, Du wirst ein glückliches Loos im Jenseits haben, mehr
wie zwei Jüden! — Wir werden den ganzen Packen austauschen,
Mendel!"

Der Wachtmeister schüttelte den Kopf, als wollte er andeuten, daß selbst die gegründeten Aussichten auf Antheile des
künftigen Daseins nicht die strenge Pflicht aufwiegen, auch in
solchen obrigkeitlichen Handlungen die Grenzen der Möglichkeit
inne zu halten. Er blieb mit würdevollem Ernst dabei, daß er
nur Leibwäsche herausnehmen und zur Ausfüllung des Packens
einige gleichgültigere Dinge hineinstopfen werde; allein es war
bekannt, wie in damaligen reglementsmäßigen volkswirthschaftlichen Confiscationsfällen selbst Bürgermeister zuweilen so weit

gingen, ganze Röllchen Haubenbänder und Dutzende von Taschen=
messern in die Rubrik „männlicher Leibwäsche" zu schieben, und
es stand als Thatsache fest, daß Wachtmeister hierin viel milderen
Urtheils waren. Von unserm guten Wachtmeister dergleichen
erst versichern zu müssen, hieße ihn in den Augen unserer Leser
herabsetzen wollen.

Mendel legte dem Wachtmeister nur die Hand auf die breite
Schulter und schüttelte sie in treuem Dank; aber er blieb auch
hierbei stumm und niedergedrückt.

Ehe sie das Gehöfte des obrigkeitlichen Hauses betraten,
sprang der geniale Jankele nochmals lebhaft auf sein langes
Bein und packte Mendel's Arm, um diesem recht eindringlich
seinen Trost zuzurufen: „Mendel!" sagte er, „gieb Acht, was
Gott, der Gelobte, noch machen wird, Du wirst noch großes
Glück haben, und vom End' der Welt komm ich noch an, um
einmal auf Deiner Hochzeit aufzuspielen. Den Bösewicht aber
den bringen doch noch die Koronower unter sich und wir Juden
werden Vergeltung an ihm erleben."

So unmotivirt vorläufig der erstere Theil der Prophezeihung
Jankele's war, so schien er doch seinen Eindruck auf Mendel
nicht zu verfehlen, mindestens war sein verneinendes Kopfschütteln
diesmal weniger entschieden, und sein Seitenblick schien fast mit
Verlegenheit im Antlitz Jankele's forschen zu wollen, wie er zu
solchem Trostspruche komme. Der zweite Theil der Prophezeihung
war praktischerer Natur und fand beim Wachtmeister einen besseren
Boden des Vertrauens; denn obwohl der neue Gensd'arm sich
durch die Jagd auf hausirende Juden seinen Dienst leicht und
einträglich zu machen suchte, war es doch bekannt, daß ihm
berufsmäßig noch eine schwere Pflicht oblag. Aus der jüngst
eingerichteten Strafanstalt in Koronowo waren ein paar Ban=
diten entsprungen, die seit Monaten den landräthlichen Kreis
unsicher machten, und die aufzutreiben und einzufangen des
neuen Gensd'armen Hauptaufgabe hätte sein sollen. Der Ge-

danke, daß diese Banditen ihm einmal auflauern und zur guten
Stunde ihm einen Denkzettel geben möchten, erschien dem
guten Wachtmeister ebenso himmlisch gerechtfertigt, wie im Interesse der seiner Obhut anvertrauten K'hille menschlich erwünscht
zu sein.

Unter den tröstlichen Aussichten des genialen Jankele betraten sie nun den obrigkeitlichen Hausflur, um sich in die
Amtsstube zu begeben. Der Hahn, ihr treuer Begleiter, machte
sich's bequem und wählte den kürzeren Weg durch's Fenster,
und da er auf dem Amtstisch den Packen Mendel's liegen und
den Gensd'arm, seinen ausgemachten Feind, neben demselben
stehen sah, stieß er einen kecken Schrei aus, der es bekunden
sollte, daß er in diesen geweihten Räumen städtischer Obrigkeit
die Autorität ländlicher Gensd'armerie sich nicht brauche gefallen zu lassen, und als Demonstration dieser kommunalen
Gesinnung flog er direkt auf den Amtstisch zu und ließ sich
auf den Packen Mendel's nieder.

Ob das gute Thier, in Vorahnung der Tage, in welchen
die damals geltende Städte-Ordnung einer revidirten, ver-
besserten und maßregelungsreicheren werde weichen müssen, zu
solcher Demonstration politischen Sinnes hingerissen wurde,
wollen wir dahingestellt sein lassen. Diesem Hahn war schon
etwas Derartiges zuzutrauen, weil er erstens in den Augen
der Jugend der ganzen Gemeinde als der eigentliche Hahn galt,
dessen Weisheit, Tag von Nacht zu unterscheiden, im allerersten
Segenspruch des Morgengebetes von jedem frommen Juden
gepriesen wird, und weil er zweitens in seiner höchst eigenen
Person Gegenstand einer ritualen, casuistischen und jurdischen
Debatte unter allen Gelehrten des Beshamidrasch[1]) gewesen,
wie wir dies noch später darthun werden. Wie dem aber auch
sein mochte, ein Schlag des Gensd'arms gegen den Hahn, ein

---

[1]) Haus, wo der Talmud studirt und wo auch gebetet wird.

Wuthschrei des Thieres, als eben sein Gebieter zeitig genug
zur Thür eintrat, um die Brutalität des Gensd'arms zu sehen,
war die Einleitung zu einem heftigen Wortwechsel zwischen
dem Repräsentanten der ländlichen und dem der städtischen
Obrigkeit. — Der prinzipielle Austrag dieses Wortwechsels
konnte in der That nur in dem ruheverheißenden System einer
gründlichen Centralisation liegen, die Stadt und Land gleich-
mäßig des verderblichen Selbstregiments überhob, der vorläufige
Austrag desselben bestand indessen darin, daß der Gensd'arm,
nachdem er dreimal mit dem Säbel respektwidrig auf die Erde
gestampft und der Wachtmeister dagegen — mit harmonischer
Begleitung Jankele's und unter Wuthschreien des höchst er-
zürnten Hahnes — ein Dutzend Mal auf den Amtstisch mit
der Faust aufgeschlagen, der vorläufige Austrag dieses Wortwechsels, sagen wir, bestand darin, daß der Gensd'arm trotz
aller Einreden und Ausreden sich auf's Pferd werfen und davon
reiten mußte, ohne die amtliche Versiegelung des confiscirten
Packens in seiner Gegenwart durchsetzen zu können.

Welche Wünsche den Ritt des Bösewichts durch die Gasse
begleiteten, brauchen wir nicht näher anzugeben. Der gelehrte
Reb Abbele kam noch einmal vor seine Thür, als der Gensd'arm
eben vorbei wollte; das Pferd schreckte vor seiner grüßenden
Gestalt zurück und drehte sich auf einen heftigen Sporenstreich
des Reiters unter dem Geschrei der Weiber zweimal mit diesem
in die Runde, worauf Reb Abbele mit Recht sein gleich
Wörtchen ausrief: „So steht es im Bibelvers: In der Runde
wandern die Bösewichter." —

Wie während dessen in der Amtsstube das Aussuchen
der Leibwäsche aus dem confiscirten Packet Mendel's von Seiten
Jankele's und des guten Wachtmeisters vor sich ging, und endlich dahin abgeschlossen wurde, daß ungefähr die Hälfte der
Waare bei Seite gebracht und deren Lücke mit andern, mühsam
herbeigeschafften unnennbaren Raritäten ausgefüllt wurde, das

brauchen wir denkenden Lesern nicht näher zu schildern, die es
wissen, wie weltbeglückende Rescripte im Großen immer zur
Ausgleichung solche Gegenwirkungen im Kleinen zur nothwen=
digen Folge haben. Nur das Eine wollen wir nicht unerwähnt
lassen, daß alles, was amtlich und außeramtlich um Mendel
vorging, wie ein Traum auf ihn zu wirken schien. Er saß auf
der Ofenbank tief in sich gekehrt, den Kopf auf die Brust ge=
senkt und bat schließlich, als der Wachtmeister und Jankele
Alles abgethan hatten und ihm ermunternd auf den Rücken
klopften, daß sie ihn in der Amtsstube lassen möchten, bis es
dunkel sei, und er unbeachtet heimgehen könne.

Man gewährte ihm den Wunsch. Der obrigkeitliche Haus=
flur nahm wieder die beiden Freunde in seinen Schatten auf.
Der gute Wachtmeister lehnte sich wieder an die Wand und
rüstete sich zum Schlummer, in welchem die heutige Katastrophe
ihn überrascht; der treue Freund, zu erregt, um schlummern zu
wollen, leistete ihm dennoch Gesellschaft und nahm sein Lager
vis-à-vis ein. Nur der Hahn blieb bei Mendel und flog ihm
auf die Hand, die er ihm hinhielt. Als das kluge Thier ihm
mit dem rechten und dann mit dem linken Auge in's Gesicht
sah, sagte Mendel wehmüthig zu demselben: „Nit wahr, seit
dem lichtigen Pfingst=Vorfeiertag bin ich gar kein Gibbor mehr!
Ich mein', ich hab' nit Kraft genug in meiner Hand, um dir weh
zu thun!" und in der Seele tief ermattet, legte er sich auf die
Bank hin, um die Stunden bis zur Dunkelheit zu verträumen.

Draußen im Flur wollte auch bei dem gemüthsruhigen
Wachtmeister der einmal unterbrochene Schlummer sich nicht
leicht fortsetzen. „Weißt Du, Jankele," sagte er leise zu seinem
Freunde, „wenn Mendel nit bald aus der K'hille geht, dann
stürzt er sich, wie sein Vater Chaskel, bei der ersten besten
Gelegenheit in die Weichsel."

„Wachtmeister," erwiderte Jankele etwas hitzig: „Du
redest wie ein Goj. Man darf den Mund nit zu so was Bösem

aufmachen, und in den drei Wochen erst recht nit." — Dann aber fügte er besänftigter hinzu: „Ich will Dir sagen, was ich meine; weißt Du, ich mein', er hat sich verliebt!"

„Jankele, Narr, Du redest wie ein Fiedler!" entgegnete der Wachtmeister, „Du hast in den drei Wochen[1]) auch Deinen Kopf voll Hochzeiten. — Er ist ein Gibbor, und ein Gibbor kann es nit lang' aushalten, wo er seine Kraft nit zeigen kann!"

Und hiermit brach auch dies Gespräch ab; und die Welt lag wieder in der Ruhe eines Spätnachmittags der drei Wochen über unserer Gemeinde.

———

Wie die Hitze des Tages und die Stille der drei Wochen eine Schlummermüdigkeit über die Gemeinde ausgegossen hatten, brachte die Kühlung des Abends und die fromme Klage der Trauerzeit ein Regen und Bewegen um die mitternächtliche Stunde hervor.

In den Hausfluren, an den offenen Läden und Fenstern, auf den kleinen Sitzen vor den Thüren, auf Steinen, Hausthürschwellen und Treppenstufen nahmen unter dem späten Sternenlicht die weiblichen Insassen der Häuser im Freien Platz, um in Besorgniß die Ereignisse des Tages nochmals an sich vorüberziehen zu lassen. Aber auch die wenigen Greise, die trotz der ihnen sehr günstig lautenden Regierungsrescripte ihre Tage in der Gemeinde verlebten, weil sie von ihrer Hausirschein-Berechtigung keinen Gebrauch zu machen im Stande waren, harrten auf der Straße und in den Hausthüren des frommen Klagerufes, der die Getreuen zur mitternächtlichen Trauer um den Fall Jerusalems einladet, zur Erfüllung des Schriftwortes: „Stehe auf und wehklage in der Nacht beim Beginne der Wachen; schütte aus wie Wasser Dein Herz vor

———

[1]) Die drei Trauerwochen.

dem Angesichte Deines Gottes. Hebe empor zu ihm Deine
Hände wegen des Lebens Deiner Kinder, die vor Hunger ver=
schmachten an den Straßen."

Wenn ein Alter von Jahrtausenden gar wenig verbleichen
ließ von den nationalen Gefühlen und Empfindungen, die
prophetische Stimmen in Israel einst verkündet, so haben wir
die Lösung dieses weltgeschichtlichen Wunders in der Geisteshöhe
und Seelentiefe jener Stimmen zu suchen, deren Gepräge den
Stempel ewigen unverlierbaren Werthes in sich trägt. Wenn
aber die Stimmen der Klagen vornehmlich jenen tiefen Wieder=
hall in den Herzen der Nachkommen gefunden, so giebt ein
kleiner kläglicher Theil der Geschichte selber die klarste Lösung
dieses Räthsels. Die Geschichte der Judengesetzgebungen aller
Staaten, gleichviel ob vom Glaubenshaß oder vom verkehrten
Wohlwollen diktirt, sie trug die Quelle ewig frischen Schmerzes
in sich; sie war es, die innerhalb der Judenheit den ältesten
prophetischen Klagen den Stempel steter Erneuerung und Ver=
jüngung verliehen.

Wohl sind andere Prophetenstimmen in Israel zu frühe schon
verhallt. Es sind dies die Stimmen und Stimmungen frohen
Lebensmuthes, die den Psalmensänger einst erhoben, der noch
sprechen konnte: „ich freue mich des Ewigen."[1] — Er, der
Glückliche, sah nicht, ahnte noch nichts von dem erst nach ihm
nahenden nationalen Fall. Vor seiner frohen Seele „jubelte
noch das Gethier des Waldes seinem Schöpfer entgegen."
Sein Auge sah noch den Himmel nicht finster, sondern „als
Lichtgewand des Herrn, wie einen Teppich ausgebreitet." Er
jauchzte noch mit den Bergesquellen, „die zu Bächen zusammen=
fließen und von den Höhen niederstürzen, um die Heerden der
Flur zu tränken." Ihm sind „die Cedern Libanons noch der
Vögel Wohnsitze, die Gott gepflanzt." Vor seinen Augen „zog

---

[1] Psalm 104.

10*

der Mensch noch froh am Morgen aus an sein Werk und an
seine Arbeit, bis der Abend kommt." Er freute sich noch „des
Meeres so groß und weitarmig nach allen Seiten, in dessen
Tiefen Leben wimmelt klein und groß." Er konnte den Wein
noch preisen, „weil er erfreut des Menschen Herz," und des
Odems sich erfreuen, der schaffend einherweht und „verjünget
das Angesicht der Erde."

Aber nur ein wunderbares Geschick scheint diese Stimme
vollen ungetrübten, frommen Frohsinns noch erhalten zu haben,
die sicherlich nicht die einzige ihrer Gattung war. Der Reigen
gleich hoher Freudenlieder ist für immer dahin und der schwache
Rest derselben ist überdeckt von Klagen, die sich durch Jahrtausende verjüngten mit jedem Morgen, durch Jahrtausende er-
neuerten mit jedem Abend. —

Und von dieser Erneuerung uralter Klagen gab auch die
heutige Nacht Kunde.

Wie klein das Mißgeschick des Tages, das Mendel Gibbor
betroffen, auch erscheinen mag, in der Gemeinde, wo fast alle
Familienväter gleichem Ungemach ausgesetzt waren, hatte es
tiefe Sorgen und Betrübnisse erzeugt. Vor Mendel's heutigem
Schicksal war Niemand von den Männern dieser Frauen, von
den Vätern all' der Kinder, von den Kindern all' der armen
Greise sicher. Wie konnte es anders sein, als daß die Stimme,
die vor drittehalb Jahrtausenden zur Klage aufgerufen und die
in den drei Wochen der Trauer regelmäßig allnächtlich erscholl,
heute tiefer als sonst ihren Nachhall in den Herzen fand!

Als vom Marktplatz her der getreue Hahn des guten
Wachtmeisters seine weise Stimme erhob, um anzukündigen,
daß die elfte Stunde hin und die zwölfte, die Mitternacht,
nahe, als zum wunderbaren Widerhall dieser Naturstimme die
weniger natürliche Stimme des heiseren Synagogendieners von
oben, der Gasse her, im sehr langgedehnten, singenden Klageton
zur „Mitternachtstrauer!" rief — da war es heute, als rufe

noch einmal der klagende Jeremias über die Kinder Israels aus: „Erhebe Dich und wehklage in der Nacht beim Beginn der Wachen!" — als spräche er zu dem sorgenbedrückten Frauengeschlecht: „Schütte wie Wasser aus Dein Herz vor dem Angesicht Deines Gottes!" — und als mahne er die Greise: „Hebet empor zu ihm die Hände, wegen des Lebens der Kinder, daß sie nicht vor Hunger verschmachten auf den Straßen!" — Durch die laue Mitternacht rang sich daher manch tiefer Seufzer aus den Herzen empor, manch frommes Auge war heute von mehr als Einer Sorgenthräne feucht, und als die Frommen sich gesammelt im Beshamidrasch und im Dämmerlicht einer Wachskerze sich all' die greisen Gestalten niedergelassen hatten auf die Erde, erscholl der Klagepsalm: „an den Bächen Babel's saßen wir und weinten", in er-schütternderem Tone als sonst, und das alte Klagelied:

> Samaria: erhebe Klagetöne
> Gebeugt in Sünden Last,
> Vertrieben in die Fremde meine Söhne,
> Im Flammengrabe Tempel und Palast,
> Und Zion rufe: Hin ist alles Schöne,
> Seit Du, o Gott, Dein Haus verlassen hast!

ergoß sich in seiner tiefen, allbekannten und untergelegten Melodie, weithin hallend über das ganze Gebiet der Gemeinde.

Gebeugten Hauptes vernahm es auch die alte Malkoh, die noch wachte in ihrem Stübchen, dessen Inneres spärlich er-leuchtet, und dessen Läden und Fenster ebenfalls noch in die Nacht hinein geöffnet waren.

„Händele, mein Kind," sagte sie zu ihrer Enkelin, die neben ihr an dem Lehnstuhl stand, „laß uns setzen niedriger, denn der da wohnt in der Höhe, erhört, was da klagt in der Nieder (Tiefe)."

Händele brachte schweigend zwei Bänkchen herbei, half der Großmutter aus dem Lehnstuhl und setzte sich neben sie nieder,

und zwei Frauenstimmen sangen leise, die eine im bebenden
Tone des höchsten Alters, die andere in der weichen Frische
aufblühender Jugend, das Klagelied im Urtext mit, wie es
heute andächtiger hinaufstieg aus der Tiefe zur Höhe.

Aber auch in zwei andere Herzen fielen heute die Trauer-
töne mit mächtigerer Gewalt als je. Salme Mennist und
Mendel Gibbor waren nicht unter den Betenden. Nachdem
sie die letzten Stunden schweigend in der dunkeln Wohnung
Salme's zugebracht, gingen sie auf Mendel's Bitten hinunter
an den Weichselstrand und schritten neben einander stumm
dahin, Mendel in schwermüthiger Träumerei, Salme in wort-
armer Besorgniß um den Freund. Jetzt, als der Klagegesang
zu ihnen niederscholl, berührte der scheue Salme Mendel's Arm.
„Komm, Mendel," sagte er leise, „laß uns da niedersetzen auf
den Stein und die Mitternachtstrauer mitmachen, daß Gott,
gelobt sei Er, heilen mög' Deine Traurigkeit unter aller
Traurigkeit von Israel."

Ohne ein Wort der Erwiderung folgte Mendel seinem
treuen Begleiter, und Beide, aneinander auf einem Stein am
Weichselufer sitzend, stimmten ein in das alte Klagelied mit
leisem Gesang, mit welchem das Murmeln der Wellen, die leise
den Strand bespülten, in harmonischem Einklang stand.

Es trat eine Pause im Beshamidrasch und mit ihr tiefe
Nachtstille ein. Salme, nahe an Mendel gelehnt, wandte sich
wieder zu diesem, der stumm vor sich hin sann.

„Mendel," sagte er schüchtern, „kannst Du mir nit sagen,
was mit Dir ist?"

„Ich kann nit!" seufzte Mendel.

„Mendel," hob Salme nach einer Pause wieder an,
„kannst Du nit dem Rabbi sagen, was Dein Gemüth beschwert?"

Mendel seufzte noch schwerer auf. „Ich kann nit, ich
kann nit, guter Reb Salme!"

„Mendel," sagte Salme mit fast zitternder Stimme,

während er die Hände ängstlich faltete: „Mendel, kannst Du denn nit vor den gepriesenen Gott niederlegen Dein schwer Gemüth? Es ist doch," setzte er fast tonlos vor innerer Bewegung hinzu, „es ist doch unser Gott, und ein guter und barmherziger Gott, der da wund macht und heilt die Herzen von allen Menschenkindern!"

Mendel richtete sich seufzend hoch auf, den Blick zum Nachthimmel erhebend. „Gott, Du Gelobter," sprach er, „Du weißt es! Kannst Du denn schicken eine Hülfe für mein Herz?"

„Mendel," rief Salme lebhafter, indem er dessen Arm faßte, „Mendel, ob er kann? Weißt Du nit, daß bei ihm ist die Hülfe! Steht denn nit geschrieben, hoff' auf den ewigen Gott und vertraue auf ihn, denn er thut es!" — Der fromme Tröster empfand es in seiner zarten Seele, daß dem Freunde der Zuspruch wohlgethan, und mit erleichtertem Herzen fuhr er fort, indem er leise mit der Hand auf Mendel's Schulter klopfte: „Ja, Mendel, wenn Du nit mit mir und auch nit mit dem Rabbi reden kannst, dann red' nur mit Ihm und Du wirst sehen, seine Hülfe wird schon kommen!"

Es schwiegen Beide wieder; Salme vor Erschütterung und Mendel in träumerischen Hoffnungen.

Auch vom Beshamidrasch her klang es tröstlicher herüber. Die Klagemelodie gab der Hoffnung Raum und löste sich im Gebete auf:

> „Wie lange Zion noch in Thränen!
> Jerusalem in Klagetönen?
> O, heile Zions Trauern,
> Errichte Salem's[1]) Mauern."

Die Klagenden erhoben sich von der Erde und zwei Mal erklang es in stürmischem Flehen: „Führe uns zurück, Ewiger, zu Dir, daß wir wiederkehren, verjünge unsere Tage wie ehedem!" und dann lagerte sich die tiefe Nachtstille über die Gemeinde.

---

[1]) Jerusalem.

„Großmutterle!" sagte Händele, indem sie der Großmutter von dem Bänkchen aufhalf, „willst Du nit in Dein Bett gehen?"

„Mein Kind!" entgegnete diese, „schließ die Fenster und leg' Dich gesund nieder; ich find' meine Lagerstätte allein." Als sie die Laden und Fenster geschlossen, stand Händele noch am Lehnstuhl der Großmutter, die mit Aufmerksamkeit hinaushorchte auf die Gasse, woselbst die leisen Tritte der Heimkehrenden auf dem ungepflasterten Boden erklangen. Ihr feines Ohr unterschied jeden Tritt, erkannte jede leise Stimme, jeden Seufzer, jedes Aufhusten der Vorüberwandelnden. Als diese Töne ganz verklungen waren und Händele schon bereit war zum lauten Nachtgebet, hob die Großmutter wieder an und schüttelte in einem Anflug von Unwillen das Haupt: „Ich hab' Mendel Gibbor nit gehört zur Mitternachtstrauer kommen und nit gehen. Und seinetwegen ist doch heut die Trauer größer in der K'hille wie alle Tage gewesen!"

Händele war es, als ob dies wie eine Frage an sie gerichtet wäre; aber sie konnte sich nicht entschließen, hierüber eine Bemerkung laut werden zu lassen. Erst als die Großmutter nach einer Weile sich anschickte zum Nachtgebet, überflog eine lichte Röthe Händele's Antlitz und sie sagte mit unsicherer Stimme: „Ich mein', er geht nit gern durch die Gass' und unter Leut', damit sie kein Mitleid mit ihm haben."

Die Großmutter horchte auf, aber sie schwieg, — dann senkte sie das Haupt und begann das Nachtgebet mit Händele gemeinsam, und am Schlusse desselben sangen sie Beide das jüdisch-deutsche Lied, das damals üblich war in allen Kreisen jüdischer Frauen:

> „Ich befehl' meine Seel' in Gottes Hand,
> Der mich aus Mutterleib gesandt,
> Er ist mein Helfer und Beistand,
> Sein heiliger Name ist wohlbekannt! u. s. w."

Am Weichsel-Ufer saßen inzwischen noch immer die Beiden in tiefer Schweigsamkeit; aber die milde Nachtluft und die Nähe des tröstlichen treuen Freundes begannen sichtlich auf Mendel's Seele lindernd einzuwirken, und als Salme's Hand nochmals und wiederholt auf Mendel's Schulter klopfte, als wolle er ihn immer auf's Neue mahnen, „mit Gott, dem Barmherzigen, zu reden, was er Niemanden sagen kann", da schmolz die Rinde der stummen Düsterheit von Mendel's Herzen und er wendete sich mit größerer Lebhaftigkeit als seit vielen Wochen an Salme.

„Guter Reb Salme," sagte er, „ich werde reden vor Gott, gelobt sei Er, aber jetzt hört zu, was ich Euch sag' und was ich von Euch erbitte."

Salme's Hand klopfte nur stumm ermunternd auf die Schulter des Freundes und dieser begann wieder mit bewegterem Tone: „Ich geh' bald aus der K'hille, wo ich nit mehr bleiben kann, und in die Welt hinein, wo mich Gott, der Gelobte, wird hinführen. Ich werd' nichts mit mir nehmen als meine Gebetriemen und dies Gebetbüchelchen und meine gesunden Händ', in die mir Gott, gelobt sei Er, wieder geben wird meine alte Kraft. — In dem Gebetbüchel aber," — er nahm das kleine Buch aus der Brusttasche und küßte es, „da hab' ich auf dem ersten Blatt eingeschrieben die Todestag' von meiner Mutter und meinem Vater, die da ruhen im Paradies. Nächst dem barmherzigen Gott, seid Ihr, guter Reb Salme, mein einziger Helfer und Beistand gewesen in der Welt! Und darum, wenn ich in der Fremde sein werd', und der Ballen von meinem Fuß wird einen Ruheort finden, dann werd' ich in das Gebetbüchelchen unter die Todestag' von meinen Eltern einschreiben, was ich heut nit kann sagen. Und wenn mich Gott, der Allmächtige, frühzeitig abrufen sollt', dann soll man zu Euch das Gebetbuch bringen, und Ihr sollt sehen, was mit mir ist."

Mendels's Stimme sank hier wiederum zum träumerischen Ton herab und er schwieg, das Haupt auf die Brust gesenkt.

Salme's Hand zitterte; er konnte nicht die Schulter des Freundes ermunternd klopfen; bald aber nahm er sich zusammen und sprach mit schwacher Stimme, während er die schwache Hand auf der starken Schulter des Freundes ruhen ließ: „Red, red, Mendel! ich bitte Dich!"

„Reb Salme," sagte Mendel auf's Neue in lebhafterer Regung: „Ich hab Euch zu bitten!"

„Red, red!" sagte Salme.

„Ihr habt mir," fuhr Mendel fort, „nit sagen wollen, wer Euch das Geld gegeben hat zu der Waare, die Ihr mir gebracht. Jetzund müßt Ihr mir's sagen, denn ich schwöre Euch zu, daß ich nit aus der K'hille gehe, bis ich kann hintreten vor den, dem ich das Geld schuldig bin, und ihm sagen kann, daß ich schlecht gewesen bin, wie ich es angenommen hab', daß ich aber arbeiten werd' mit meinen Händen, bis ich es ihm schicken werd' bis zum letzten Heller, so wahr ich bin ein ehrlich jüdisch Kind!"

„Mendel," sagte Salme mit gedämpfter Stimme, „guter Mendel, ich kann nit, ich soll Dir nit sagen, wer es ist!"

„Reb Salme," sagte Mendel und erhob sich von dem Stein in heftiger Bewegung; es war, als ob ein lang verhaltener Strom von Gefühlen plötzlich in der starken Brust zum Durchbruch kommen wollte. „Reb Salme, ich hab' ein Gelübde gethan, eher geh' ich wie mein Vater, Friede sei mit ihm, in's Wasser, eh' aus der K'hille, ohne zu wissen, wessen Geld ich hab' fortgebracht!"

Salme sprang zitternd auf, blickte entsetzt um sich und klammerte sich mit großer Heftigkeit an Mendel's Arm. Die Stelle, wo Mendel's Vater einst über Eisschollen hin den tod-

bringenden Schritt gethan, war nahe genug, um troß der
Finsterniß der Nacht erkannt zu werden, und der Ton in Mendel's Stimme hatte etwas, das dem armen Salme Entseßen ein-
flößte. „Mendel," rief er, „Mendel, ich werd' Dir Alles sagen,
was Du willst, nur komm weg von hier und laß uns heimgehen, denn es ist nit Recht, daß wir in den drei Wochen an's
Wasser gehen, wo es eine Gefahr ist! — Komm, komm," bat
er bringend und zog den Freund fort den Weg heimwärts.
Aber auch daheim in der Wohnung Salme's konnten sie
sich nicht trennen und zur Ruhe begeben. Sie saßen bei einander in tiefer finsterer Nacht auf der Ofenbank, und als
Mendel nochmals in Salme gedrungen, ihm den Namen des
Wohlthäters zu nennen, begann dieser mit seiner leisen schüchternen Stimme wie folgt:
„Mendel, wenn ich meine Lippen öffne, um zu reden, will
ich Alles aus meinem Herzen herausreden vor Dir, wie ich rede
vor Gott, gelobt sei Er, in stiller Nacht, bis Du wissen wirst,
warum Salme so still lebt wie ein Mennist und redet nit wie
andere Leut', und geht nit wie andere Leut', und ist nur gern
zusammen mit Mendel Gibbor, der gar so anders geschaffen ist
von Gott, gelobt sei Er, wie der schwache Salme."
Er machte wiederum eine Pause, welche Mendel nur mit
einem Seufzer unterbrach, und fuhr dann unaufgefordert, wie
im Selbstgespräch, wie in Erinnerungen verloren, fort:
„Wie ich einundzwanzig Jahre alt gewesen bin, bin ich
still gewesen, aber fröhlich von Herzen, und bin ausgegangen,
mein Brod zu verdienen, nit bei den Bauern, nur bei den
Edelleuten, die da gekannt haben meinen Vater, Friede sei mit
ihm, und die da gewußt haben, daß unsre Händ' ehrlich sind
gegen Juden und gegen Christen. — Und da hat man mir eine
Heirath angetragen, und ich hab' meine Jütte genommen, die
da gewesen ist von der großen Familie und dem Adel, von dem

herstammt die Großmutter Malkoh, deren Tugend und deren
Frömmigkeit ein Schuß ist für die ganze K'hille."

Wieder machte der Erzähler eine Pause, fuhr aber dann
mit zaghafter Stimme fragend zu Mendel gewandt fort:
„Mendel, weißt Du, was das ist, die Liebschaft von der
Jugendzeit?!" Mendel's Mund blieb verschlossen, aber den
Seufzer, der unwillkürlich aus der Brust emporstieg, vermochte
er nicht niederzuhalten.

Salme fuhr fort:
„Alles, was da geschrieben ist in unserer lieben heiligen
Schrift und alle Vorträge, die gehalten haben unsre Propheten
und unsre Weisen über die Jugendliebe und über das Weib
der Jugend, hab' ich Alles verstehen gelernt, wie ich gelebt hab'
mit Jütte. — Gott, gelobt sei Er," fügte er nach einer kleinen
Pause hinzu, „Gott, gelobt sei Er, wird mir es verzeihen, wenn
ich mein', es hat mein Herz damals mehr noch erlebt, als wie
da eingeschrieben steht in allen den heiligen Büchern! Denn
ich hab' gelesen und gelesen alles was eingeschrieben ist von
den frommen Frauen, und ich hab' nit gefunden ihres Gleichen."

Mit noch leiserer Stimme, aber in noch gehobenerer Stimmung fuhr er nach einer Weile fort: „Vier Jahre hat uns
Gott, der Gepriesene, bei einander gelassen. Sein heiliger Wille
hat uns nit begnadigt mit Kindern; aber ihr Herz ist von Tag
zu Tag frommer und freudiger geworden, und wenn sie gehofft
hat zu Gott, dem Gelobten, auf seine Gnad' und Barmherzig-
keit, haben nur ihre Augen Gebet gethan zu Ihm in der Höhe,
ihre Lippen aber haben angelächelt den herzbeglückten Mann.
Sie ist gewesen, bis ihr Tag von Gott ist gekommen, lichtig
im Antlitz und lichtig in der Seele."

Es währte lange, bevor Salme nach diesen Worten wiederum
zu sprechen begann. Es geschah dies im singenden Tone syna-
gogaler Klagen, die aber auch zuweilen als Naturlaute hervor-
strömen aus gebrochenem Herzen.

„Da muß," sagte er, indem er sich leise in der schmerzlichen Melodie seiner Rede hin- und herwiegte, „da muß eine
große Versündigung in der K'hille gekommen sein. Es ist
Trauer und Klag' über alle Herzen gefallen. Es sind weggenommen worden erst viele junge Kinder im hitzigen Fieber und
dann die jungen Weiber! Wir haben geforscht nach unseren
Sünden, man hat Psalmen gesungen durch den ganzen Tag und
die Gebete sind aufgestiegen aus jedem Haus. Aber der Engel
hat ausgestreckt gehalten seine Hand zu strafen und hat sie nit
zurückgezogen, bis in sechs finstern Wochen sind hinausgetragen
worden zwei und vierzig Seelen, Kinder und junge Weiber,
nach dem Friedhof, wo sie ruhen nebeneinander in einer Reihe,
die die Leichenbestatter nennen: die Reihe der Frauen und
Kinder.

„Und in der Reihe," fuhr Salme nach einer Pause wieder
ruhigen Tones fort, „in der Reihe nebeneinander liegt meine
fromme Jütte und Elke Chaskel's, Deine Mutter."

Der früh verwaiste Mendel hatte bisher im Leben nur zu-
fällige und flüchtige Nachrichten über seinen Vater und fast gar
keine über seine Mutter vernommen. Erst in den letzten Wochen,
wo eine bedeutsame Umwandlung seines ganzen Wesens in ihm
vorgegangen, hatte er in seinem träumerischen Sinnen hierüber
und namentlich über die Niedrigkeit seiner Herkunft viel nachzudenken Ursache gehabt. So unerwartet jetzt von seiner
Mutter sprechen zu hören, war daher für ihn von mächtigem
Eindruck.

„Reb Salme," rief er, „guter Reb Salme, redet! redet!
habt Ihr denn gekannt meine Mutter?"

„Ich hab' sie nit gekannt," antwortete Salme. „Ich hab'
sie nit gekannt, wie sie gelebt hat; aber ich hab' sie erkannt,
später, später."

Mendel schauerte zusammen. „Redet! redet! guter Reb
Salme, redet!" bat er.

Salme begann wieder:

„Wie es sind nun gewesen zwei Jahr', sind viel Hochzeiten gewesen in der K'hille: sie haben sich alle wieder genommen junge Weiber; — nur ich nit und Chaskel Gibbor nit."

Nach einer Pause, die ein schwerer Seufzer Mendel's wieder ausfüllte, fuhr Salme fort:

„Ich bin krank gewesen, nit bettlägerig; aber der alte Kreisdoktor, der ein großer Kenner gewesen ist, hat mir gesagt, daß mir vor Schreck ein paar Nerven in meinen Kopf sind hinein gesprungen. Die haben mir weh gethan manchmal durch ganze Tag' und ganze Nächt'! Die Haare sind mir alle herausgefallen von den Nerven und ich hab' den Kopf nit anders tragen können, wie niedergebückt. Früher haben mich die Leut' gerufen: „Salme-Mädchen," weil ich still gewesen bin wie ein Mädchen; jetzt haben sie gesagt, ich bin ein Mennist, weil ich still gegangen bin mit meinem Kopf herunter, und weil sie gesehen haben, daß ich gern geh' auf den Begräbnißort, zu sehen nach den Gräbern. Sie haben auch gesagt: Salme, Du grämst Dich und Du murrest gegen den Heiligen, gelobt sei Er! — Aber Gott, gelobt sei Er, ist mein Zeuge, ich hab' nit gemurrt, denn ich hab' doch gelebt vier Jahr' und zwei Monat' und sechs Tag' mit meiner frommen Jütte, und das ist mehr gewesen wie ein ganz Leben und ein langes Leben!"

Es lag in Salme's Stimme nicht der Ton eines Schmerzes, sie war getragen vom Anhauch der Verklärung erhabenster Seligkeit.

Mendel faltete die Hände über seine Brust; es gingen Schauer über Schauer durch seine Seele, aber kein Seufzer unterbrach die Stille.

Nach einer Pause hob Salme wieder an:

„Wenn eine Hochzeit gewesen ist, bin ich gern hinausgegangen; und einmal, wie ich hab' so gestanden unter dem Zelt auf dem Begräbnißort und hab' mir gedacht, wie sie sich alle junge Weiber nehmen, da seh' ich Deinen Vater, Chaskel Gibbor, hereinkommen in den Friedhof, und er geht gebückt mit seinem Kopf, — sehr tief — und stellt sich nieder an das Grab von Deiner Mutter Elke — und er bückt sich sehr tief nieder — und er weint."

Salme's Stimme zitterte bei diesen Worten, so daß sie nur stockend, abgerissen und in Pausen hervorkamen. Durch Mendel's starken Nacken aber fuhr inmitten der Athemlosigkeit, mit welcher er der Erzählung horchte, ein Zucken, das sich über die Schultern fortpflanzte, über die Brust verbreitete und sie hob und senkte so hörbar, als ob er in jedem Athemzuge mit schweren und immer schwerer werdenden Lasten zu kämpfen habe. Eine Weile verging in diesem harten Kampf, der sich immer steigerte, bis endlich ein lautes Aufstöhnen die Bande zu sprengen begann, die Mendel's Brust umschnürten, und wie aus gewaltsam durchbrochenen Schleusen ein Thränenstrom aufstieg, der einem plötzlichen Regenstrom inmitten eines unerwarteten Gewittersturmes glich.

Der Ausbruch war gewaltsam und übermächtig, aber kurz. Es waren die ersten Schmerzensthränen Mendel's, aber die Thränen eines starken Mannes, die auch in den heftigsten und überraschendsten Ausbrüchen nur spärlich fließen.

Salme zitterte und bebte. So, gerade so, hatte er den Vater Mendel's am Grabe seines Weibes weinen hören.

Nach einiger Zeit wurde Mendel wieder Herr seiner Sprache, während Salme noch wortlos sein Antlitz mit den Händen bedeckt hielt. Mendel's Hand suchte und fand in der tiefen Dunkelheit den Nacken des armen Salme; er legte den Arm um denselben und mit einer zarten, weichen Stimme die wunderbar klang aus der starken, eben erst vom harten Sturm erbebenden Brust, und wundersam abstach von den gewaltsamen Tönen, die ihr eben erst entströmten, sprach er zu dem Freunde:

„Guter, guter Reb Salme, Gott, der Gelobte, im siebenten

Himmel allein ist Zeuge von dem, was Ihr heut' Nacht thut an mir. Redet, redet, wenn Ihr könnt, nur weiter zu mir, denn meine Seele verschmachtet, zu hören Euer Wort!"

Salme, durch achtzehn Jahre ein wohlgeübter Kämpfer mit jeder Art des Seelenschmerzes, bedurfte nur solch liebenden Zuspruchs, um sofort wieder in das alte Geleise stiller Wehmuth einzukehren. Er ließ sich den Arm Mendel's um seinen Nacken gern gefallen; der schwache Salme richtete sich auf und lehnte sich an den Arm des starken Jünglings wie ein Kind in treuen Vaterarmen.

Nach einer Weile sprach Salme wieder mit milder Zartheit: „Nit Einmal hab' ich ihn gesehen auf dem Grab; ich hab' ihn elfmal dort gesehen. Dreimal hab' ich ihn weinen sehen, ich hab' ihn auch still kommen und gehen sehen; ein paar Mal ist er auch hastig gekommen und ist nit durch die Thür gegangen; er ist hinüber gesprungen über die Mauer, und zweimal hat er freudig ausgesehen, und es war die Freudigkeit von einem guten Herzen. — Ich hab' auch gewußt, wann er hinausgeht. Er ist immer gekommen, wenn in der K'hille eine Freude gewesen ist und kein Andrer hinauskommt. — Er wird mir es verzeihen auf jener Welt, daß ich immer gewartet hab' und gestanden unter dem Zelt und hab' ihn gesehen, wenn er nit wollte gesehen sein; aber ich hab' gern wollen kennen lernen Elke, Deine Mutter, die ich nit hab'·gesehen, und die da liegt neben meiner Jütte, und die sich Beide haben im Leben nit viel gekannt. — Und siehst Du, Mendel, da hab' ich sie erkannt, Elke, Deine Mutter, denn ich hab' elfmal gesehen das Antlitz von Chaskel, Deinem Vater, wie er gestanden hat bei dem Grab, und da hab' ich sie erkannt und hab' gesehen, was mein Herz hat geheilt wie Balsam. Ich hab' gesehen und weiß, sie ist gut gewesen und ist fromm gewesen! — sehr gut ist sie gewesen und sehr fromm ist sie gewesen! — Und ich hab' erkannt, daß sie wohl

werth ist, Jütte's Nachbarin zu sein im Grabe und Jütte's
Freundin im lichtigen Paradies."

Es währte einige Zeit, bevor Mendel wieder die Kraft
gewinnen konnte, ein paar Worte zu sprechen. Die tiefe Ehr=
furcht vor den todten Eltern, die er nie gekannt, das Lob der
Mutter, von der er noch nie fast hatte sprechen hören, und
das Zeugniß dieses Lobes, der Schmerz des Vaters, es waren
all dies Eindrücke, die zu unerwartet und zu neu auf ihn ein=
stürmten, um ihn nicht jedes Wortes unmächtig zu machen.
Endlich, als er merkte, daß Salme fortfahren wollte, nahm er
sich zusammen und sagte:

„Reb Salme, habt Ihr denn nit gered't mit meinem
Vater, sein Andenken sei gesegnet?"

„Nein!" antwortete Salme, sehr erschüttert von dem
bebenden Ton, mit welchem Mendel die Frage an ihn richtete.
„Nein, Mendel, ich hab' nit gered't mit ihm."

Ein tiefer, hoffnungsloser Seufzer des Sohnes, dem kein
Wort des Vaters mehr überliefert werden sollte, drückte hin=
reichend dessen schmerzliche Empfindung aus. Salme's zarter
Sinn verstand den Seufzer und empfand ihn als Vorwurf,
gegen den er sich vertheidigen mußte. „Ich will Dir die
Wahrheit sagen," sprach er. „Ich hab' Furcht gehabt vor ihm.
— Ich hab' es geseh'n — in seinem Angesicht, daß er nit
wollte, es soll ein Mensch wissen, was vorgeht in seinem
Herzen. Er hat auch nit gern gered't mit Leuten aus der
K'hille. — Seine gute, fromme · Elke, — ihr Verdienst soll
uns beistehen, — hat er sich aus dem Dorf geholt. — Er
hat nit gern gearbeitet in der K'hille und hat lieber gelebt
und gearbeitet bei den Bauern. — Und einmal hat er
gegen Leib Zobeck's aufgehoben seine Hand und hat seinen
Handschlag brechen wollen, weil Leib Lüge und Ver-
läumbung ausgesprengt hat, daß Chaskel bei einem Bauern

treifenen[1]) Käse sollte gegessen haben. — Seit der Zeit hat
er sich nit gern in der K'hille aufgehalten. — Wenn er ge=
kommen ist, ist er nur bei der alten Tolze geblieben, die Dich
in Kost gehabt hat. Nein, guter Mendel, ich hab' nit gered't
mit ihm, aber ich hab' auch nit reden brauchen mit ihm. Er
hätt' mir nit mehr sagen und erzählen können, wie sein An=
gesicht und sein gebückter Kopf auf dem Grabe von der guten,
frommen Elke!"

Der Brust Mendel's entströmte wiederum nur ein Seufzer;
aber es war ein Seufzer anderer Art als der vorige. Es lag
darin die tiefste Sympathie zum ganzen Wesen dieses Vaters
und die Zustimmung zu Salme's Behauptung, daß keine Unter=
redung der Welt so sprechend hätte sein können als der stumme
Schmerz am Grabe.

Salme verstand auch diesen Seufzer. Seine Hand suchte
und faßte die Hand Mendel's und dann sprach er: „Nit wahr,
Mendel, Du verzeihst mir's, daß ich nit hab' gered't mit ihm!"

„Gott, der Barmherzige, soll mir so all' meine Sünden
verzeihen," betheuerte Mendel mit tiefster Erschütterung.

Es währte wieder einige Zeit, bevor Salme den Faden
seiner Mittheilungen aufnahm.

„Zwei Jahre, nachdem von uns weggenommen worden Jütte
und Elke, — die da ruhen beisammen im Paradies — da ist
der Tag gekommen, wo auch die Welt gesehen hat, was für ein
Herz hat gehabt Chaskel Gibbor. — Es war an dem Sabbat
vor dem Osterfest, und der Winter ist sehr hart gewesen; wir
haben das Eis müssen aufhauen, um Wasser zu den Mazzes[2])
zu holen. Aber am Freitag ist das Wasser gar mächtig ge=
stiegen und die Weichsel ist aufgegangen und hat ganze Dörfer
mit sich gerissen und auf dem Eis kamen Häuser geschwommen,

---

[1]) verbotenen.
[2]) Osterkuchen.

wovon man nur das Strohdach hat herausgesehen. Am Sabbat
vor dem Osterfest vor der Predigt stand die K'hille an der
Weichsel und hat schwimmen sehen Betten und Wiegen und
ganze Scheunen und Dächer mitten im Eis. Mit einem Mal
hat sich ein Geschrei erhoben, daß sich Gott, der Gelobte, im
siebenten Himmel hätt' mögen erbarmen. Man hat von oben
herunter ein Strohdach schwimmen sehen von einem Bauern-
haus, und auf der Stell', wo früher der Schornstein gewesen
is, hat man auf einem Brett gesehen stehen eine Bauersfrau
mit zwei Kindern; und die Frau hat ein roth Kopftuch in der
Hand gehabt und hat gewinkt und gerufen: „Helft, barmherzige
Juden!" — Es is ein guter Sabbat gewesen, aber das Rufen
hat durch all' unser Gebein gerieselt, und es hat sich ein Ge-
wein' erhoben in der K'hille, das hätt' mögen kommen vor den
heiligen Gott. Aber zu helfen is nit gewesen durch Menschen-
händ', das haben Juden und Christen gesehen. Da erhebt sich
mitten in dem Gejammer ein groß Geschrei. Chaskel Gibbor,
der in der K'hille gewesen ist wegen Mazzes, ist allein aufgesprungen und hat die Feuerleiter ergriffen von der heiligen
Schul', die nit drei Leute tragen können; und wie ein Gibbor,
wie nit seines Gleichen gewesen is seit alten Zeiten, springt er
damit herunter an die Weichsel und wirft die Leiter über die
Eisstücke, und wir sehen alle mit eigenen Augen, wie er über
die Sprossen von der Leiter geht von einem Stück Eis zum
andern, und wie er und die Leiter und die Eisstücke immer
weiter und weiter herabgeführt werden vom Wasser. Und
die ganze K'hille sieht, wie er, wenn er auf ein groß Stück
Eis kommt, das ihn tragen kann, wieder die Leiter weiter hinein-
stößt in die Weichsel und immer weiter geht. Und die ganze
K'hille läuft nach bis weit aus der Sabbatgrenze und man
schickt ihm Segenssprüche und Gebete nach. Und er geht
immer weiter, daß alle schreien und weinen vor Freud', wie
früher vor Erbarmen. — Aber — es is sein Tag gewesen, es

war gekommen sein großer, furchtbarer Tag, wo er hat gehen
sollen dorthin, wo ausruhen alle Herzen, die da schwer tragen.
— Man hat gesehen, wie sich mitten in der Weichsel die Leiter
hat plötzlich aufgerichtet und is umgerissen worden vom Grund-
eis. Man hat die Bauerfrau und die Kinder schreien gehört;
man weiß nit, was. — Was sollen wir reden und was sollen
wir sagen; es ist gewesen von Gott, gelobt sei Er, der da ist
ein Richter, in Wahrheit und gelobt ist Sein Name in Ewigkeit!" —

„Chaskel Gibbor hat verherrlicht den Namen Gottes; er
hat auch die Gnade gehabt, zu jüdischem Begräbniß zu kommen.
Er ist am Osterfeste bei Nowo gefunden worden, und sie haben
ihn mit Ehren begraben, und sein Lohn ist ihm geworden im
lichtigen Paradies."

Mendel hatte längst seinen Arm vom Nacken Salme's
wieder sinken lassen. Die That seines Vaters war ihm nicht
unbekannt, aber in solcher Lebhaftigkeit war sie noch niemals
vor ihn hingetreten. Der kühne Edelmuth des starken Vaters
schwellte die Brust des Sohnes mit Stolz, der sich ihm jetzt
zum ersten Mal im Leben auf's Innigste seelenverwandt fühlte.
Er fühlte das ganze Leben und Wesen des Vaters in sich klar
werden und fand seinen Tod beneidenswerth. Und im Andenken an ihn drängten sich nochmals Thränen in das Auge
Mendel's und flossen über sein Angesicht. Sie strömten reicher
empor, aber sie flossen milder nieder.

Der zarte Sinn Salme's verstand und empfand tief den
ganzen Seelenzustand des Freundes; er wußte, was auch der
Grund seines zeitherigen Trübsinns sein mochte, daß die Mittheilungen, die er ihm über die Eltern machte, nur aufrichtend
und erhebend auf ihn einwirken konnten. Er ließ daher in
stiller Theilnahme dem Schmerz des Freundes Zeit, in Thränen
Erleichterung zu finden, und saß noch schweigend bei ihm, als
bereits der heranbrechende Morgen von draußen her durch die

dichtgeschlossenen Läden den ersten Schimmer des neuen Tages
herein sandte, und ihn die tief niedergebeugte Gestalt Mendel's
erkennen ließ.

Als Mendel sich nunmehr hochaufathmend wieder empor-
richtete, wandte sich Salme wiederum an ihn.

„Jetzund, Mendel, da Du weißt, wie Deine Mutter Elke
gut und fromm ist gewesen, und wie Dein Vater Chaskel ein
Gibbor gewesen ist, wie unsre Weisen ihn meinen, der stark ist
zu thun, was gut ist in den Augen von Gott, gelobt ist Er,
jetzund sollst Du sehen, wie auch Dir beigestanden hat ihr Verdienst, und der barmherzige Gott, Der da ist ein Vater der
Waisen, Dir einen Helfer erweckt hat, der Dich beschützt hat
von jener Zeit bis auf den heutigen Tag. .

„Nach dem Tod von Deinem Vater Chaskel bin ich am
ersten Ostertag gegangen zu der Großmutter Malkoh, um mich
segnen zu lassen, da hat sie zu mir gesagt, ich soll' in dem
Zwischenfest zu ihr kommen, weil sie mir etwas sagen will.
Und wie ich am Zwischenfest bin zu ihr gekommen, — damals
sind ihre Augen noch licht gewesen und es lebte noch ihre lichtige
Tochter Frommet mit dem Mann, Reb Nachmann, gesegneten
Angedenkens, — da ist sie mit mir allein in die Nebenstube
gegangen, wo die Wände voll Bücher sind, und hat mir ein
klein Messer in die Hand gegeben und hat zu mir gesagt: „Salme,
schneid' ab die achte Perl' von mein' Gebind'".

„Und da hat sie mit dem Finger gewiesen auf die Perl'
und die Binde, die sie getragen hat auf ihrem Kopf. Es sind
fünfzehn Perlen dran gewesen auf der rechten Seit' noch ganz
voll, und auf der linken Seit' hab' ich gesehen, sind schon sieben
Perlen abgeschnitten gewesen, und an der achten Perl' hat sie
den Finger gehalten.

„Ich hab' reden gewollt; aber sie hat mich angesehen und
geschüttelt mit dem Kopf. Da hab' ich die achte Perl' abgeschnitten und hab' sie in der Hand gehalten. Da hat sie ge-

sagt: Die Perle haft Du in Besitz genommen für eine Waise. Geh' nach dem Fest und sieh zu, daß Du sie gut verkaufst und von dem Geld sollst Du sehen, das Kind zu erhalten, das zurückgeblieben ist von Chaskel Gibbor. Da hab' ich wieder reden gewollt, denn mein Herz hat sich geregt, weil sie mich begnadigt hat mit der frommen Handlung; aber sie hat mit dem Kopf geschüttelt und ist vor mir mit fröhlichem Angesicht zurück in die Stube gegangen. Da bin ich gegangen und hab' gethan, wie sie mich's hat geheißen."

So erschütternd alle bisherigen Mittheilungen für Mendel waren, so überraschend war ihm diese Theilnahme der vor= nehmsten Frau, die er je gesehen. Von der hohen Herkunft Malkoh's war ihm so viel bekannt, daß selbst die Frömmsten, Reichsten und Gelehrtesten in der ganzen Gegend sich bei jeder Gelegenheit beeilten, ihr den Tribut der Verehrung zu zollen. Ihr Wesen, ihre Erscheinung hatte zu allen Zeiten für ihn etwas so Gebietendes und Erhabenes, daß nichts in der Welt ihn hätte auf den Gedanken bringen können, in ihr eine Gönnerin zu vermuthen. Was er eben gehört, faßte ihn daher mit ganz gewaltiger Macht. Aber die Erinnerung an den Pfingst-Vor= abend, wo er sie mit dem Enkelkind Händele im Dämmerlicht des Gotteshauses gesehen, goß jetzt lohe Flammen über sein Herz. Keines Wortes mächtig, vermochte er nicht einmal die Bitte um weitere Mittheilungen über seine Lippen zu bringen.

Salme fuhr aber unaufgefordert fort: „Zwei Jahre darauf, an dem Halbfest zwischen Ostern und Pfingsten, da ihr Enkel= kind Händele ist geboren worden, bin ich zur Großmutter Malkoh gegangen, ihr Glückwunsch zu bieten. Da ist sie wieder vor mir in die Nebenstub'-gegangen, wo die Bücher stehen und hat wieder zu mir gesagt: „Schneid' ab die zehnte Perl' von meinem Gebind'." Und ich hab' gesehen, es hat die neunte Perl' gefehlt; ich weiß nit, wem sie die hat gegeben. — Und wie ich schweigend hab' gehorcht, hat sie zu mir gesagt: „Salme, es ist Zeit, daß das Kind von Chaskel Gibbor in eine ordentliche Schule soll gehen. Nur soll der Lehrer aus ihm nit ein' Gelehrten wollen machen, und gieb Acht, daß der Rabbi ihn nit schlägt mit seinem Riemen oder seinem Stecken; denn er wird ein Gibbor werden, wie seine Väter sind gewesen, und man wird auch ihm müssen Handschlag abnehmen; drum soll man ihn nit aufziehen in Zorn. Wenn er wird stark sein von Leib und weich von Herzen, dann wird er gut sein." Und sie hat wieder mit dem Kopf geschüttelt und hat nit gewollt, daß ich ein Wort soll reden. — Und ich hab' gethan, wie sie hat mich's geheißen."

Mendel blieb sprachlos in Staunen und Erschütterung; und nach einer Pause fuhr Salme fort:

„Zehn Jahr' bin ich Sabbat und Feiertag' bei ihr gewesen, um mich segnen zu lassen; aber sie hat nit geredet von Dir. Aber wie der Rabbi Dir hat den Handschlag abgenommen, bin ich zu ihr gegangen, sie zu trösten, denn es sind schwere Tag' über ihr Haus gekommen. Die gute Frommet und ihr Mann, Reb Nachmann, sind bald nacheinander weggenommen worden und Händele ist eine Waise geblieben bei der Großmutter. Aber sie hat nit geklagt und hat nit Klag' wollen hören und nit Trost. Wie ich gesessen hab' und hab' gewollt reden von ihren Kindern, hat sie den Kopf geschüttelt und hat plötzlich angehoben, von Dir zu reden und hat mich gefragt: „Ist Mendel Gibbor gut von Herzen?" Und wie ich gesagt hab': „er ist gut von Herzen," — hat sie gesagt: „Salme, wenn er einmal wird in die Welt gehen wollen, und ich leb' noch, dann komm zu mir." — Und dann hat sie genickt mit dem Kopf, daß ich soll gehen, und ich bin weggegangen."

„Und diesmal, am ersten des Monats Tammes,[1]) wie ich Deine Traurigkeit hab' gesehen und hab' gehört, wie die Leut'

---

[1]) Juni entsprechend.

gesagt haben, Du mußt aus der K'hille gehen, hab' ich mein
Herz zusammengenommen und bin zu der Großmutter Malkoh
gegangen und hab' ihr gesagt, daß die Leut' meinen, Du mußt
auf die Dörfer mit Waare gehen. Da hat sie lang still ge-
seffen und hat kein Wort geredet. Nachher aber hat sie
Händele gerufen, und die ist aufgestanden von ihrem Klöpfelkiffen und sie hat sich von Händele in die Nebenstub' führen
laffen, wo die Bücher stehen. Und da hat sie mich gerufen
und hat gesagt: „Salme, laß Dir von Händele das Messer
geben und schneid' ab die fünfzehnte Perl' und kauf' die Waare."
Wie ich das Messer in der Hand gehabt hab', hat meine
Hand gezittert, denn ich hab' gesehen, auf der linken Seit'
vom Gebind' find alle Perlen weggewesen bis auf eine, die
fünfzehnte. Ich weiß nit, wem sie alle gegeben hat, da sagt
sie zu mir:

„Närrischer Salme, was zittert Deine Hand? Ich hab'
von Deiner Hand abschneiden laffen die achte Perl' und die
zehnte Perl', daß Du den Lohn der guten That und den
Lohn des treuen Boten sollst empfangen. Bist Du besorgt
um die letzte Perl'? Sieh her, die Seit', wo sie fehlen, ist
schöner wie die Seit', wo sie noch find!" — Meine Hand hat
gezittert, aber ihre Lippen haben gelächelt.

„Da hab' ich abgeschnitten die letzte Perl', und hab' gekauft die Waare und hab' sie Dir gebracht.

„Jetzund, Mendel, weißt Du Alles!" —

Das Licht des frühen Morgens drang durch die Fugen
des Ladens erleuchtend in das ärmliche Zimmer. Als Salme
seinen schüchternen Blick auf Mendel jetzt richtete, sah er diefen,
wie von einem Zauber gefeffelt, starr dafitzen, nur fähig, sein
Staunen in einem stummen Hin- und Herbewegen des Kopfes
kund zu geben. Aber selbst in der spärlichen Beleuchtung der
Dämmerung entging es Salme nicht, wie von dem Antlitz des
Freundes eine ganz andere Seelenstimmung sich abspiegelte,

als die, welche ihn zeither beherrscht und niedergedrückt hatte. Der fromme Salme nahm dies mit tiefem Dank gegen Gott wahr, aber er mochte durch keinen Laut die sichtbar heilende Wirkung seiner Mittheilungen auf das Gemüth seines Freundes und Schützlings stören. So schwieg denn auch er, und so saßen die Beiden noch längere Zeit stumm neben einander im immer heller werdenden Morgenstrahl und ließen es auch in ihren Seelen lichter und lichter werden.

Als sich aber endlich die Strahlen der über der Weichsel emporschwebenden Morgenröthe hindurchzwängten durch die zwei Ladenöffnungen und über den Häuptern der beiden Freunde in Streifen rosigen Lichtes hinschossen, da zog es wie ein er=munternder Lebensgeist durch Mendel's Seele, und, sich auf=richtend in der ganzen Kräftigkeit seines Wesens, hob er den Freund Salme zu sich empor und schritt mit ihm zum Fenster, um dies sammt den Laden zu öffnen.

„Seht, Reb Salme," sprach Mendel aus wärmster Seele, während Salme's Antlitz, vom einströmenden Morgenstrahl hell beleuchtet, sich senkte. „Seht, Reb Salme, wie Gott, der Gelobte, sein Aug' da herein schickt in die Finsterniß, wo wir gesessen haben die ganze Nacht und jed' Winkelchen ist lichtig geworden, so habt Ihr heut Licht hereingegossen in die Winkel von meinem Herzen. Und ich steh' vor Euch und seh' Euer Angesicht an und weiß nit, ob Ihr mein Engel Gabriel seid, der mir giebt meine Kraft, oder mein Engel Raphael, der da heilt das Herz, oder mein Engel Oriel, der da Licht ausgießt über die Seele!"

„Mendel, Mendel!" unterbrach ihn Salme im bittenden Tone, „versündige Dich nit, daß Du redst solch Red' zu einem sündigen Menschen, der nit werth ist all' die Liebe, die Gott, gelobt ist Er, ihm thut. — Wenn Sein heiliger Wille Trost und Heilung in Dein Herz geschickt hat, dann laß uns die Hände waschen, daß wir die Segensgebete sprechen können von:

„Gepriesen seist Du, der Du scheidest Licht von Finsterniß"
bis „Der Du giebst den Müden Kraft", daß wir erkennen
sollen, daß Er giebt Licht und Er giebt Kraft, der da ist ein
guter Gott für die Schwachen, wie für die Starken!"

Mendel blickte auf ihn in Verehrung und Bewunderung.
Sein Auge hing an diesem vom frischesten Licht des Morgens
angestrahlten Antlitz, in welchem tiefer Schmerz und tiefe
Frömmigkeit, wunderbare Schlichtheit und wunderbare Seelen=
feinheit gepaart lag. Wie klein erschien sich Mendel in seinem
bisherigen schmerzhaften Trübsinn gegen diesen Freund; wie
schwach er in seiner riesigen Kraft gegen den schwächlichen
Mann, der schweigend Alles so zu ertragen verstand! — Er
erschien ihm in der That ein Engel Gottes, dem er Anbetung
schuldig, dem er aber auch Gehorsam leisten mußte, wenn er
ihm Schweigen auferlegte.

„Reb Salme!" sagte er daher aus tief innerstem Herzen,
„Ihr seid der Bote von Gott für meine jungen Jahre gewesen,
Ihr seid der Bote von meinen Eltern aus dem lichtigen
Paradies gewesen, Ihr seid der Bote, um mir wieder zu geben
die alte Kraft, mit der ich von jetzund ab freudig will dienen
vor Gott und vor Menschen! Ihr sollt von mir nit mehr
einen Seufzer hören, und nit mehr Traurigkeit in mir sehen,
was auch Gott, gelobt sei Er, in Seiner Gnad' über mich
verhängt hat. Nur jetzund bitt' ich Euch, wie Ihr so lichtig
da steht vor mir, legt Eure Händ' in meine Händ' und erhebet
Euer Antlitz auf zu mir, daß Ihr in meinem Angesicht seht,
was da eingegraben steht in meinem Herzen, und daß ich auch
ganz sehe in Euer Antlitz, daß ich es nit vergesse bis in die
spätesten Tage!"

Salme erwiderte nichts. Er legte seine Hände in die
Mendel's und erhob auch das Antlitz zu ihm, und so standen
Beide eine Weile und schüttelten sich die Hände. Jetzt aber
vernahmen sie von der Gasse her den hinkenden Tritt Jankele's,

der leife, ein Packetchen unter dem Arm, heranschlich und bald draußen am Fenster vor ihnen stand.

„Soll ich leben!" rief er, indem er das Packetchen durch's Fenster hinein reichte. „Soll ich leben, das ist ein Glück, daß ich Euch da treff'. Der Wachtmeister hat nit gewollt länger das bischen Waare bei sich halten, und bei Tag' hätt' ich's auch nit gut über die Gaß' zu Euch bringen können." Mit diesen Worten übergab er den geretteten Rest von Mendel's Waare den Händen Salme's, indem er lächelnd hinzufügte: „Verwahrt es gut, Reb Salme, denn Mendel ist jetzund ein Trübsinniger, der das Päckchen dem Gensd'arm noch nachwerfen möcht'!"

Mendel aber reichte ihm die Hand zum Fenster hinaus und sagte: „Guter Jankele, sieh her, ich bin kein Trübsinniger mehr! Da steht mein Engel, der mich geheilt hat!" und in der That, es leuchtete aus Mendel's starkem Antlitz nur wieder jener gutmüthige Zug hervor, der den gefesselten Gibbor zu charakterisiren pflegte; von Trübsinn konnte Jankele nichts in ihm entdecken.

Jankele sah lange mit freudigem Blicke in das Antlitz Mendel's; endlich schob er sich lustig die Mütze aus der Stirn und rief: „Mendel, Bruder, soll ich alles Gute haben! ich weiß, was Dir ist: Du bist verliebt!" — Mendel's Gesicht wurde purpurroth, während der scheue Salme schnell vom Fenster forteilte und sich mit dem Gesicht an den Ofen stellte, als ob er diesem allein zu zeigen vermöchte, wie zur Bestätigung dessen, was Jankele aussprach, sein Mund zart lächelte und seine Augen sich wehmüthig senkten. — Jankele indessen fuhr lustig fort: „Hör' zu, Bruder! Du wirst über kurz oder lang Hochzeit machen. — Siehst Du, ich versteh mich drauf, ich sag Dir, Du hast ein glückliches Angesicht. Und gieb Acht, Mendel, zu Deinem Hochzeitstag komm' ich vom End' der Welt und

stell' mich dort auf den Sandberg hin und fang an zu spielen:
„Einzig ist unser Gott", und spiel', bis von der K'hille gelaufen
kommen alle Mädchen mit halben Zöpfen und alle Weiber mit
fliegenden Pantoffeln und alle Jungen, halb im Rock und halb
hembärmelig und alle Verheiratheten mit Pfeifen ohne Pfeifen-
köpf'; und ich spiel', bis sie weinen und lachen vor Freud',
und bis mein Wachtmeister kommt und bringt den Vorsänger
angeschleppt und den Baß und den Singer[1]) und dann
marschiren wir herunter in die K'hille und stellen uns nieder
vor jedes Haus, wo da wohnt eine Braut oder ein Bräutigam
mit dem lustigen Lied von der „Gesetzes-Freude", bis wir
kommen da hieher vor Salme's Häusche', der sich verkriecht vor
jeder Hochzeit, und wo wir Dich und ihn herausholen zum
lichtigen Verschleiern Deiner Braut. — He, Reb Salme?" rief
der begeisterte Jankele, der sich auf sein langes Bein stellte und
den Kopf zum Fenster hineinsteckte, „nit wahr, Reb Salme?
Wird das nit e lustige Hochzeit sein? Was kuckt Ihr denn
immer in den Ofen hinein!"

Der arme Salme kuckte wirklich immerfort in den Ofen hinein
und rieb sich in größter Verlegenheit fortwährend die Hände; den
Kopf zwischen den Schultern, das Sammetkäppelchen bis in
die Augen gerückt, wollte er sich durchaus nicht umdrehen. Er
begnügte sich, mit einem Nicken des Kopfes und der beiden
Ellenbogen eine Art bejahender Antwort zu geben; aber es
lag zugleich darin eine Bitte, zu schweigen, das Schicksal nicht
zu berufen und ihn und Mendel zu schonen.

Jankele, der diese Antwort halb und halb verstand, lachte
fröhlich in's Zimmer hinein. Gut, gut, steckt nur immer den
Kopf in den Ofen, wir werden Euch schon herausholen. Wann
wir werden singen:

---

[1]) Tenor.

Keizab merakbin[1])
Den Brautführer packt ihn!
Lifnei hakalloh,[2])
Tanzt mit ihm, Alle!

da werd't Ihr schon tanzen, erst auf Ein Fuß und dann auf
zwei Füß', da sollt Ihr schon lustig werden, Ihr stiller
Mennist."

Bis dahin nahm Mendel den lustigen Scherz des
sanguinischen Künstlers mit gutmüthiger Verschämtheit hin; jetzt
aber legte er seine breiten Hände auf dessen Schultern und
schob ihn vom Fenster zurück, so daß Jankele wieder auf der
Gasse und auf seinem kurzen Bein zu stehen kam. „Jankele,"
sagte Mendel leise, „red' nit also mit ihm, denn Du mußt
wissen, er ist ein Jüd' wie seines Gleichen nit ist zu finden,
von Eck der Welt zu Eck der Welt. Ich sag' Dir, er ist ein
Engel!"

„Nun", sagte Jankele ein wenig empfindlich, aber doch
gutmüthig, „die Engel mögen auch tanzen auf einer guten
Hochzeit."

Dies Argument schien auch Mendel einzuleuchten, mindestens
fuhr wieder ein Erröthen und ein Leuchten über sein Antlitz,
und seine Hände sanken sanft von Jankele's Schultern nieder.
Aber, wie eine Feder vom Druck erlöst, sprang der geniale
Jankele wieder auf sein langes Bein. „Du bist doch verliebt!"
raunte er Mendel muthwillig zu und mit einem lauten „Guten
Morgen!" humpelte der treue Mensch schnell davon und dem
Markte zu, um sich jetzt erst dem ungestörten Schlummer in
der Stube des guten Wachtmeisters anheim zu geben.

Mendel mochte sich nicht umsehen und blickte unverwandt
in den aufleuchtenden Morgen, froheren Herzens als seit langer

---

[1]) Wie tanzt man?
[2]) Vor der Braut.

Zeit, hinein; als er sich endlich zurück nach der Stube kehrte, sah er, wie Salme inzwischen auf dem Kamin Feuer angemacht, das Kesselchen zum gemeinsamen Frühstück aufgesetzt hatte und nun dastand mit entblößtem Arme und die Gebetriemen anlegte, um das Morgengebet zu verrichten. Mendel fand auch frisches Wasser für sich herbeigeholt, und mit stummem Dank im vollen Herzen bediente er sich desselben, verrichtete das Morgengebet mit dem Freunde und nahm in gewohnter Wortkargheit mit ihm das Frühstück ein, worauf sie sich dann Beide, Mendel auf dem Boden und Salme in der Stube, auf wenige Stunden zur Ruhe begaben.

———————

Es war bereits gegen Mittag, als Reb Abbele, trotz der Hitze des Tages und trotz des Sonnenbrandes, etwas ungeduldig und aufgeregt vor seinem Häuschen auf und ab ging und mit Kopf und Hand so lebhafte Bewegungen machte, daß Jeder, der ihn kannte, wissen mußte, er habe ein „gleich Wörtchen" fertig und lauere auf die Gelegenheit, es zum Besten zu geben. — Seine Anbeterin und Nachbarin, die schwarze Nucho, folgte, auf der Schwelle ihrer Hausthür sitzend, mit dem lebhaftesten Blicke allen Gestikulationen ihres gepriesenen Weltweisen, vollständig bereit, ihrem Enthusiasmus alle Zügel schießen zu lassen, sobald es ihm nur beliebte, irgend einen Gegenstand der Mitwelt, durch Hineinstellen in einen Bibelvers der Vorwelt, für alle Zeiten der Nachwelt zu verewigen. Allein der Gegenstand der Mitwelt, dem diese Ehre widerfahren sollte, ließ sich, wider Erwarten Reb Abbele's, nicht blicken. Mendel Gibbor, auf dessen Traurigkeit er sein gleich Wörtchen fertig hatte, war nicht auf der Gasse zu sehen. Dies war um so bedauerlicher, als nicht blos der Held unserer Erzählung, sondern fast sämmtliche Personen, die wir bereits

kennen gelernt haben, in dem Wörtchen Reb Abbele's ihren
Platz im Bibelvers angewiesen erhalten hatten, und Reb Abbele
sich mit Ingrimm sagen mußte, wenn dies Wörtchen verloren
gehe, dann wäre es noch schlimmer wie die Zerstörung des
Tempels. Warum? Beim Untergang Jerusalems steht nur
geschrieben, der Sturz sei „verwunderungsvoll" gewesen; sein
Wörtchen aber war wunderbar und wunderbarer als alle
Wunder! Es war so gleich, daß es entsetzlich war, es nicht
gleich an den Mann bringen zu können.

Zu noch größerem Aerger Reb Abbele's sammelten sich
um ihn bereits ein kleiner Kreis von Zuhörern, die ein vor=
treffliches Auditorium hätten abgeben können; aber vom Markte
her bewegte sich auf die Gruppe zu der gute breitbeinige Wacht=
meister, der immer dahin schritt, als ob er noch das Pferd
zwischen den Beinen hätte, das er einstmals als Dragoner
geritten, und neben ihm nicht nur der auf= und absteigende
Jankele, sondern auch noch der muntere Hahn.

Dieser Hahn aber — das wußte die ganze Gemeinde —
war gerade der bitterste Tropfen im Lebenskelch Reb Abbele's;
der Streit um das Besitzrecht dieses klugen Thieres machte Reb
Abbele nicht blos zu dem einzigen Feind des guten Wacht=
meisters, sondern hatte, was viel schlimmer war, ihm schon ein=
mal vor der ganzen Gemeinde den Schimpf einer Niederlage
in einer gelehrten Disputation zugezogen.

Ursprünglich — das stand fest — hatte nämlich dieser
Hahn Reb Abbele gehört. Er hatte ihn vor drei Jahren eigen=
händig in den Tagen vor dem Neujahrsfest auf dem Markt er=
standen, um ihn zur Kapporah[1]) zu benutzen. Ja, es konnte

---

[1]) Ein Thier, gewöhnlich ein Hahn, der, nach einem jüdischen
Gebrauche späteren Ursprungs, am Abende vor dem Versöhnungs=
tage um das Haupt geschwungen wird, ungefähr mit den Worten:
„Dies sei meine Sühne, mein Umtausch, meine Stellvertretung.

es Niemand in Abrede stellen, daß er ihn dazu benutzt und sich denselben wie eine unvergleichliche Siegesfahne drei Mal drei, also neun Mal, um das Haupt geschwungen. Aber gerade als Reb Abbele in seiner Siegesbegeisterung zum letzten Mal dabei ausrief: „Dieser Hahn gehe für mich in den Tod!" — und den Hahn mit einer kühnen Handbewegung der Sterblichkeit, sich dagegen der Unsterblichkeit in die Arme zu werfen versuchte, flog der Hahn statt in den Stubenwinkel, wo bereits Leidens- genossen seiner harrten, zum Fenster und auf die Gasse hinaus und flüchtete sich sofort auf den Markt und in die Amtsstube hinein, wo er die freundlichste Aufnahme bei dem Wachtmeister fand, um bei ihm in stiller Zurückgezogenheit in den obrigkeit- lichen Gemächern bis zum Freudenfest am Schlusse des Hütten- festes zu leben, wo er zur Belustigung der ganzen Gemeinde die Ehre hatte, ein Gegenstand sehr gelehrter Disputation im Beshamidrasch zu werden.

Als nämlich an diesem überaus fröhlichen Festtage der Wacht- meister, auf Anstiften der fünf gelehrten jungen Talmudschüler, mit dem Hahn auf der Schulter auf dem Platz vor der lieben heiligen Schul' erschien, und Reb Abbele voller Eifer sein Eigen- thumsrecht hier geltend machen wollte, rief der Wachtmeister die Talmudschüler herbei zur Entscheidung nach jüdischem Rechte und machte in seiner gut eingelernten Rolle nichts weiter geltend, als daß Reb Abbele durch jene Worte, die er beim Fortschleudern des Hahnes geäußert, auf dieses Wesen sein Besitzrecht auf- gegeben habe. Der Hahn habe hierdurch seine natürliche Freiheit erlangt und sei berechtigt gewesen, sich einen neuen Herrn zu suchen. Die fünf lustigen Talmudisten griffen diesen Einwand

---

Dieser Hahn gehe zum Tode, ich aber zu glücklichem langem Leben und zum Heile." Hierauf wird das Thier fortgeschleudert und geschlachtet. Die bedeutendsten Autoritäten erklären sich gegen diese ganze Praxis und nennen sie geradezu einen thörichten Brauch.

des Wachtmeisters als einen höchst gelehrten und rechtlich be=
gründeteten auf, spannen einen Disput über das Thema der
Besitzaufgabe mit all den Feinheiten aus, die in der That diese
Materie im talmudischen Rechte zu einer der berühmtesten stem=
pelt, an welcher fast sämmtliche Autoritäten ihren juridischen
Scharfsinn üben. Das Ende vom Liede war, daß sie den gelehrten
Reb Abbele zu einem Ignoranten, den guten Wachtmeister und
hauptsächlich den Hahn selbst zu einem Ausbund talmudischer
Gelehrsamkeit stempelten, so daß mit Hülfe dieser unumstöß=
lichen Argumente der Wachtmeister und der Hahn siegreich aus
dem Kampf hervorgingen. Reb Abbele aber, von da ab ein
Feind des Beshamidrasch und — wie man sogar munkelte —
ein Gegner des alten ehrwürdigen Rabbi, der den Uebermuth
seiner Schüler ignorirte — Reb Abbele zog sich auf die Gasse
und die gleiche Wörtchen zurück und entschädigte sich durch seinen
eigenen Beifall, durch das Gelächter, das zuweilen sein Witz
erzeugte, und durch den allzeit fertigen Enthusiasmus, den ihm
seine treue Verehrerin, die schwarze Nucho, schenkte, deren höchstes
Ideal der Mann blieb, der Alles in den Bibelvers hineinstellen
konnte.

Daß dem gelehrten Reb Abbele gerade jetzt, wo ihm sein
gegenstandloses gleich Wörtchen zu sehr das Herz abdrückte,
das Herannahen des Wachtmeisters, des Hahnes und des ihm
nicht minder verhaßten Jankele, höchst widerwärtig war, läßt
sich denken; aber sein gelehrter Ingrimm wurde noch besonders
herausgefordert, als Jankele so unbesonnen war, auszurufen:
„Steh nur da still, Wachtmeister, da wird vor Mitternacht noch
ein gleich Wörtche' geboren werden!“

„Du,“ schrie Reb Abbele, „Du, Jankele, willst hören
ein gleich Wörtchen? Das ist ein großer Irrthum, Du bist so
schief, daß auf Dich gar kein gleich Wörtchen angepaßt werden
kann. He, he, he, he,“ fügte er, sich Beifall lachend, hinzu,
„Dich darf ich gar nit in einen Bibelspruch hineinstellen. Warum?

Weil kein Grammatiker wissen wird, in welchen Vers er Dich hineinbringen soll, ob in einen mit langen oder mit kurzen Füßen! Ha, ha, ha, ha!"

Das Auditorium lachte nun wirklich mit und versetzte Reb Abbele dadurch in so fröhliche Laune, daß er fortzufahren sich veranlaßt sah.

„Na!" rief er, die Schultern zuckend, „mit dem auf- und niedersteigenden Opfer[1]) soll ich was anheben! Er heißt Jakob und ist gut Freund mit Esau und ein Engel kann ihm auch nichts mehr thun, denn er ist schon hinkend auf der Hüfte.[2]) Ich sag' Euch," fügte der Redner hell lachend hinzu, „die Darm-Saiten sind auch gegen das Gesetz; er mög' mit seinem Pferde-schwanz darauf herumtanzen, soviel wie er will, wir entscheiden doch, daß sie geschmacklos sind.[3])

Jankele war geschlagen, und auch der gleichmüthige Wacht-meister fühlte sich dadurch getroffen, daß er in dem Wörtchen als Esau figurirte; sie suchten zwar den Hahn mit in's Spiel zu ziehen, dessen Existenz in der That ein Stich in's Herz des gelehrten Reb Abbele war; aber er hatte wieder die Lacher auf seiner Seite, als er sie mit den Worten überschrie: „Was brauch' ich den Hahn? Mit Einem gleichen Wörtchen mach ich Euch Beide zu Kappores!"

Und doch hatte sich hierbei wieder Reb Abbele verschossen.

---

[1]) Steigendes und sinkendes Opfer, Name einer Opfer-klasse, die je nach dem Vermögen des Verpflichteten einen höheren oder geringeren Werth haben soll.

[2]) „Hinkend auf der Hüfte." Anspielung auf den Kampf Jacobs mit dem Engel, als er auf dem Wege zu seinem, ihn be-drohenden, Bruder Esau war. (1 M. K. 32, 32.)

[3]) Nach einer im Ritual der Speisegesetze geltenden Norm werden Sehnen und Darmsaiten (des thierischen Körpers) als ge-schmacklos betrachtet.

„Gut," sagte der ruhige Wachtmeister, „mag er nur seine gleiche Wörtchen sagen, nun habt Ihr's Alle gehört, wie er wieder auf den Besitz des Hahns verzichtet hat! Er hat gesagt: er braucht ihn nit! Er giebt ihn auf!"

Das fuhr Reb Abbele denn doch zu sehr in die Glieder. „Was?" schrie er, „ich hab' das gesagt? ich! ich! — Ich geb' ihn auf? Wo ist das ein Aufgeben? Es ist kein Wort wahr, es ist eine Fabel!"

Leicht hätte der Streit hierdurch seinen heiteren Charakter verloren und eine hitzigere Wendung angenommen, wenn nicht der höchste Enthusiasmus der begeisterten Verehrerin Reb Abbele's sich in einem Ausbruch kund gethan hätte, der alle zu einem gemeinsamen Gelächter hinriß.

Obwohl dieser Durchbruch der Begeisterung nur ein Ehrensold der Gelehrsamkeit Reb Abbele's war, schien er doch zu fürchten, daß das allgemeine Gelächter seinem gleichen Wörtchen den Effekt benehmen könnte, weshalb er denn sofort in der ersten Pause des Lachens eine Stellung und Miene annahm, die Jedermann überzeugte, daß er eigentlich etwas Besseres und Feineres auf dem Herzen habe und es zum Besten zu geben gedenke.

In der That war es so. Reb Abbele war bereit, da der von ihm erwartete, sehr tief betrübte Mendel sich nicht einfand, um für das sehr feine gleiche Wörtchen eine natürliche Veranlassung und Unterlage zu geben, die Betrübniß Mendel's hypothetisch festzustellen und auf den Boden dieser sichern Hypothese sein Wörtchen aufzubauen.

Er stellte sich zu diesem Zweck mehr in die Mitte des Auditoriums, wiegte seinen Körper hin und her, während er mit Daumen und Zeigefinger seiner Linken das spitze Bärtchen noch spitzer strich, und indem er mit der Rechten eine feine saubere Spirale in der Luft beschrieb, begann er mit tiefsinniger Melodie, die allein schon zum Beweis hinreichte, daß er

12*

eigentlich nur aus Herablassung seine Weisheit auf die Gasse warf, folgende Einleitung:

„Weil Ihr da habt gehört von mir ein paar kleine gleiche Wörtchen, werd' ich Euch da ein gleich Wörtchen sagen, was Alle anhören mögen," — er lud hiermit, höchst versöhnlich gestimmt, selbst seine anwesenden Feinde zum Dableiben ein — „denn das Wörtchen ist sehr fein, und ist eine Wahrheit und ist süßer als Honig."

Die Einleitung war zu verlockend; man gruppirte sich um den Redner, der höchst sinnig und tief sinnend sein Auge zudrückte. Selbst Jankele und der Wachtmeister verhielten sich ruhig, obwohl sie eben Mendel mit froherer Miene als seit langer Zeit aus dem Hause Salme's treten sahen und ihn gern mit einem munteren Wort begrüßt hätten.

„Warum," begann Reb Abbele äußerst bedächtig und langsam, um anzudeuten, daß jedes der folgenden Worte auf die Goldwage gelegt zu werden verdiene, „warum, frag' ich Euch, ist Mendel Gibbor jetzund so sehr traurig?"

„Was?" schrie der Wachtmeister und schlug mit seiner vollen, dicken Stimme ein helles, breites Gelächter auf, „da steht er doch und ist gar nit traurig? Ha ha ha," lachte er und klatschte in die Hände, „das heißt eine hohle Frage, woraus er ein Wörtchen macht! Ha ha ha ha!" und das schallende Gelächter, das Komische der Situation und Mendel's Gesicht, das Alle heiter vor sich sahen, riß das ganze Auditorium zu einem Gelächter hin, das eher zum Freudenfest wie zu den drei Wochen schicklich war.

Reb Abbele war wie vom Schlag getroffen; aber nur einen Augenblick stand er erstarrt, dann aber fuhr er mit Heftigkeit gegen Mendel los und schrie: „Frevler in Israel, warum bist Du nit traurig in den drei Wochen! Du bist nit werth, daß ich ein Wörtchen auf Dich sag', Du Frevler!" und mit einer verächtlichen Miene und Bewegung gegen das ganze verehrte Auditorium schoß er wie ein Blitz hinein in sein Häuschen und schlug die Hausthür hinter sich zu.

Es war Mendel nicht unlieb, so plötzlich und in fröhlicher Veranlassung mitten unter die Leute versetzt zu sein. Er war im Innern ernst gestimmt und hatte einen ernsten, festen Plan in den Morgenstunden auf seinem Lager überdacht und beschlossen; aber er wollte allen neugierigen und zudringlichen Fragen ausweichen und vor Allem kund geben, daß sein Trübsinn von ihm gewichen. Daß es jetzt ohne sein Hinzuthun in so eklatanter Weise geschah, das mußte er Reb Abbele Dank, obwohl er erst eben so gröblich von ihm beleidigt wurde. — Er schüttelte Allen, die ihn begrüßten, die Hände und that ihnen gemeinsam in den wenigen Worten seinen Entschluß kund, daß er nur noch so lange in der K'hille bleiben wolle, bis ihm der Prozeß gemacht sei, und er seine vierzehn Tage Gefängnißstrafe hinter sich habe, dann aber werde er hinaus und hinüber nach England gehen.

So überraschend vielleicht unsern Ohren solch ein plötzlich gefaßter Entschluß trotz der Eisenbahnen und Dampfschiffe klingt, so klar und vertraut klang er damals in den Kreisen der kleinen jüdischen Gemeinden, die vom Hausiren lebten. — Aus der Gemeinde hatten bereits viele junge Leute in England Zuflucht gesucht, wo das Hausiren jedem Menschen gestattet ist. Wie gegenwärtig Nordamerika, Californien, Australien der Zielpunkt viele jüdischer junger Menschen jener Gegend ist, die das Glück in der Welt aufsuchen wollen, so war es damals ausschließlich England. Wie jetzt aus den fernsten Welttheilen viel Geld in die kleinen jüdischen Gemeinden ankommt von solchen Auswanderern, die in der Fremde höchst selten das jüdische Gemüth einbüßen, und die ihre treue Verwandten- und Heimathsliebe durch reichliche Sendungen darthun, so war es damals von England der Fall. Ein junger Mensch, der in der Heimath nicht hausirscheinfähig war und der einem Gens-

b'arm, der nicht durch die Finger fah, aus dem Wege gehen
wollte, hatte faft keinen natürlicheren Zufluchtsort als „Engeland";
einer befferen Motivirung beburfte es damals, und befonders
in unferer guten Gemeinde, nicht für biefen Schritt. Er wurde
auch jeßt, wo Menbel ihn kund that, als nahe liegende Aus-
flucht nur mit größter Billigung aufgenommen.

Gegen Abend beffelben Tages faß die alte reiche Genendel
in der Stube der alten Malkoh, in welche fie feit langen Zeiten
gewohnt war, die Neuigkeiten des Tages hinein zu tragen,
um der blinden Greifin Gelegenheit zu geben, an den wechfel=
vollen Vorgängen des Lebens Betrachtungen und Worte wechfel=
lofer ewiger Wahrheiten zu knüpfen. Es hatte fich feit einem
Jahrzehnt ein eigenes Verhältniß zwifchen diefen beiden Greifinnen
ausgebildet. Die blinde Malkoh war im achtzigften, Genendel
im fiebzigften Lebensjahr; wer aber den Unterredungen Beider
beiwohnte, dem erfchien es, als ob Malkoh wie aus vergangenen
Jahrhunderten hinüber blicke auf die greife Genoffin und Alles,
was diefe vom Leben der Gegenwart empfand; Genendel's
Theilnahme für Freud' und Leid des Tages dagegen war noch
fo rege, als ob kaum die Hälfte ihrer Lebensjahre über ihr
Haupt hinweggegangen. Sie hatte ihren Gatten, ihre Töchter
und ihre Schwiegerföhne, aber fich felbft nicht überlebt; es
fchien im Gegentheil, als ob ihre jeßige Lebensaufgabe, die nur
in frommen Werken beftand, immer verjüngender auf fie ein-
wirkte. Sie tanzte auf jeder Hochzeit den frohen Kalloh-Tanz
(Braut-Tanz), fie wachte an jedem Krankenbett, bereitete die
erfte Hühnerbrühe für jede Wöchnerin und war die erfte Be=
ftatterin jeder weiblichen Leiche. So viel der Freuden= und
Schmerzensthränen fie auch im eigenen Lebensfchickfale fchon
geweint, fie floffen noch in frifcher Theilnahme für Andere;

und wenn sie, von besonderen Ereignissen des Tages angeregt, zur alten Malkoh eilte, hatte sie noch immer den lebensvollen Muth, gegen die unnahbare Abgeschlossenheit dieser blinden Greisin anzukämpfen und in Disputationen die Frische ihrer Empfindungen gegen den Vorwurf flüchtiger Lebensanschauung zu vertheidigen, den die alte Malkoh, wenn auch nie hören, doch durch ihr unerschütterliches Schweigen sie empfinden ließ.

Wenn aber die alte Malkoh ihr Schweigen brach, und scheinbar vom Gegenstand des Tages als von einem ihr gar so fern liegenden ablenkend, aus fernen Vergangenheiten her Erinnerungen und Lebensbilder vorführte, die oft überraschende Lichter auf die Gegenwart niederstrahlten, da beugte sich die alte Genendel vor ihr ganz in derselben Begeisterung, mit welcher sie alles Hohe und Erhabene aufnahm. Versuchte diese ihrer warmen Bewunderung und Begeisterung hierüber Worte zu leihen, so wehrte ein stummes Kopfschütteln Malkoh's dies weit von sich ab und veranlaßte fast regelmäßig, daß Genendel, halb erzürnt über diese Unnahbarkeit, ihre greise Genossin verließ.

Kaum aber trennte die Schwelle die beiden Freundinnen, so war Genendel's Herz wieder voll Gebet zu Gott, gelobt sei Er, daß er „vermehre die Tage und Lebensjahre dieser unvergleichlichen Frau." „Herr der Welt," pflegte sie zu beten: „Laß nit meine Augen sehen Dein Licht ausgehen von Malkoh's Antliß!"

Die alte Malkoh aber pflegte zu horchen auf den Tritt Genendel's, und wenn diese die Gasse betrat, sprach Malkoh nur zwei Worte: „Wer gäbe es!" deren vervollständigten Bibel-Text und richtigen Sinn Händele am besten verstand, zwei Worte, die ausdrückten: „Wer gäbe es, daß ihrer Viele in Israel so wären, wie Genendel."

Und wunderbar war die Stellung Händele's zwischen diesen Greisinnen.

So weit die aufblühende Jugend dem höchsten Alter nur
gleichen kann, war sie nicht blos äußerlich, sondern auch in
der innersten Natur ein Abbild ihrer Großmutter; nur war
hier Unerschlossenheit, was in der Großmutter als Abgeschlossenheit, hier unnahbare Reinheit, was dort als unnahbare
Festigkeit dem Beobachter entgegentrat. In den Diskussionen
der Greisinnen stand sie fast immer in Geist und Charakter
auf Seiten ihrer Großmutter; aber in allen Regungen und
Bewegungen des Herzens konnte die Jugend dem seelenvollen
Wesen Genendel's nicht widerstehen und um so weniger widerstehen, als Händele im Stillen ahnte, daß die Großmutter nur
nach schweren Kämpfen ihre Unerschütterlichkeit errungen und
zuweilen in unbemerkten Augenblicken viel tieferer Erregung
hingegeben sei, als die leicht bewegte Seele der alten Genendel.

Aber nicht blos eine Zeugin dieses Verhältnisses der beiden
Greisinnen war Händele, sondern sie wurde zuweilen mit in
den Streit über Lebensvorgänge hineingezogen. Verstand sie
es auch, auszuweichen und das oft Genendel verletzende über-
legene Schweigen der Großmutter durch einen bittenden Blick
zu mildern, so war sie dennoch in der letzten Zeit oft genöthigt,
eine Ansicht zu äußern, denn die Großmutter richtete statt der
Antwort, die sie Genendel verweigerte, zumeist ein paar Worte
der Belehrung an Händele und nöthigte sie in dieser Weise,
durch irgend ein milderndes, liebes Wort das Schroffe, das
hierin für Genendel lag, auszugleichen.

Ja, vor einigen Monaten war sogar Händele selber einmal
zum Gegenstand der Diskussion geworden; denn Genendel ließ
sich in ihrem Widerstreben gegen die ewige Ruhe der Großmutter zu der Bemerkung hinreißen, daß Händele's Jugend
unter dieser Abgeschlossenheit leide. „Verzeiht mir's, Malkoh,"
sagte sie einmal, „wenn ich Euch bitt', Händele's wegen, nit
das heutige Menschengeschlecht und diese ganze Welt so mit
der Hand fortzuweisen. Das Kind ist so schön wie im

Gefängniß bei Euch," — rief sie in Erregtheit aus. Händele, die dem Gespräch an ihrem Klöpfelkissen arbeitend beiwohnte, erschrak hierüber so heftig, daß sie von der Arbeit aufsprang. Sie wurde noch schmerzlicher betroffen, als sie sofort mit Einem Blicke sah, wie Genendel schon ihre unzarte Bemerkung bereute, wie aber die Großmutter sich im Lehnstuhl noch höher auf= richtete, ein Zeichen, daß sie dies Gespräch nunmehr mit keinem Wort berühren werde. Händele wußte nicht, was sie beginnen sollte; es schien ihr Schweigen und Sprechen gleich unmöglich; aber die Großmutter überhob sie dieser Pein der Situation, denn sie senkte nach einer kurzen Pause wieder ihr Haupt und sprach in einem Tone, als wäre Niemand sonst anwesend, die Enkelin an:

„Händele, mein Kind, bist Du müd' von Deiner Arbeit, dann hör' zu, ich werd' Dir sagen, was ich gedacht hab' heut Nacht, und das wird Dir geben frische Kraft von Gott."

„Wir hören zu, Beide, Großmutter", sagte Händele und stellte sich zwischen die Großmutter und Genendel.

„Hör' zu, Händele!" fuhr diese im belehrenden Tone fort. „König David hat gesagt: Ein Licht für mein' Fuß ist Dein Wort. — Nun frägt man, was hat der Vers für einen Sinn? Ein Licht hat Gott, gelobt sei Er, gemacht zum Sehen, und den Fuß hat er geschaffen zum Gehen, und das Wort hat er gegeben zum Hören, wie kann ein Wort sein ein Licht, und wie ein Licht für ein' Fuß? Nun, mein Kind, hab ich heut Nacht mir ausgedacht, das ist also: wenn ich so sitz' in meiner Blindheit und ich kann nit mehr sehen mit meinen Augen, wohin soll gehen mein Fuß, dann hätt' ich müssen Dich rufen, mein Kind, alle Minut', daß Du mir sollst geben Deine Hand und ich nit soll straucheln, zu stellen meinen Tritt. — Was aber hat Gott, gelobt sei Er, gemacht? Er hat mir gegeben ein fein Ohr, und wenn Du sitz't auf Dein' Stuhl und Du redst nur Ein Wort zu mir, so hör' ich, wo Du bist, und ich weiß, wo da steht der Tisch und der Kasten und das Spinde, und wo da ist die Nebenstub' mit den Büchern, und ich kann herum gehen in unserer Wohnung, ganz allein. — Siehst Du, mein Kind, Dein Wort ist mein Licht, aber nit für mein Aug', nur für mein' Fuß. Ich kann zu Dir sagen, wenn man so sagen darf, wie König David sagt zum ewigen Gott, „ein Licht für mein' Fuß ist Dein Wort!"

Händele empfand auf's Tiefste den Sinn dieser Versauslegung.

„Großmutterle", sagte sie, indem sie den Arm der Großmutter küßte, „Du würdigst mich mehr wie ich verdiene, daß Du mich so stellst in den Bibelvers hinein. Ich bet' zu Gott, gelobt sei Er, daß ich Dir noch lange Jahre soll dienen können, denn Dein Wort ist Licht für meine Seele."

Aber auch Genendel empfand Alles und fühlte den Pfeil der Reue in ihr Herz nur noch tiefer einbringen, je verklärter vor ihrem schnell begeisterten Blick dieses zarte Verhältniß zwischen Großmutter und Enkelin vor ihr stand. Wie konnte sie die Enkelin bedauern, die solcher Großmutter diente, wie der Großmutter einen Vorwurf machen, die in solcher Weise tausendfach die Entbehrung vergütete, die sie dem Kinde auferlegte. Mit bewegter Stimme rief sie aus:

„Malkoh, stärken soll Gott, der Ewige, Eure Kraft! Malkoh, und stärken soll er Eure Jahre! Ich bitt' Euch, Malkoh, mir nit zu gedenken, was ich da gesagt hab', und mir zu verzeihen, daß ich aufgethan hab' meine Lippen, zu reden Sünd' gegen Eure Ehre. — Ich bitt' Euch tausend Mal —"

Malkoh saß wieder aufrecht und schüttelte das Haupt.

„Ich hab' nit gehört," sagte sie in ihrer imponirenden Einsilbigkeit, den Strom der bewegten Bitte Genendel's unterbrechend.

„Ihr habt gehört!" rief Genendel aus, „so wahr soll Euer Ohr die Gnade haben, zu hören die Posaunen des Messias,

es haben geredt mein' Lippen Sünd' gegen Euch! Ich bitt'
Euch um Verzeihung hunderttausend Mal!"

„Ihr bittet zu viel Verzeihung," unterbrach sie Malkoh
mit leisem Kopfschütteln, und mit einem feinen Zug um den
Mund fügte sie hinzu: „wir sagen uns doch nit die Freund=
schaft auf." [1])

Genendel fuhr zusammen, und auch Händele that diese
Härte der Großmutter weh; denn in den wenigen Worten lag
ein schneidender Angriff gegen die unermüdlichen Liebesdienste
Genendel's bei Leichenbestattungen, wo das übermäßige Ver-
gebungbitten und Freundschaftkündigen zur Sitte oder Unsitte
geworden.

„Großmutterle!" bat Händele mit zarter Stimme, die wie
leiser Vorwurf klang.

„Malkoh!" rief Genendel schmerzlich aus, „mög' vor Gott,
dem Barmherzigen, kommen meine Reue, daß ich hab' ange=
tastet Eure Ehre!"

Die alte Malkoh wußte, wie weit sie gegangen und ver=
stand es mit nicht minderer Feinheit zu versöhnen als zu ver=
letzen.

„Thut nichts, thut nichts! Genendel, red' nit von mein'
Ehr'", sagte sie mit leisem Verneigen des Hauptes. „Weiß ich
denn nit, was Ihr thut, wenn Ihr kommt zu mir und zu mein'
Enkelkind, dem Gott, gelobt sei Er, hat gegeben die Augen, um
zu sehen noch lange Jahr' das Licht von dieser Welt, aber sie
kann nit weg und muß sich mühen mit mir, die mir Gott, der
Gelobte, hat zugeschlossen mein Aug', um es erst zu öffnen in
jener Welt, die da voll ist des Lichtes. Mein Kind thut wahr=

---

[1]) Anspielung auf jene Sitte der jüdischen Leichenbestatter,
den Todten für ihm im Leben widerfahrene Unbill um Verzeihung
zu bitten, und alle mit ihm bisher unterhaltenen Beziehungen
aufzulösen.

haftefte Wohlthätigkeit an mir und Ihr, Genendel, thut Liebes=
dienfte an uns Beide. Er aber, beß heiliger Name genannt
ift über uns, er ift Vergelter wohlthätiger Handlungen und wird
Euch geben Lohn für jed' gut Wort, was Ihr red't zu mir,
und für jed' hart Wort, das ich red' zu Euch!"

Die feelenfromme Genendel war nicht blos verföhnt, fondern
beglückt durch folche Zurede, die um fo mächtiger wirkte, je
feltener von Malkoh folch ein direktes Lob und folch ein Zu=
geftändniß ihrer Härte gehört wurde. Sie kam feit jener Zeit
noch häufiger zu Malkoh, die von da ab öfter Händele mit in's
Gefpräch hineinzog und der Unterhaltung eine Richtung zu
geben wußte, in welcher das Kind von der Gäftin Alles erfuhr,
was im Bereich der Gemeinde vorging, und von der Groß=
mutter fobann Bemerkungen hierüber aufnahm, die belehrend
und verklärend Gedanken der Ewigkeit an den Wechfellauf ge=
wöhnlicher Tagesereigniffe knüpfte.

Verharrte auch Händele in gebührendem Schweigen bei der
Unterhaltung der beiden Greifinnen, fo ward doch von Zeit zu
Zeit ihr Gelegenheit geboten, durch ein befcheidenes Wort dar=
zuthun, wie fie mit inniger Wärme den frommen Lebensmuth
Genendel's zu fchätzen und mit hohem Verftändniß den tiefen
Gedankenzügen der Großmutter zu folgen wußte. Daß Händele
auch felbftthätig ihren Gedanken Raum gab, wenn fie allein
mit der fchweigenden Großmutter war, und ihre Hände fich
fleißig am Klöpfelkiffen regten, das nahm das feine Ohr der
alten Malkoh fehr lebendig wahr, fo oft fie dem Takt der
Klöpfel horchte, deren regelmäßiger, oder überfchneller, oder ver=
langfamter Flug ihr hinreichend die Seelenftimmung, den Ge=
dankengang und den Phantafieenflug verrieth, dem das junge
Kind fich hingab.

Und auch heute wieder faß Genendel, ausgeftattet mit den
neueften Tagesereigniffen der Gemeinde, bei der alten Malkoh,
und Händele, an ihrem Klöpfelkiffen thätig, horchte den Mit-

theilungen und den sich daran anspinnenden Betrachtungen und Diskussionen mit so regem Interesse, daß die Großmutter öfter als sonst Gelegenheit hatte, dem veränderlichem Gange der Klöpfel zu lauschen.

Genendel war, wie immer, in aufgeregter Stimmung und erzählte mit Heiterkeit, wie Reb Abbele, dieser „Weibergelehrte," so gar komisch um sein gleich Wörtchen gekommen, das er auf Mendel's Traurigkeit ausgesonnen. Die alte Malkoh schüttelte das Haupt in tiefer Mißbilligung gegen Reb Abbele's gleiche Wörtchen, und Händele's Klöpfel flogen so sicher und frisch dahin, als wäre es auch ihr gar recht, daß dieser Witzling mit seinen gelehrten Späßen eine Niederlage erlitten. Genendel versicherte, daß sie Mendel munterer als seit langer Zeit gesehen, wie er da hinausging nach der Gegend des Begräbniß- ortes; Malkoh's Haupt winkte dem Frohsinn Mendel's Billigung zu, und Händele's Klöpfel jagten lebhafter dahin. — Genendel theilte auch endlich den Entschluß Mendel's mit, hinüber nach England zu gehen; Malkoh richtete ihr Haupt auf und sann, und Händele's Klöpfel schienen auch einen Moment sinnend still zu stehen, dann aber flogen sie plötzlich, wie von gar heftigen Pulsen getrieben, weiter.

Nach den Mittheilungen kamen die Diskussionen an die Reihe.

„Der grobe Mensch!" sagte Malkoh im Tone der höchsten Mißachtung gegen Reb Abbele, „der sein' Lebtag nit würdig gewesen ist, bei meinem Mann, gesegnet sei sein Andenken, zum Talmud-Vortrag zu kommen und der nit gewußt hat zu finden Hand und Fuß im Beshamidrasch, er will Bibelaussprüche aus- legen auf die Traurigkeit von einem Gibbor! Ein Gibbor ist nit traurig!"

„Nun," fiel Genendel etwas lebhaft ein, „das weiß ich nit! Ich hab' gesehen Chaskel Gibbor, er ist traurig gewesen und ich gedenk' noch, wie Chaskel's Vater, Meier Gibbor, den sie gerufen haben Meier Bauer, ist auch traurig gewesen! Ich mein' —"

Malkoh richtete nicht blos ihr Haupt höher auf, sondern bewegte auch als Zeichen seltener Lebhaftigkeit die Hand, um die Rede Genendel's zu unterbrechen. „Ich mein'", sagte sie, „daß König David gewußt hat, was ein Gibbor ist, denn er hat ihrer siebenunddreißig gehabt, die begnadet worden sind, daß er ihre Namen hat eingeschrieben in die Schrift. Und König David hat gesagt: „ein Gibbor ist freudig; denn er hat ihn verglichen zu der Sonn', die da tritt hervor an dem Ende des Himmels, und zu einem Bräutigam, der da herauskommt unter dem Trauhimmel, wie es steht im Bibelvers: „Freudig wie der Gibbor, der da rennt in der Bahn."[1]

Malkoh schwieg, Genendel erklärte sich überwunden, und Händele's Klöpfel jagten dahin, als ob sie einen Helden begleiten wollten in seinem heißen Wettlauf auf der Rennbahn. Plötzlich jedoch hielten die Klöpfel inne, und die Großmutter schien zu verstehen, an welch' unlöslichen Knotenpunkt die Gedankenfäden Händele's gerathen sein mochten. Sie begann wieder, aber in dem ruhigen Tone ihrer überlegenen Betrachtungsweise:

„Der Gibbor, der da hat ein gut' Herz, ist nur traurig, wenn er Keinem kann helfen mit seinem starken Arm; dem man da nimmt seinen Handschlag, daß er sich muß mehr gefallen lassen von jedem Hochmüthigen und Uebermüthigen, wie andre Leut'. Dann wird er wie ein Mensch, der da verstummt, wie es heißt in der Klag': „Warum muß ich sein wie ein verstummender Mensch und wie ein Gibbor, der da nit Einem kann helfen mit seiner Stärke!"

Händele's Zweifel waren gelöst; sie hatte viel im Stillen gesonnen über den sprüchwörtlich gewordenen Trübsinn des

---

[1] Psalm 19, 6.

Gibbor, deſſen Mächtigkeit, Freudigkeit, Dienſtwilligkeit, Be-
ſcheidenheit und Körpergewandtheit ſie noch am letzten Pfingſt-
Vorabend geſehen; jetzt hatte ſie Aufſchluß. Und als ob die
Klöpfel auch die Munterkeit verloren, flogen ſie nun zerſtreut
dahin, ſo daß Händele gar nicht recht Acht geben konnte auf
den Verlauf des Geſprächs der beiden Greiſinnen, und lange
Zeit nur darüber nachſann, wie wohl einem Gibbor zu helfen
ſei, der gar traurig iſt, weil er keine That der Kraft verrichten kann!

Deſto empfindſamer aber war heute die Großmutter gegen
jedes ihr mißliebige Wort. Genendel hatte in ihrer lebhaften
Weiſe nochmals des Reb Abbele gedacht und ihn einen
„Weiber-Gelehrten" genannt. Die alte Malkoh ſchüttelte
ſo ſtolz den Kopf, als müſſe ſie Namens der Ehre des ganzen
Frauengeſchlechts gegen ſolche Benennung proteſtiren, und es
entſpann ſich zwiſchen den beiden Greiſinnen ein öfter von
ihnen geführter, aber nie geſchlichteter Streit über die Würde
des Weibes, deſſen Lebhaftigkeit endlich auch die Zerſtreutheit
Händele's ſtörte und ihre Aufmerkſamkeit herausforderte. Wie
immer, war der Schwerpunkt des Streites auch dies Mal ein
Bibelausſpruch; aber eben die Art, ihn zu deuten, bekundete
die Verſchiedenheit der Charaktere und der Lebensanſchauungen
beider greiſen Frauen.

„Soll ich leben!" rief Genendel lebhaft aus, „wenn Gott,
der Gelobte, einmal geſagt hat zu Eva: „und er ſoll Dich beherrſchen;" was haben wir zu reden Stolz und Hoffährtigkeit
gegen ſein heilig Wort; hat er denn nit uns Weibern gegeben
ein ſchwach Herz, das da will haben ſeinen Herrſcher, wie es
ſteht geſchrieben: „und auf ihn wird ſein Dein Gelüſte!"

Die alte Malkoh war verletzt. „Händele, mein Kind,"
ſagte ſie, in Ueberlegenheit lächelnd, „meinſt Du, daß die
heilige liebe Schrift hat geſtellt „und er ſoll Dich beherrſchen,"
unter die 613 Gebote, daß wir Weiber ſie ſollen verwirklichen?

Es ist nit also, es steht angeschrieben als Fluch, — als Straf'
für die schwachen Herzen, die da sündigen machen den Mann! —
Es steht angeschrieben daneben „und die Erde soll lassen hervor=
sprossen Dörner und Disteln!" Nun wirst Du meinen, das ist
auch ein Gebot und es ist eine Sünde, wenn man ausreißt
die Dörner, und es ist Stolz und Hoffährtigkeit, wenn der
Mensch will lassen wachsen gute Getreidearten und schöne
Früchte, über die man Segenssprüche sagt, wenn man sie sieht
blühen und wenn man riecht ihren Geruch oder davon isset
nach Gottes Willen? Die schwachen Herzen von den Weibern
sind es, die da machen aus: „Und er soll Dich beherrschen"
ein neues Gebot für die Männer, auf die da steht ihr
Gelüste. Händele, mein Kind," fügte Malkoh mit gehobener
Stimme und in bedeutungsvollem Tone hinzu, „Du sollst
wissen und nit vergessen, wir sind nit von den schwachen
Herzen! wir kommen her von dem starken Herzen!"

Der Ton und der Nachdruck, welchen die alte Malkoh
auf die letzten Worte von dem starken Herzen legte, war
für die Zuhörerinnen ein hinreichendes Zeugniß, daß in ihr
wiederum eine Begebenheit aus der Geschichte ihrer Vorfahren
lebendig wurde, von welcher sie von Zeit zu Zeit unter
ähnlichen Gesprächen Mittheilungen zu machen pflegte. Händele
verließ daher ihren Sitz am Klöpfelkissen und begab sich an
den Lehnstuhl der Großmutter; Genendel schwieg in ehrfurchts=
voller Aufmerksamkeit, und die alte Malkoh, versöhnt durch
dies Schweigen, wandte sich nach einer Pause an Beide mit
folgenden Worten:

„Das schwache Herz von dem Weib macht es bald sündig
und bald stolz und hoffährtig; das starke Herz aber bewahrt
es vor Sünd' und macht es demüthig vor Gott, gelobt sei Er,
und vor dem Mann, mit dem die Ehe ist vom Himmel!"

Die Feierlichkeit, mit der sie sprach, ließ erkennen, daß
dies eine Lebenslehre allgemeinen Charakters sein sollte, zu

welcher sie den geschichtlichen Beleg beizubringen bereit sei. Die alte Freundin und die Enkelin unterbrachen daher die Pause, die Malkoh jetzt machte, mit keinem Worte. Ueber das Antlitz Malkoh's aber fuhr nunmehr ein Strahl hoher Andacht; man erkannte an der Verklärung ihrer Züge, daß der Geist verklärter Vorfahren sie überkam, und es geschah während der ganzen folgenden Erzählung, daß, so oft die Greisin des Namens einer ihrer Vorfahren gedachte, sie in ihrem Lehnstuhl die Bewegung machte, als wolle sie sich erheben und verbeugen, weil sie sich nicht würdig fühle, sitzend und aufrecht ihrer hohen Namen zu gedenken.

Vom Alter weniger behindert, erhob sich daher Genendel, so oft sie dies sah, wirklich ein wenig von ihrem Sitz, und Händele, die aufgerichtet stand, verneigte zu Ehren jedes ihrer Vorfahren andachtsvoll ihr jungfräuliches Haupt.

Malkoh sprach:

„Vernehmen und hören sollt Ihr's, daß unsere Aeltermutter Händele, ihr Andenken ist zum Segen, nach welcher genannt worden sind alle Händele's, Geschlecht nach Geschlecht in unserer Familie, sie ist gewesen die Mutter von den starken Herzen. Und alle Töchter und Enkelinnen und Urenkelinnen, die entsprossen sind von ihrem Geblüt, haben gelernt und geerbt von ihr, zu sein stark in Leib und bemüthig in Freud'!"

Sie machte eine Pause und sprach dann im Tone höchster Feierlichkeit die Worte:

„Wir sind von königlichem Geblüt!"

Der Ruhm königlicher Abstammung ihrer Familie war in der Gemeinde bekannt; die Tradition, daß in der Zeit, in welcher Polen ein Wahlreich war, ein Jude, Namens Schoul Wahl, eine Nacht über die Krone des Reiches getragen, lebte damals im Munde vieler Zeitgenossen und sie hat sich bis auf die Gegenwart im Angedenken aller Familien erhalten, die sich zu der Abkunft jenes Mannes zählten.[1])

Die Thatsache war weder Genendel und noch weniger Händele neu; aber die alte Malkoh sprach nur in äußerst seltenen Fällen hiervon und immer in solcher Feierlichkeit, daß der Eindruck ihrer Worte, unterstützt von der Hoheit ihres Wesens und dem Ernst ihrer Züge, stets ein mächtiger war.

„Der König, unser Aeltervater," fuhr sie hierauf, unter mächtiger Anstrengung, sich von ihrem Sitze aufzurichten, fort, „Reb Schoul Wahl hat gehabt fünf Söhn' und zwei Töchter und die jüngste von all' den Kindern hat geheißen Händele. Sie ist gewesen schön von Gestalt und lieblich von Antlitz,

----

[1]) Die Traditionen schienen in den jüngsten Zeiten noch den Charakter einer Fabel an sich zu tragen, bis im Jahre 1854 Z. H. Edelmann in London Familiennachrichten und literarische Dokumente hierüber sammelte und mit außerordentlich reichen Belegen zusammenstellte. Trotz der Abweichungen in vielen Einzelheiten geht aus diesen Belegen, von denen die wichtigsten der kostbaren Sammlung hebräischer Manuskripte in der Bibliothek der Bobeljana zu Oxford entnommen sind, hervor, daß Schoul Wahl, geb. 1540 in Padua und Sohn des dortigen Rabbiners, im Jünglingsalter die Talmudschulen Polens bezog. Er wurde später Rath des Fürsten Christoph Nikolaus Radzywill und hat bei einer der Königswahlen, inmitten der Parteikämpfe nach dem Tode Stephan Batori's, provisorisch eine Nacht lang, nach Einigen wirklich die Krone des Reiches, nach Anderen die Präsibentschaft des Wahltages übernommen. Eine gründliche Untersuchung dieser merkwürdigen Thatsache würde einen interessanten Beitrag zur Kenntniß der damaligen Verhältnisse liefern. — In unserer Erzählung sind wir den mündlichen Ueberlieferungen gefolgt, wie wir selbst sie aus dem Munde einer würdigen Großmutter überkommen haben, die sich mit nicht minderer Würde als unsere Malkoh des „königlichen Geblüts" in ihrer Abkunft von Schoul Wahl rühmte.

mehr aber noch ist sie geziert gewesen mit Weisheit und Gottesfurcht, daß ihr Name ist gedrungen in alle Gemeinden und in
alle Länder, wo Juden gehört haben von der Größe unseres
Aeltervaters.

„Und es war nach den Zeiten, wo alle Kinder bis auf
Händele sind versorgt gewesen mit großem Reichthum und großer
Ehre, und der König hat gesessen auf seinem Stuhl in Brisk,
vor den gekommen sind Grafen und Fürsten, sich bei ihm Rath
zu holen in Sachen des Rechts und in Sachen des Landes.
Da hat sich sein Herz erhoben und — wir sind alle sündig vor
Gott, gelobt sei Er! —

„Nit kann lauter sein der Mensch vor Gott und vor dem
Schöpfer rein der Erschaffene. Auf seine Diener und seine
Engel ist nit Verlaß, um so weniger auf uns, die wir wohnen
in Lehm, und kommen vom Staub und werden zur Verzehrung
vor dem Wurm. Wir haben gesündigt! — Der König Schoul
ist geworden — hochmüthig.“ —

Die alte Malkoh sprach diese Worte in tiefster Demuth,
das Haupt tief auf die Brust gesenkt. Nunmehr hielt sie inne
und murmelte leise das Sündenbekenntniß vor sich hin, während
sie die Faust sanft gegen ihr Herz schlug. Genendel und
Händele, die es sahen, thaten ein Gleiches.

Nach einer Weile fuhr die alte Malkoh fort:

„Es sind gekommen Rabbinen von allen Ecken der Welt,
von den Weisen Italiens und Frankreichs und Deutschlands
und Böhmen und Polen und haben gebracht vor seinen Stuhl
die jungen Talmud-Jünger, die da ausgezeichnet sind gewesen
in Gelehrsamkeit, daß er möge Einem geben sein Kind Händele.
Aber er hat alle beschämt und hat sie nit gewollt geben.

„Und darnach ist gekommen der „Stolz des Zeitalters“
von Prag und hat gebracht seinen Sohn, den man schon
„Rabbi Reb“ Haschil genannt hat, wie er erst alt gewesen ist
achtzehn Jahr', den hat er gebracht, daß er Händele möge zum

13*

Weib nehmen. Aber da der König, unser Aeltervater, auch
dem hat die Beschämung angethan, da hat die Welt angefangen
zu murren gegen den König, und Reb Mosiheh Leiser's ist
aufgestanden, der da ein Reicher gewesen ist und ein Vornehmer
in Brisk und hat an demselben Tag seine Tochter Dino gegeben an Rabbi Reb Haschil, daß nit, bewahre Gott! eine
Versündigung komme in die K'hille. Und Rabbi Reb Haschil
hat Vortrag gehalten am Sabbat und die Welt hat ihm große
Ehre angethan, um ihn zu trösten über die Beschämung!

„Und es ist mitten in der Nacht gewesen, da hat sich
Händele still erhoben von ihrem Lager und hat sich ihre Händ'
gewaschen und ihr Angesicht und hat sich niedergestellt und hat
Gebet gethan zu Gott dem Gelobten und hat geredet: „Herr
der Welt, der Du erhöht hast unser Haus mehr wie andere
Häuser von Israel, und hast mich gemacht zu dem jüngsten
Kind von dem König, daß seine Seele hänget an mir, und er
bewacht mich wie den Apfel von seinem Aug'! Wenn Einer
von unserem Haus ist sündig geworden vor Deinem heiligen
Antlitz, laß vor Dich kommen das Gebet aus dem gebrochenen
Herzen von Deiner Magd und halt zurück Deine Hand, um
zu strafen, so lang' offen sind die Augen von meinem Vater,
dem König! Gedenk' an sein erst Werk, wie Du gekrönt hast
sein Haupt,[1] und wie er gebaut hat Dein Haus und das Haus
für Deine heilige Lehre und die Häuser für Kranke und für
Wittwen und Waisen und wie er Deinen Namen hat geheiligt
vor aller Welt und laß ihn sehen Dein Erbarmen und nit
Dein Gericht! — Mir aber Gott, Du Gepriesener, mach stark
das Herz, daß ich stehe vor ihm und diene ihm freudig all die
Tag', und wie ich trag' seine Liebe so groß, so laß mich tragen
all seine Last!"

---

[1] Sein erster Erlaß in der Nacht der Krönung soll die Her-
stellung der Rechte der Juden in Krakow betroffen haben.

„Und so hat sie Gebet gethan und hat gefast't zwei Tag'
in der Woch', und Gott, gelobt sei Er, hat erhört ihr Gebet,
und ihr Antlitz ist geblieben freudig und lichtig und hat erfreut das Antlitz von dem König, ihrem Vater, daß er nit
gewußt hat von ihrem Leid, und sie hat vor ihm gestanden
und hat ihm gedient noch drei Jahr', bis sein Tag ist gekommen,
wo seine Seele ist aufgestiegen zu ruhen unter den Fittigen
der Herrlichkeit."

Die alte Malkoh hielt wieder inne; aber eine leise Bewegung ihrer Hand deutete hinreichend an, daß der Haupttheil
ihrer Erzählung erst beginnen solle. — Genendel weinte; Händele,
die Erbin des starken Herzens, lehnte sich, vom Schauer hoher
Andacht durchrieselt, an den Stuhl der Großmutter. Beide
schwiegen, und nach einer Weile hob Malkoh wiederum an:

„Zwei Jahr' nach dem Tod von dem König, unserm
Aeltervater, hat sich schwer krank niedergelegt Dino, das Weib
von Rabbi Reb Haschil. Und bevor ihr ist ausgegangen die
Seele, hat sie ihren Mann lassen rufen und hat zu ihm
gesagt: ich beschwöre Dich, daß Du nit nimmst ein Weib von
den Feinden unserer Familie. Und alle Leut', die das gehört
haben, haben es verstanden und haben gewußt, wen sie meint. —
Und Dino ist gestorben.

„Und wie das Jahr ist vorbei gewesen von der Trauer
um Dino, und der Rabbi Reb Haschil hat nit genommen ein
Weib, hat Händele sich aufgenommen und hat einen Brief geschrieben in der heiligen Sprache an Rabbi Reb Haschil und
hat ihn darin gebeten mit kluger Red', daß er zu ihr komme
in der Mittagszeit, wo sie stehen wird und warten auf ihn
auf dem Gang an der Stufe, die da führt vom Beshamidrasch
hinunter nach der Abtheilung für Frauen.

„Und wie die Zeit ist gekommen, hat sie unten gestanden
an der Stufe und ihr Antlitz ist bleich gewesen, denn sie hat
gefastet vor Gott, gelobt sei Er. Und es hat sich geöffnet die

Thür vom Beshamidrasch und es ist gekommen Rabbi Reb
Haschil in den Gang. Da hat sie ihren Schleier genommen
und hat ihr Angesicht verdeckt. Und wie er oben gestanden
hat, hat er angehoben und hat sie gefragt: „Was hast Du
mich aufgestört zu kommen her auf die Stufe?"

„Da sagt sie: Du sollst erfüllen, was gesagt haben unsere
Weisen:

„Steig eine Stufe herab und nimm ein Weib."

„Da war der Rabbi Reb Haschil sehr erschrocken über die
große Klugheit und Demüthigkeit und Lieblichkeit von dem
Wort: Und er sagt zu ihr: „Händele, weißt Du nit, was
mich Dino hat beschworen vor ihrem Tod?"

„Da bückt sie sich und spricht: „Nit von mir kann Lehre
ausgehen über erpreßte Gelübbe,"[1]) und sie kehrt sich ab und
geht heim.

„Nach drei Monaten hat Rabbi Reb Haschil mit
Genehmigung des Rabbinats zum Weibe genommen Händele,
unsere Aeltermutter, von der abstammen „die starken
Herzen!"

Die alte Malkoh hielt inne und verstand auch das Schweigen,
das ihre Hörerinnen erfaßt hatte. Genendel schwieg halb
erschreckt, halb erstaunt über die Charakterfestigkeit und Handlungsweise eines Weibes, deren Wesen ihr unerreichbar, aber
doch nicht unbegreiflich war, seitdem sie Malkoh genauer kannte.
In Händele kämpfte das höchste Maaß der Bewunderung und
Verehrung ihrer Ahnin mit dem Gefühl jungfräulicher Schüchternheit. Ihr Auge flammte vor hoher Begeisterung; ihre
Wangen glühten in lichter Verschämtheit und ihr Mund ver-

---

[1]) Die Materie über die Grenzen der Gültigkeit und Ver-
binblichkeit solcher und ähnlicher Gelübde ist weitläufig in
talmudischen Traktaten behandelt und macht somit einen be-
trächtlichen Theil talmudischer Gelehrsamkeit aus.

stummte ebenfalls. Die alte Malkoh aber fuhr nun nach einer
Pause fort:

„Sie ist nit schwach gewesen vor Sündigkeit; sie ist stark
gewesen zu thun, was gut ist und gerecht in den Augen vor
Gott, gelobt sei Er. Und ihr lichtiger Mann, unser Aeltervater,
hat nit gemeint: „Und er soll Dich beherrschen" ist ein Gebot.
Er hat sie verehrt all sein Lebtag. Er hat geschrieben in seinen
Werken von ihr und hat sie genannt „die Kron' von ihrem
Mann," „die Herrscherin von ihrem Haus," „die Zier von ihren
Kindern."

Nach einer kleinen Pause fuhr Malkoh endlich mit noch
tieferem Ernst als bisher fort:

„Sie ist stark gewesen zu sehen Freud; sie ist aber auch
stark gewesen zu sehen Leid! — Wie sie alt ist gewesen
acht und siebzig Jahr, haben ihre Augen gesehen die Chmiel-
nickische Verfolgung,[1]) und wie man hereingetragen hat in ihre
Stub' mit großer Klag' zwei junge Enkel, deren Blut haben
vergossen die Mörder mitten im Beshamidrasch, wo die Kinder
haben gesessen, die heilige Lehre zu lernen; da ist sie aufgestanden von ihrem Stuhl und hat gesagt: „„Herr der Welt,
Du hast gegeben auf mein Haupt in jungen Jahren die Krone
des Königthums und hast sie wieder genommen. — Du hast
mich gekrönt als Weib mit der Krone der Gelehrsamkeit und
hast sie wieder genommen, jetzund giebst Du mir die Krone der
Märtyrer zu tragen! — Hüter Israels, wie lange noch?""

„Und wie sie hat gesehen auf die Kinder hat sie ausgerufen:

„„Die Geliebten und die Lieblichen, im Leben und im Tode
sind sie nicht getrennt."" (2. Sam. 1, 23).

„Und dann hat sie geklagt:

---

[1]) Die fürchterlichen Judenverfolgungen des gegen Polen auf-
gestandenen Kosakenhetmanns Chmielnicki (1648).

„„Warum soll ich verlieren Euch Beide an einem Tage.“ “
(1. M. 27, 45).

„Aber ihr Herz ist geblieben in seiner Stärk’ und in
Demüthigkeit vor Gott, dem Gewaltigen.“

Die alte Malkoh machte eine Pause und setzte dann hinzu:
„Ihr Verdienst soll uns Beistand sein, bis da kommt der
Erlöser! Amen.“

Und dann senkte sie ihr Haupt und schwieg.

Händele beugte sich über den Arm der Großmutter und
weinte in tiefer Erschütterung. Genendel aber erhob sich und
rief in Thränen: „Ihr Verdienst und das von allen ihren
Kindern und Kindeskindern soll uns Beistand sein, die wir
haben schwache Herzen. Jetzund, Malkoh, hab’ ich gesehen
Eure Herrlichkeit und Größe, und bitt’ Euch, gedenkt mir in
Eurer Stärke nit meine schwache Red’, und laßt mich sein wie
eine Magd vor Euch, die Euch dient von ganzem Herzen.“

Malkoh schüttelte nur wiederum stumm ihr Haupt, als
wollte sie dem Gefühlsstrom Einhalt thun; aber sie streckte ihre
Hand aus zur Besänftigung der Freundin, die diese begeistert
mit beiden Händen ergriff und in höchster Verehrung preßte.

Da Malkoh nunmehr in ihrem Schweigen verharrte, begab
sich Händele wiederum an ihr Klöpfelkissen und die Klöpfel flogen
dahin so fest und gemessen, daß sie der Großmutter, die danach
horchte, die Ueberzeugung gewährten, es sei ihr Enkelkind ihres
Namens und ihrer Abkunft würdig. Genendel empfahl sich nun
und sie betrat die Gasse noch mit sehr bewegtem Herzen und mit
Thränen in den Augen. Da trat ihr Mendel Gibbor, ein
Päckchen unter dem Arm, entgegen.

„Mendel,“ sagte die seelenvolle Frau, einen Augenblick
anhaltend, in Erwiderung seines Grußes, „ich hab’ gehört, daß
Gott, gelobt sei Er, von Dir genommen hat Dein’ Traurigkeit
und ich seh’, Dein Angesicht ist wieder, wie es sonst gewesen,
Gott soll Dir stärken Dein Herz zu allem Guten!“

„Und Er soll stärken Eure Jahr'; denn ich seh', Euer Antlitz ist lichtig von frommen Handlungen," entgegnete Mendel und schritt weiter. Genendel blickte ihm nach und sah zu ihrer höchsten Verwunderung, daß er vor dem Hause Malkoh's sinnend stehen blieb ünd nach einigem Zögern auch dasselbe betrat. Der Abstand zwischen der äußeren Lebensstellung Mendel's und dem der alten Malkoh war so groß, daß Mendel zu keiner Zeit vor die ehrfurchtgebietende Frau hätte hintreten können, ohne die tiefste Demuth zu empfinden und auszudrücken. Seit dem letzten Pfingstvorabend, wo er unter ihrer gebieterischen Anordnung das Gotteshaus geschmückt, durchschauerte ihn noch besonders der Gedanke an die Mächtigkeit ihrer Erscheinung, in welcher er sich kaum der Vorstellung erwehren konnte, daß das Auge Malkoh's, dem äußeren Licht verschlossen, mit einer wunderbaren Sehermacht begabt sei, Dinge zu durchschauen, welche menschlichen Blicken verschlossen sind. Zudem hatte er in ihrer Begleitung auch Händele, dieses jugendfrische Abbild der Großmutter, gesehen, deren Wesen und Gestalt von da ab nicht mehr aus seiner Erinnerung wich und jenen grübelnden Trübsinn in ihm erzeugt hatte, dem er wie einem Zauber unterworfen war. Ihre hohe Abkunft war ihm längst der Sage nach bekannt; das Bewußtsein seiner niederen Stellung und hauptsächlich das drückende Gefühl, wie ein gefährliches gefürchtetes Wesen erst durch religiöse Bande gezähmt, somit aber auch der Unbill und dem Spott jedes Uebermüthigen Preis gegeben zu sein, drückte ihn tief nieder und ließ unaufhörlich in ihm den Wunsch rege werden, so schnell und so weit wie möglich aus Händele's Nähe zu fliehen. Jemals ein Wort mit ihr sprechen zu können, das war ein Gedanke, dem er sich nur in irren und wirren Träumen hingeben konnte; weitere Wünsche zu hegen, erschien ihm wie Wahnwitz; und dennoch hatte er wochenlang vergeblich Tag und Nacht sich abgemüht, sich diesen aller Wirklichkeit Hohn sprechenden Wünschen und Hoffnungen zu entwinden. War es ihm auch, als ob Händele mit Theilnahme und Wohlwollen die stummen Dienste, die er im Gotteshause leistete, aufgenommen und vermochte er auch in Erinnerung an den Blick, mit dem sie ihm dankte, sich zu der kühnen Hoffnung aufzuschwingen, daß sie nicht zürnen würde, wenn sie ahnte, was dieser Blick ihm gewesen, so bannte doch die Unmöglichkeit, jemals Händele auch nur äußerlich zu nahen, ohne sich der überwältigenden Anwesenheit der alten Malkoh zu unterziehen, jeden Gedanken an die Verwirklichung auch nur des bescheidensten seiner Wünsche. Er mied es seit jener Zeit, durch die Gasse zu gehen. Fast wäre er seinem Handschlage untreu geworden, als der Gensd'arm ihn zwingen wollte, sich an ihrem Hause vorüber transportiren zu lassen. Seine Empörung dagegen war so mächtig, daß er jetzt noch fühlte, wie leicht er einer Unthat fähig gewesen wäre, wenn nicht das Erscheinen des Wachtmeisters ihn der Schmach überhoben, vor Händele's Haus wie ein Verbrecher vorübergeführt zu werden. — Was er aber heute Nacht erfahren, steigerte zwar einerseits das tiefe Gefühl der Demuth vor Malkoh, aber es hatte ihn doch wieder das Bewußtsein aufgerichtet, durch Bande ewiger Dankbarkeit an sie gefesselt und somit ihr verbunden zu sein. — Salme's Mittheilungen hatten einerseits sein Selbstbewußtsein gehoben und seinen kranken Trübsinn weit zurückgeschleudert; das Gefühl der Begeisterung für seinen Vater, das der Verehrung seiner Mutter war mächtig genug, um von seiner Seele den Schleier des Trübsinnes zu reißen, und fast schien es ihm, als ob er ganz frei geworden sei von dem Gefühl des Lebensüberdrusses, der ihn erfaßt hatte, weil er das Leben nicht Händele und ihrem Dienste widmen konnte. Allein dieselben Mittheilungen, die unbegreifliche Bande lösten, knüpften neue und natürlichere an. Malkoh, die er so hoch über sich erblickte, war die geheime Wohlthäterin, die über seiner verwaisten Kindheit, seiner der Verwahrlosung Preis gegebenen Jugend wachte. Ihr verdankte er es, nicht bloß in Salme einen

Pfleger und Erzieher gefunden zu haben, sondern ihre Vorsorge hatte sich auf den Unterricht erstreckt, den er genossen, und der, wenn auch dürftig, ihn doch empor hob über den gewöhnlich tiefen Bildungsstand der ärmsten Klassen. Und bis auf die Gegenwart noch hatte sich ihre Wohlthätigkeit erstreckt; die Waare, die ihm Salme gebracht, verdankte er ihr und ihr gehörte der Rest, den er davon gerettet. Es war ihm daher in der ersten Stunde sofort klar, daß er nunmehr aus dem Verhältniß scheuer Demuth vor Malkoh in das bestimmter Pflichten gegen sie getreten. Als erste derselben erkannte er die, vor sie hinzutreten und ihr das Gelübde ewiger Dankbarkeit darzulegen; als zweite, zu geloben, sobald wie möglich in der Fremde ein thätig schaffendes Leben neu zu beginnen und sich eine Lebensstellung zu erringen, die der Wohlthaten Malkoh's würdig wäre; und als dritte der Pflichten, die er nur sich im Stillen zu geloben hatte, erschien ihm die: Händele zu vergessen.

In weniger kräftigen Naturen prägt ein Lebensschmerz nicht sofort seinen Stempel dem ganzen Wesen des Menschen, es umfassend und umwandelnd, auf; weniger kräftige Naturen schütteln aber auch nicht so bald und so vollkommen das ver-düsternde Gepräge ab. In dem starken Menschen hatte der Schmerz stark seine Uebermacht erwiesen; aber eben so stark war die Aufrichtigkeit in Mendel, als er erst in den einsamen Morgenstunden auf seinem Lager zu diesen festen Entschlüssen gekommen war. Die letzten Spuren seiner Schwermuth waren heute in den Nachmittagsstunden auf dem Grabe seiner Mutter Elke in wenigen Thränen niedergeflossen, und mit dem Vor-nehmen, morgen frühe nach Nowo zu wandern, wo sein Vater bestattet war, hatte er nunmehr das Packetchen ergriffen, das den Rest der Waare enthielt, und betrat mit diesem, sicherern Schrittes, als er sich's je zugetraut, die Behausung der verehrten Greifin.

Aber Mendel traute in der schlichten Grabheit seines
Geistes seinen Kräften zu viel zu und schlug den überwältigenden
Eindruck der unnahbaren Abgeschlossenheit Malkoh's viel zu
gering an. Er hatte noch nie ein Wort persönlichen Inhalts
an sie gerichtet und ahnte nicht, wie das leichteste Schütteln
ihres Hauptes jedes Wort bannte, das sie nicht ausgesprochen
haben wollte. Er vermuthete nicht, wie der erste Blick in die
Stube, die er noch nie betreten, ihn wortlos, und die Nähe
Händele's ihn willenlos machen und ihn sogar Worte sprechen
lassen könne, die nicht in seiner Absicht lagen.

Schon in der Hausthür befiel ihn eine Befangenheit. Er
that wenig Schritte im engen Flur und stand an der offenen
Stubenthür; aber sein Fuß blieb wie gebannt an der Schwelle.
Er blickte auf und gewahrte sofort, wie Malkoh ihn schon am
Tritt erkannt haben mußte, denn sie hatte sich im Lehnstuhl
aufgerichtet, das Antlitz ihm zugewandt und die Bewegung
ihres Hauptes verneinte so bestimmt die Bitte, die er aussprechen
wollte, als wäre sie schon über seine Lippen gekommen.

Händele saß, den Rücken ihm zugekehrt, den Kopf auf ihr
Klöpfelkissen gebeugt und arbeitete so emsig, als sollten die
Klöpfel einen Wettlauf mit dem Pochen seines Herzens eingehen. Der arme Mendel stand so stumm und starr wie in
einem Bann an der Schwelle. Endlich nahm er sich zusammen:

„Verzeiht mir's, Malkoh," sprach er mit tiefer Bewegtheit
der Stimme, „daß ich meinen Fuß setz' an Eure Schwell';
ich —"

„Tritt näher, Mendel!" unterbrach ihn Malkoh.

Mendel trat zwei Schritte in's Zimmer hinein und stand
nun dicht hinter Händele, die sich nicht umgekehrt hatte und
nur mit Hast fortarbeitete. Wieder entstand eine Pause, in
welcher er nur das Fliegen der Klöpfel und das Pochen seines
Herzens vernahm, und wieder ermannte er sich, athmete hoch
auf und wollte beginnen: „Salme" — sagte er — allein er

mußte wiederum schweigen; denn Malkoh schüttelte wieder ein
so entschiedenes „Nein," daß ihm das Wort erstarb.

Malkoh's Wesen machte auf ihn den Eindruck, als wisse
sie Alles, was er ihr sagen wolle, und er verstand daher auch
ihre stumme Abwehr jedes Dankes. Er las auch in ihrem
Antlitz einen Unwillen, aber nicht gegen ihn, sondern gegen
Salme, der ihre Geheimnisse nicht bewahrt habe; und so
unantastbar kam ihm alles vor, was dieses leichte Bewegen
des Hauptes andeutet, daß er den Versuch der Rechtfertigung
Salme's nicht einmal wagte. Aber Eins mußte er doch; er
wollte von seinen Entschlüssen, in die Fremde zu gehen, sprechen
und das Gelübde kund geben, stets ihrer Wohlthaten würdig
zu leben. Doch auch hier kam ihm ihr Wort zuvor; denn er
hatte kaum ihren Namen im Tone scheuer Ehrfurcht genannt,
als sie ihn mit Ruhe und Wohlwollen anredete.

„Ich hab' gehört," sagte sie, „Du willst in die Fremde
hinein gehen. Es ist gut; nur jetzund, wo wir sind in den
drei Wochen, da ist das Glück nit günstig für Israel, da sollen
wir nit aussinnen ein neu Unternehmen und nit viel reden von
Zeiten, die da kommen, nur gedenken an Gott, gelobt sei Er,
und was Er gethan hat an die, so nit aufhören zu hoffen
auf seine Hülf'. Bleibe bis nach Tisch'ohb'ow[1]) in der Khille."

Mendel nahm schweigend diese Weisung an und dachte so
wenig daran, die Folgsamkeit seines Willens durch ein Wort
zu bestätigen, als wäre er der willenlose Diener ihres unab-
weisbaren Gebotes.

Malkoh's Haupt senkte sich, und Mendel, der die Empfindung hatte, als wäre er entlassen, nahm sich zur letzten Bitte
zusammen:

„Wollt Ihr mir's verzeihen", sagte er, indem er das

---

[1]) Dem neunten Tag im Monat Ab, dem Fasttag der Verbrennung des Tempels zu Jerusalem.

Packetchen, das er in der Hand gehalten, jetzt bescheiden auf den Kleiderkasten niederlegte, der den Raum zwischen den beiden Fenstern ausfüllte. „Ich geb' Euch zurück, was ich noch übrig hab' von der Waare. — Ich kann nit vergelten die Liebe, was Ihr habt an mir gethan; — aber meine Händ' —"

Malkoh's bejahendes Kopfnicken unterbrach auch diese Aeußerung, nicht abwehrend, sondern bestätigend, als wäre ein Versprechen überflüssig.

„Gott, der Allmächtige, wird Dir stärken Deine Kraft, zu thun nach Seinem heiligen Willen", sagte sie, nochmals ihm zum Abschied zunickend. Es lag hierin so viel Hoheit und Wohlwollen, daß sie Mendel's Gefühlen den Muth verliehen, die Schranken ehrfurchtsvoller Scheu, die ihn bisher verstummen machten, zu durchbrechen. „Malkoh," rief er, „meine Lippen sind zu sündig, um für Euch zu beten zum ewigen Gott; aber gestärkt hat er Eure Tag' und stärken soll er Eure Jahr!" —

„Geh in Gesundheit," unterbrach sie ihn wieder, ihn zurückweisend, aber es geschah fast im Tone mütterlicher Zärtlichkeit. Mendel verneigte sich vor ihr, die den Kopf wieder gesenkt hatte, und that einen Schritt, um sich aus dem Zimmer zu entfernen, da fiel sein Blick auf Händele, die fortwährend mit fliegender Hast ununterbrochen gearbeitet. Er stand wieder hinter ihrer zierlichen vorgebeugten Gestalt, er sah nur die zarte Form ihres Halses und die Flechten ihres auf die Arbeit gesenkten Hauptes; aber sein Blick wurde besonders von den äußerst zarten Händen gefesselt, die mit wundervoller Geschicklichkeit die Klöpfel schlugen und sie in Wirbeln und Schlingen tanzen ließen, um mit ihren Fäden ein feines Spitzengewebe in zierlichem Muster zu knüpfen, das von fein ausgesteckten Nadeln auf dem Kissen vorgebildet war. Mendel's Blick war gebannt an diesen lieblichen Händen; seine Füße standen wie festgewurzelt an der Stelle. Er verweilte gegen seinen Willen, er wußte nicht wie lange, er merkte nicht, daß Malkoh den Kopf wieder aufrichtete und verwundert

horchte, es schien ihn ein plötzlicher Traum zu überfallen; und
wirklich in fast träumerischem Tone, wie vor sich hinsprechend,
als ob Niemand ihn höre, entfuhr seinen Lippen ein Ausruf
voll frommer kindlicher Bewunderung:

„Gott, Du Gelobter, wie gebenscht (gesegnet) von Dir
sind die Händ!"

Und das Haupt tief wie träumend gesenkt, ohne Gruß,
ohne Wort, schritt Mendel hinaus.

Welcher Zauber lag in diesen schlichten wenigen Worten!
Händele's von Gott gesegneten Hände, eben erst so überaus regsam, fielen plötzlich in den Schooß; dem Ausspruch, dem
taktreichen Spiel der Klöpfel und dem verhallenden Ton von
Mendel's Schritten folgte eine vollkommene Lautlosigkeit im
Zimmer. Aber mehr noch als Händele in ihnen verstand und
empfand, mußte in diesen Worten liegen; wie wäre es sonst
möglich, daß sie auf die unantastbare, unerschütterliche Malkoh
in solcher Weise wirken konnten? — Als ob Geisterstimmen
der Vergangenheit sie weckten, richtete sich Malkoh auf, erhob
sich von ihrem Lehnstuhl und ihre Hände fuhren leise tastend
umher in der Luft, das bleiche Antlitz von einer Röthe an-
geflogen und von einer Spannung beherrscht, die hinreichend
andeuteten, wie durch die Versteinerung der Jahre oft noch
heiße Ströme, die Niemand vermuthet, einen plötzlichen Durchbruch finden, um an's Licht zu treten.

Es währte dies freilich nur einen Augenblick; aber lange
genug, um von Händele gesehen zu werden, als sie ihr über
und über erglühtes Gesicht aufhob und auf die Großmutter
hinblickte.

„Großmutterle!" rief sie auf's höchste erschrocken aus und
flog so hastig von ihrem Sitz auf und zu dieser hin, daß sie
fast ihr Arbeitsgestelle umwarf.

„Händele, mein Kind," sagte diese, „gieb mir Deine Händ'."
Die Großmutter faßte beide Hände der Enkelin und fühlte in

ihnen das Beben des jungfräulichen Herzens. So standen sie eine kleine Weile, dann aber hob Malkoh an und frug mit ihrer ruhigen, festen Stimme, die wunderbar zart und mild sein konnte:

„Händele, mein Kind, was hat Mendel Gibbor zu Dir gesagt?"

„Großmutterle," erwiderte Händele, und ihre Hände bebten stärker in den Händen der Großmutter, „Großmutterle, ich hab' nit Ein Wort geredt mit ihm!"

„Ich weiß, mein Kind," sagte die Großmutter, „aber sag' mir, was hat er geredt?"

„Großmutterle," bat sie ausweichend, „ich hab' nit gesehen heut' sein Angesicht."

„Ich weiß, mein Kind, aber hören will ich von Deinen Lippen, was er gesagt hat!"

„Großmutterle, Herz!", bat Händele, indem ihr glühendes Antlitz auf den wogenden Busen sich senkte.

„Red'!" sagte Malkoh mit unwiderstehlicher Zärtlichkeit und so bittend, daß in Händele's Augen Thränen aufstiegen. „Red, ich mag hören die Red'!"

„Großmutterle," flüsterte Händele fast unhörbar, „er hat hinter mir gestanden und hat meine sündigen Händ' gesehen thun ihr Werk und er hat gesagt:" — sie hauchte die Worte noch unhörbarer hin — „Gott, Du Gelobter, wie gebenscht (gesegnet) von Dir sind die Händ'!" Es lag etwas Wunderbares in der Art, wie Händele's Stimme diese Worte wiederholte. Bescheidenheit, Schüchternheit, Frömmigkeit, Innigkeit und Liebe waren darin verschmolzen. Die Großmutter begnügte sich mit dieser Wiederholung nicht; vielmehr wiederholte sie ganz dieselben Worte noch einmal und in ihrem Tone lag es wie Erinnerung, wie Wehmuth, wie Gebet und wie Lobpreis!

Noch eine Weile standen sie Beide so, und die Großmutter

nahm die eine Hand Händele's an ihr Herz und legte ihren
Arm um den Nacken der Enkelin.

Dann aber sagte sie mit festerer, ruhigerer Stimme: „Händele, mein Kind, die Weiber von unserm Blut haben nur gezittert vor Gott dem Gelobten! Vergiß nit: wir kommen her
von den starken Herzen!"

Mit diesen Worten ließ sie sich wieder in ihren Lehnstuhl
nieder und zog Händele's Haupt, die sich auf das Fußbänkchen
setzte, in ihren Schooß.

Die Niederlage, die ihm Mendel's Lustigkeit heute bereitet,
ließ dem armen Reb Abbele den ganzen Tag über keine Ruhe.
Für ihn war Mendel's Traurigkeit dadurch zu einem unum-
stößlichen Dogma geworden, daß er das gleichste Wörtchen von
der Welt darauf herausgebracht hatte. Der unglückliche Mann
lief höchst unruhig in seinem Hinterstübchen umher und wiederholte
dieses gleichste aller Wörtchen vor sich selber mit immer feineren
Spitzen und Wendungen und immer scharfsinnigern Belegen
aus corrumpirten Talmud-Redensarten und Bibelversen. An
unbedingtem Beifall fehlte es ihm nicht, er zollte sich denselben
eigenhändig und bestätigte ihn sich fortwährend durch seinen
bewundernden Zuruf: „Di wie wohl! wie wohl!" — Aber um
so himmelschreiender war und blieb es, daß die Grund-Hypothese
so falsch und Mendel Gibbor so lustig war!

Dem gelehrten Reb Abbele schmeckte sein Mittag, bekam
sein Mittagsschläfchen, mundete seine Pfeife nicht, und sogar
das Schnäpschen, das er zum Trost zu sich nahm, schien aller
geisterfrischenden Kraft beraubt; denn „was kann alles helfen,"
sagte er sich verzweifelt, „wenn er lustig ist?"

Aber eben in der tiefsten Tiefe der Verzweiflung ging ihm
ein neuer Lichtstrahl auf. Es durchfuhr ihn wie ein Blitz der

kühne Gedanke, ob nicht eben dasselbe gleiche Wörtchen so um-
gedreht werden könnte, daß es auf einen luftigen Gibbor passe?
Und — wie wunderbar gefügig ist doch die Weltanschauung
solcher Wörtchen-Macher aller Zeiten und aller Nationalitäten!
— es hatte kaum der Gedanke daran Reb Abbele's Hirn er-
leuchtet, als auch sofort diese rege Werkstätte alle Hebel der Erfindungen in Bewegung setzte, um den kühnen Plan zu verwirklichen, und mit Hülfe der Beweglichkeit des ganzen Oberleibes, beider fechtgeübten Arme und der luftdurchbohrenden
Daumen stand noch vor Abend das Wörtchen auf Mendel's
Lustigkeit fix und fertig.

Freilich war es weniger leicht, es glücklich an den Mann
zu bringen. Die Erfahrung von heute Vormittag hatte Reb
Abbele gelehrt, was alle Erfinder zumeist außer Acht lassen,
daß die Erfindungen erst in praktischer Anwendbarkeit ihres
Lohnes gewärtig sein dürfen. Zu diesem Zweck, das Wörtchen
lohnreich an den Mann zu bringen, machte er sich sofort auf
und stellte sich in seine Hausthür, das Terrain sorgfältiger zu
recognosciren.

Die Ungeduld plagte ihn unmenschlich; er drehte sein spitzes
Bärtchen noch spitzer, krümmte es und steckte es zwischen die
Wohlgefallen lächelnden Lippen und entwickelte, leise vor sich
hinsummend, das Wörtchen immer feiner und feiner. Er blickte
vorsichtig auf die Gasse hinaus. An einem Auditorium konnte es
ihm nicht fehlen, wenn nur der lustige Mendel da wäre. Rechts
saß ein stets bereiter Herold seines Ruhmes, die schwarze Nucho,
auf ihrer Thürschwelle, bei der ein Wink hingereicht haben
würde, sie zum Aufrufen der ganzen Welt zu begeistern, sobald
er sie vermuthen ließe, daß ihr „gepriesener Jüd" bereit sei,
irgend einen Gegenstand der profanen Welt in den heiligen
Bibelvers hineinzustellen. Drüben in der Gasse waren nicht
minder die Hausthürschwellen reichlich besetzt. Zudem war es
nahezu Zeit, in die Schul' zum Vespergebet zu gehen, und bei

solchen Gelegenheiten pflegten sich kleine Versammlungen unter freiem Himmel sehr leicht zu improvisiren. Zum Ueberfluß bemerkte Reb Abbele auch noch, daß sein Nachbar links, daß Salme Mennist wunderlicher Weise gleichfalls in seiner Hausthür lauschte, und war dieser auch gar zu simpel für die Feinheit solcher Wörtchen, so wäre er doch allenfalls zur Vergrößerung der Zuhörerzahl zu benutzen. Er brauchte ihn nur herbeizurufen, und der zage Mennist würde unbedingt es nicht wagen, davon zu schleichen, wenn er ihn in's Auge fasse. — Hiernach stand es fest, daß für jetzt nur der lustige Mendel fehle, um die Scharte von heute Mittag völlig auswetzen zu können. Ja, Reb Abbele lachte in sich hinein und indem er mit Entzücken sein Auge drehte und sich die Hände rieb, flüsterte er sich selber zu: „So wahr soll ich leben und gesund sein, es ist doch so gleich, daß sie müssen Alle platzen vor Wonne."

Im sonderbarsten Gegensatz zu Reb Abbele hatte in der That auch die Ungeduld seinen Nachbar Salme Mennist in seine zur Hälfte geöffnete Hausthür gelockt. Dieser rieb sich gleichfalls die Hände; aber nicht vor Wonne, sondern in tiefer Besorgniß, daß die alte Malkoh auf's Höchste erzürnt sein werde, wenn sie von Mendel erfahren habe, wie er, Salme, die Geheimnisse ihrer Wohlthaten nicht bewahrt. Seine Verehrung für Malkoh war so unbedingt, daß er eigentlich ihr Wesen gar nicht zu beurtheilen wagte. Schon seit Jahren hatte er sich daran gewöhnt, daß sie ihn nicht sprechen lasse, so oft er den Versuch machen wollte, ihr ein Wort aus der tiefsten Tiefe seines Herzens zu äußern. „Ich weiß," pflegte er sich selbst zu sagen, „ich bin so weichmüthig und so schwach von Herzen, und die Nerven kommen mir so in meinen Kopf herein, daß ich gar nit werth bin zu reden vor ihrem Angesicht. Ich kann nur beten, daß ihr Gott, der Gelobte, soll lassen bis hundert Jahr' die große Kraft!" — Je tiefer aber seine Demuth vor der Macht der Festigkeit Malkoh's sich bei ihm seit Jahren eingewurzelt hatte, desto untröstlicher machte ihn die Besorgniß, daß sie ihm nun zürnen würde.

Aber mehr als Alles machte ihn ein Gedanke zagen, den er nicht laut zu denken wagte und der ihm dennoch — er wußte nicht seit wann — wie eine unableugbare Thatsache klar war. Der schlichte Salme besaß jene Feinheit der Beobachtung, die instinktmäßig Wahrnehmungen macht, ohne sich eine Rechenschaft über dieselben abgeben zu können oder zu wollen. Er hatte in die Seele Mendel's einen solchen Blick tiefer Wahrnehmung gemacht; Mendel's Scheu, vor dem Hause Malkoh's vorüber zu gehen, sein Blick, wenn durch Zufall Händele's Namen von ihm genannt wurde; sein Trübsinn und viele flüchtige unfaßbare Merkmale ließen in Salme keinen Zweifel mehr über den Zustand Mendel's übrig. — Daß er nunmehr Mendel Mittheilungen von Malkoh's Wohlthaten gemacht, daß er in Folge dessen die Veranlassung wurde, daß Mendel das Haus Malkoh's betrat und dort Händele sehen würde, das war für ihn ein ganz besonderer Gegenstand tiefster Besorgniß, so daß er mit mehr Unruhe als je dem Augenblick entgegen sah, wo Mendel heimkehren würde.

Da kam denn der Vielersehnte wirklich daher. Nicht traurig, wie Salme befürchtete, und nicht lustig, wie Reb Abbele wünschte, sondern träumerisch und weltvergessen, wie ein Verliebter, schlich er langsam, vor sich hinblickend, so dicht den diesseitigen Häusern der Gasse entlang, daß er von Beiden, die in ihren Hausthüren lauerten, nicht früher gesehen wurde, als bis er vor ihnen stand.

Der freudig überraschte Reb Abbele sprang ihm so lebhaft entgegen, daß Mendel erschrocken zurückprallte. „Soll ich leben," rief Reb Abbele, „Du bist lustig, Mendel, he? Er ist lustig!" schrie er mit einem Ton in die Gasse hinein, der ganz dazu geeignet war, sofort das Auditorium herbeizulocken, und mit Hast sein Käppelchen in den Nacken schiebend und mit den

Armen durch die Luft fechtend, wandte er sich nochmals ganz
entzückt an Mendel, in dem Wunsch, dessen Lustigkeit wo-
möglich so zu steigern, daß sein Wörtchen so recht ein geniales
Werk augenblicklicher Gelegenheit treffen und zünden müsse.

Aber auch der ängstliche Salme war auf die Gasse hin-
ausgetreten und sein theilnehmender Blick hatte richtiger als
der von Ruhmsucht geblendete Reb Abbele herausgefunden,
daß Mendel nichts weniger als lustig war. Und in der That
konnte die Selbsttäuschung des Erfinders gleicher Wörtchen nicht
lange dauern, denn Mendel richtete sich mit einem Ernst vor
ihm auf, der ganz so aussah, als ob er sich jeden Scherz ver-
bitte, und fügte in einem so gereizten Tone die Frage: „was
wollt Ihr von mir?" hinzu, daß er jedes Mißverständniß unmöglich machte.

Reb Abbele schoß das Blut zu Kopfe. Durfte sich der
gelehrte Reb Abbele, der sich so herabließ, Mendel's Lustigkeit
zu begrüßen, von diesem „Jungen" so anfahren lassen? und
nun gar noch das gleichste Wörtchen von der Welt in solcher
Weise vernichtet! Es war himmelschreiend.

„Was?" schrie er, „frecher Mensch, ich frag' Dich, ob Du
lustig bist und Du redst mit mir in Zorn? Was ich von
Dir will, Unwürdiger Du! Nach England willst Du gehen?
Herausbringen wird man Dich aus der K'hille, der Du hast nit
mehr Respekt vor einem Gelehrten! Was luckst Du mich
denn so an wie ein Unverschämter!" fuhr er, als in der That
Mendel's Antlitz sich röthete und sein Blick sich verdüsterte,
immer hitziger werdend, fort: „Seht, wie er da steht," rief er
den Herbeiströmenden zu, „sieht er nit aus wie Chaskel, der
da gegessen hat treifenen Käs' und hat gebrochen seinen Handschlag!"

Er hatte kaum dieses Wort ausgerufen, als sich ein Geschrei unter allen Umstehenden erhob: „Mendel, Dein Handschlag!" aber der Schrei wurde sofort von einem andern im

höchsten Grade erschütternden verschlungen, denn mehr als man in gleich kurzer Zeit auszusprechen vermag und Ueberraschenderes, als man vor einem Augenblick vermuthen konnte, war in diesem Moment geschehen.

Mendel hatte in Zorn und mit unterdrücktem Schrei den Arm erhoben, um den Wüthenden, der seinen Vater schmähte, mit einem Schlage von sich zu schleudern. Er führte den Schlag aus; aber er traf nicht den beweglichen Reb Abbele, sondern der schwache Salme, der sich dem Arm entgegen warf, wurde von ihm getroffen und taumelte nun rücklings unter die Umstehenden hinein, die ihn im Niederstürzen auffingen.

„Reb Salme!" schrie Mendel so gewaltig und so schmerzlich auf, daß der Schrei Allen durch Mark und Bein fuhr. „Reb Salme!" wiederholte er nochmals, auf ihn zustürzend, im Tone wilder Verzweiflung; und alle wiederholten diesen Schrei, denn es schien in der That im ersten Augenblick, als sei der schwache Salme in gefährlicher Weise von dem Schlage betroffen worden.

Aber bald ergab sich's anders. Mendel hielt ihn um-schlungen und Salme, der nur ohnmächtig geworden war, er-holte sich schnell. Sofort ward er auch des Vorganges sich be-wußt und den einen Arm um Mendel's Nacken schlingend, versuchte er mit dem andern, die Menge zu beschwichtigen. „Es ist nichts! es ist nichts!" rief er „ich hab' mich nur er-schrocken! — Guter Mendel, guter Mendel, Du hast mich gar nit getroffen! — Es ist nichts! es ist nichts!" rief er wieder der Menge zu und suchte sich aufzurichten. „Laß mich, guter Mendel, laß mich nur, ich kann allein gehen!" bat er; aber er wankte und mußte sich an Mendel's Arm halten; und mit bittendem, ja flehendem Ton wandte er sich wieder zu den Umstehenden: „Ihr könnt mir glauben, es ist gar nichts ge-wesen! — Komm, lieber guter Mendel, komm, wir wollen hineingehen! — Es ist schon spät," sagte er wieder zur Menge, „man muß in die Schul' gehen! Es ist gar nichts!" Und unter diesen ängstlich wiederholten Versicherungen führte ihn endlich der bis zum Tode betrübte Mendel hinein in sein Häuschen und in die stille Stube.

Selbst der Hammer des Schulklopfers, der jetzt wirklich zum Gebet an alle Thüren mahnend anklopfte, vermochte noch nicht, die Menge, die sich versammelt hatte, zu zerstreuen. Die Weiber und die Kinder, welche die überwiegende Majorität ausmachten, nahmen sofort das Erlebniß zum Gegenstand sehr bewegter Discussionen auf. Die wenigen Greise, die sich eingefunden hatten, erinnerten sich aller möglichen merkwürdigen Vorkommnisse, wo ein Gibbor ein schweres Unglück über die Gemeinde gebracht habe, sobald er seinen Handschlag gebrochen. Reb Abbele endlich hatte ein zu interessantes Thema zu gleichen Wörtchen, um nicht sofort seinen Zorn fahren zu lassen. Er, der gleich einem modernen Zeitungsschreiber den schönen Beruf hatte, jedes Ereigniß des Tages mit seinen Betrachtungen zu würzen, versicherte der Menge, daß dies ein Rechtsfall werden solle, wie er noch nit gewesen ist, so lange die Welt steht. Denn abgesehen von Mendel's Bruch seines Handschlags, wodurch er sich den Bann des Rabbinen zugezogen, den man mit der Posaune ihm kund thun werde, bewies Reb Abbele — ein gleich Wörtchen! — daß Mendel ein stößiger Ochse sei, wie in den Büchern Mosis steht. Nun aber sei Mendel eigentlich auf Kosten der Gemeinde aufgewachsen, hiermit sei er also ein Gemeinde=Ochse, wohin= gegen Salme ein Privat=Ochse sei. Dieser Fall aber gerade ist einer, der am witzigsten und scharfsinnigsten im Talmud be= handelt ist, wo in der That manchmal der Fiscus sich gewisser Vorzüge erfreut, die lebhaft an moderne Competenz=Gerichtshofs= Aussprüche erinnern. — Reb Abbele, dem es nicht entfernt in den Sinn kam, daß er Mendel gereizt und auf's Empörendste verletzt habe, und den es noch weniger anging, daß Salme den Schlag statt seiner aufgefangen, disputirte sich sofort zur Ver=

wunberung seiner Verehrerin höchst wohlgefällig in das talmubische
Thema hinein und erntete auch den begeisterten Beifall der
enthusiastischen Nucho, die nicht wenig entzückt davon wurde,
daß der „gepriesene Jüd" sogar eine Ohrfeige, die er nit
kriegt, auch in den heiligen Bibelausspruch hineinstellen kann!
Gleichwohl waren nicht wenige unter den Zeugen dieser
Scene, die sofort Mendel's Partei ergriffen. Daß er seinen
Handschlag gebrochen, schien ihnen zwar nicht zweifelhaft. „Er
hat gegen einen Jüd aufgehoben seine Hand," das stand fest,
und ein Gibbor, der dergleichen thut, ist ein Wesen, das der
öffentlichen Sicherheit halber dem Spruch strafender Gerechtigkeit
der Rabbi's anheimfällt. Aber Mendel war beliebt; er war
sanftmüthig, dienstfertig und schonend jedem Schwachen gegenüber; er war vom Unglück verfolgt und ohnehin ein Gegenstand
allgemeinen Mitleids, zudem hatte Reb Abbele ihn nicht nur
bereits heute Morgen und jetzt wieder mit Schimpfworten be-
leibigt, sondern noch den Vater im Grabe geschmäht, endlich
aber hatte der Schlag seiner Hand nur seinen Freund und
Wohlthäter getroffen, der ihm sofort denselben verziehen hatte
und schließlich war Mendel selbst so offenkundig von Schmerz
hierüber betroffen worden, daß die öffentliche Meinung für ihn
äußerst günstig gestimmt wurde. — Jankele und der gute
Wachtmeister, die zu ihrem großen Leidwesen während der
Katastrophe einen kleinen freundschaftlichen Schlummer im
obrigkeitlichen Hausflur ausgeführt hatten, bemühten sich, als
Freunde des Angeklagten und Feinde Reb Abbele's, mit dem
günstigsten Erfolge, die öffentliche Meinung, die zuweilen mit
der öffentlichen Sicherheit in Widersprüche geräth, auf's Kräftigste
zu bestärken. Jankele behauptete mit Recht zum Trost Aller,
daß der Rabbi ganz sicher während der drei Wochen keinen
Bann aussprechen werde, und der gute Wachtmeister, der wie
eine gut constitutionelle Obrigkeit recht geschickt auf dem schmalen
Pfad, der zwischen öffentlicher Sicherheit und öffentlicher

Meinung hinläuft, zu balanciren verstand, tröstete die Menge
mit dem gewöhnlichen Auskunftsmittel solcher Krisen, mit der
Vertagung, indem er darauf hinwies, wie Menbel nach den
drei Wochen ohnehin sich der Jurisdiktion der K'hille entzogen
und über den Sandberg hinaus nach England geflüchtet haben
werde, wo ihn weder der Rabbi noch der Gensd'arm mehr
fassen könne. —

Genug, der Vorfall hatte seine sehr verschiedenen Seiten
der Betrachtungsweise, und mit diesen zerstreuten sich die
Zeugen desselben und liefen die Urtheile ebenfalls nach verschiedenen Seiten auseinander. Das neueste Ereigniß des
Tages drang somit auch zu Ohren der alten Genendel, die
eben am Ende der K'hille in der Wochenstube einer armen
Frau ihre Liebesdienste verrichtete und unter der jüngsten
Schuljugend reichlich aus ihrer Tasche kleine Pfefferkuchen ver-
theilte, um sie für das Nachtgebet[1]) beim neugeborenen Kinde
zu belohnen. Die gute Genendel, die eben erst zu ihrem
Staunen den Eintritt Menbel's in die Wohnung Malkoh's
wahrgenommen, konnte nicht umhin, auf dem Heimweg nochmals bei Malkoh vorzusprechen und ihr die Neuigkeit mitzu-
theilen, und sie that, wie wir bald sehen werden, gut und
wohl daran.

Denn eine Scene erschütternder Art trug sich in der Stube
Salme's zu, als er mit Menbel allein war.

Der arme Salme litt am Kopf, Menbel im tiefsten
Herzen. Sie umarmten sich und preßten einander an's Herz,
Menbel in Reue, Salme in liebevollster Besorgniß. Beide
wankten auf das arme Lager Salme's hin, Salme leidend,

---

[1]) Die Sitte ist in kleinen Gemeinden noch üblich, die jüngsten
Schulkinder unter dem Schutz des Hülfslehrers in die Wochenstube
zu führen, um daselbst das Nachtgebet gemeinsam zum Schutz des
Neugeborenen herzusagen.

aber mit lächelndem, Mendel mit zerknirschtem Gemüth und zerstörtem Blick.

„Mendel," rief Salme, „ich schwör' Dir zu, daß ich nit leib' von Dein' Schlag, es sind mir schon früher die Nerven in mein' Kopf hereingesprungen, wie ich hab' gesehen, daß er Dich kränkt und wie er hat Chaskel, Deinen guten Vater, geschmäht!"

Aber Mendel war und blieb trostlos und quälte sich in bitterster Selbstanklage ab. Der Schmerz des Armen lag tiefer, als er es auszusprechen vermochte. Malkoh's Wohlwollen hatte ihn erhoben; Händele's Anblick hatte ihn in neue träumerische Seligkeit versetzt. Auf dem Heimweg hatte er mit stiller Wehmuth sich's vorgestellt, wie er, in die Fremde gehend, im Angedenken der Gemeinde, wo er wie ein gefürchtetes Wesen gelebt hatte, keine Erinnerung werde zurücklassen, die das Mißtrauen gegen den Gibbor rechtfertigen konnte. Auch Händele konnte nichts Böses von ihm denken. — Da aber muß seine unter dem Banne stehende Hand all' diese letzten Fäden tröstlicher Hoffnung zerreißen und gerade den einzigen, lieben, treuen Wohlthäter treffen, der ihn in der Welt noch liebte, und der für ihn, den Verlassenen und Verlorenen, Mitleid, Liebe und Zärtlichkeit in so reichem Maaße hatte, wie nur himmlische Wesen sie mit unschuldig Leidenden haben können!

Nichts Schmerzlicheres hätte den Armen in der Welt betreffen können. In der kurzen Pause, die ihm höhnend ein friedliches und lebenswerthes thätiges Dasein vormalte, schien er nur aus dem Trübsinn herausgerissen worden zu sein, um in Verzweiflung zu gerathen. Der Arme verharrte in der That eine bange Stunde in einem Zustande der Verzweiflung, in welchem er nicht vermochte, auf Salme's wiederholten Trost zu achten. Endlich stürmte aus dem Innersten seines Herzens der Schmerz unaufhaltsam hervor, die letzten Bande seines Geheimnisses sprengend, und als Salme nicht aufhörte, ihm liebevoll zuzusprechen, rief Mendel aus:

„Seht, guter Reb Salme, von wo ich daherkomme, da hab'
ich gesehen zwei Händ', die da Gott der Gelobte hat gebenscht
(gesegnet) Glied vor Glied besonders — und ich, ich hab' zwei
Händ', auf die da liegt der Fluch von Gott und der Bann
von den Menschen!"

Salme erhob sich mühsam vom Lager; jetzt erst verstand
er den ganzen Schmerz Mendel's und fühlte, daß er ihm keinen
Trost hiergegen zuzusprechen vermochte. Er schüttelte seinen
kranken Kopf in tiefster Betrübniß, dann aber richtete er Antlitz
und Hände zum Himmel empor und sprach mit leiser, flehender
Stimme hinauf:

„Gott, Du Gelobter, hast Du keinen Engel unter Deinem
heiligen Thron, den Du kannst ihm schicken zu heilen die arme
Seele?" — Und mit noch leiserer und bittenderer Stimme
fügte der fromme, schlichte Mann hinzu: „Elke, die Du bist so
gut und so fromm gewesen wie Jütte, willst Du nit Fürbitte
thun für Dein Kind, das da hat ein gut Herz und fromme
Händ'!" — Und Salme's Thränen flossen in der Stille.

Und siehe, wie zur Erfüllung des Gebetes Salme's, trat
bald Genendel in das Zimmer der Leidenden. Sie kam dies
Mal nicht blos aus eigenem Antrieb, der sie allenthalben erscheinen ließ, wo sie in Leid oder Freud' einen Liebesdienst
leisten konnte, sondern mit einer Botschaft, deren Inhalt wunderbar war und auch wunderbar wirkte.

Die alte Malkoh schickte sie her, mit der direkten Botschaft
an Mendel, daß er sich nicht grämen solle um das, was vorgefallen, und daß er nicht aus der K'hille gehen möge vor dem
Sabbat Nachmu.[1]) — Und auch an Salme hatte Genendel

---

[1]) Der Sabbat nach dem Fasten der Tempelverbrennung, so
benannt nach dem trostreichen 40sten Kapitel des Jesaias, das in
der Synagoge vorgetragen wird, beginnend mit den Worten:
„Nachmu, nachmu Ami!" „Tröstet, tröstet mein Volk!"

eine Botschaft Malkoh's auszurichten. „Salme," sagte die treue Botin, „die alte Malkoh läßt Euch sagen, daß Gott, der Gnädige, Euch soll stärken Eure Kraft, weil Ihr gethan habt Gutes an Mendel. Und Ihr sollt noch thun viel Gutes und sehen viel Gutes, und sollt sein gesund!"

Mendel war stumm vor Staunen und Ueberraschung; Salme aber rief: „Ich bin gesund! ich bin gesund! — Genendel, ein Engel von Gott hätt' nit besser können heilen wie Ihr mit Eurer Botschaft!" Und die Hände an seinen kranken Kopf gepreßt, blickte das leidende Antlitz Salme's bald Genendel, bald Mendel unter Lächeln an, fortdauernd versichernd: „Ich bin ganz gesund! Und Mendel wird auch gesund sein!"

„Und sie läßt Euch Beiden sagen," schloß Genendel, „daß Ihr zu ihr kommen sollt am Sabbat Nachmu mit Gottes Hilfe, und mich hat sie auch gebeten, bei ihr zu sein, und sie will vor uns und Händele, dem lieben Kind, erzählen, was sich hat zugetragen in ihrer Familie in mehreren Geschlechtern, was da sein wird für uns alle eine Tröstung und eine Herzstärkung, wie es sich gehört an dem trostreichen Sabbat."

Mendel hatte so viel der Seelenerschütterungen in den jüngsten Tagen erlebt, daß er jetzt, inmitten des schroffsten Wechsels der Gefühle, nur wie ein Träumender dasaß; in Salme dagegen steigerte die freudige Aufregung die Wirkung der vorhergehenden schmerzlichen. Auch ein weniger an Krankenbetten geübtes Auge, als das Genendel's, konnte das Gepräge angreifenden Nervenleidens auf dem Antlitz Salme's nicht verkennen. Aber sein Mund lächelte fortwährend und bald auf Mendel, bald auf Genendel blickend, versicherte er fortwährend, er sei gesund, ganz gesund.

„Fromme Genendel," sagte er, „Ihr seid wie ein Engel, der da bringt gute Botschaften und die da machen gesund. Und Malkoh!" fügte er entzückt hinzu: aber er vermochte nicht zu sprechen.

„Salme," sagte jetzt Genendel, „ich hab' Euch gebracht meine Botschaft von Malkoh und kann Euch sagen, daß ich sie noch all' mein Lebtag nit so lichtig und so sanftmüthig gesehen habe wie jetzund. Aber nun bitt' ich Euch, daß Ihr gar nit mehr redet, und Du, Mendel, der Du mußt haben einen guten Fürsprecher im siebenten Himmel, daß die lichtige Malkoh Dich gar so lieb hat, mach' Dich auf und sei freudig. Jetzund aber bring' Salme auf sein Lager und wart', bis ich komme zurück, daß wir bei ihm können wachen in der Nacht."

Es bedurfte für Mendel nur der Aufforderung zu einem praktischen Liebesdienst, um ihn sofort aus seiner traumhaften Stimmung zu erwecken. Er erhob sich wieder gekräftigt; und nachdem sich Genendel auf einige Minuten entfernte, brachte Mendel den wirklich erkrankten Freund in sein Bette.

Genendel kam bald wieder; und sie kam wie eine muster= hafte, herrliche, liebreiche Pflegerin. Sie hatte ein jüdisch= deutsches Gebetbuch in der Hand und das Buch der „Seelen= freude" unter dem Arm. Die weiten Taschen ihres Ueberrocks waren gefüllt mit allem, was ein Labsal in der Krankenstube ist; aber ihr gutes Antlitz, mit dem sie all' dies geschäftsmäßig auspackte und auf den Tisch hinstellte, war erleuchtet von dem Seelenlabsal, der Liebesdiensten erst den Werth verleiht. — Mendel half ihr auspacken und sie pflanzte der Reihe nach in Fläschchen, Töpfchen, Schächtelchen und Papierchen einen Vor= rath von Hülfsmitteln aus, der den besten Commentar einer Krankengeschichte hätte abgeben können. Es war in der That für alle Stadien des Leidens eines menschlichen Leibes gesorgt, vom Riechessig für den Erkrankenden bis zum Eingemachten für den Genesenden; nur was für die schlimmsten Fälle nöthig, wo der Liebesdienst keine Hülfe des Darniederliegenden, sondern nur einen Trost der Zurückbleibenden bieten kann, hatte sie daheim gelassen, in der guten Hoffnung, daß Salme bald wieder wohlauf sein werde.

So sprachlos auch Salme in der ersten Zeit dalag, war
doch die Hoffnung auf baldige Genesung nicht unbegründet.
Auf Genendel's und Mendel's Bitte, sich umzukehren und zu
schlafen, bemühte sich Salme Anfangs nur, sich schlafend zu
stellen; aber am späten Abend verfiel er wirklich in einen
ruhigen Schlummer und verharrte in demselben bis nach
Mitternacht, während welcher Zeit die Beiden, die bei ihm
wachten, stille, trauliche Gespräche führten. Genendel erzählte
aus ihrem vom Schmerz reich bedachten Leben; Mendel theilte
ihr in den Hauptzügen mit, was er von seinem und Salme's
Leben wußte, bis endlich die Stunde der Mitternachtstrauer
da war, wo sie gemeinsam aus Salme's Gebetbuch die Trauer-
feier beginnen und, mit Recht getröstet, der Genesung ihres
Patienten entgegensehen konnten.

Erst nach Mitternacht erwachte Salme. Er fühlte sich in
der That wohler; er nahm auch auf die dringenden Bitten
Genendel's ein paar Tropfen, von denen er versicherte, daß sie
sehr wohlthätig auf ihn wirkten. Aber aller Einreden Beider
ungeachtet bestand er darauf, daß sie sich zur Ruhe begeben
möchten, „denn," versicherte er dringend und wiederholentlich,
„ich hab' ein Geheimmittel, wenn ich das gebrauch', dann gehen
mir die paar Nerven gleich wieder aus dem Kopf heraus."

„Salme," bat ihn Genendel, „kannst Du denn nit Dein
Geheimmittel gebrauchen, wenn wir bei Dir sind?"

„Nein!" versicherte er dringend, „Ihr thut eine gute That
an mir, wenn Ihr Beide geht und mich allein laßt. Mein
Geheimmittel hilft nur, wenn es kein Anderer sieht. Ich hab'
es schon lange Jahr' ausprobirt; aber ich muß allein sein."

Da er darauf bestand und er in der That in der Besserung
war, und besonders, weil er mit einer so heiligen Zuversicht
die Unfehlbarkeit seines vielerprobten sympathischen Mittels
behauptete, fügte sich Genendel seinen Bitten, während Mendel

ihr heimlich das Versprechen gab, auf dem Boden zu wachen, und von Zeit zu Zeit nach ihm zu sehen.

Salme war nun bald allein. Er horchte nach dem Boden hinauf, ob Mendel auf seinem Lager sei, und als er sicher war, nicht überrascht zu werden, schlich er leise, noch gebeugt vor Schmerz bis an den Ofen, wo er aus einem Kästchen, das seine vollständigen Leichengewänder enthielt, ein kleines weißleinenes Säckchen herausnahm, an welchem ein Zettel angesteckt war, der folgende Inschrift von seiner Hand enthielt:

„Ich, Salme ben Eisek, bitte die Leichenbestatter-Gesellschaft, man soll mir das Säckchen legen in's Grab unter'm Kopf. Es ist drinnen echte Erde aus dem heiligen Land, die ich gekauft hab' mit dem Siegel vom Rabbinat zu Jerusalem und ich hab' die Hälfte davon mitgegeben meiner Jütte in's Grab."

Salme nahm das Säckchen, kroch mühsam mit demselben zurück auf sein Lager und legte sich dasselbe unter den Kopf. Er betete im Geheimen. Die gespannten Züge seines Antlitzes nahmen bald den Ausdruck frieblicher Wehmuth an. Die Sympathie erwies sich offenbar auch diesmal hülfreich und mit gefalteten Händen und lächelnden Lippen schlief er wiederum ein.

Zweimal sah ihn Mendel, der herabgeschlichen kam, in der Nacht so schlafend. Er ahnte, daß in dem Säckchen das Geheimmittel enthalten sei, und da er in den Zügen des Freundes die gute Wirkung erkannte, beeilte er sich, davon zu schleichen, um der Wunderkraft durch seine Anwesenheit nicht Abbruch zu thun. Als er zum dritten Male früh Morgens herabgeschlichen kam, fand er Salme mit dem frischen alten Antlitz, das ihn freudig begrüßte, bereits am Heerd, um sich das Frühstück zu bereiten.

Die drei Wochen gingen hin. Von einem Einschreiten des alten Rabbi gegen Mendel, wie Einige es wirklich vermutheten, ließ sich nichts hören. Reb Abbele wagte es nicht zu äußern, aber er hegte im Stillen den Verdacht, daß der alte Rabbi, der den Streich seiner lustigen Talmudschüler in der Angelegenheit seines Hahnes mit Stillschweigen hingenommen, sein persönlicher Gegner, vielleicht gar ein Neider seines witzigen Kopfes sei und nur, um ihn bloßzustellen, Mendel's Bruch seines Handschlages nicht rügen wolle. Mendel wurde mit etwas mehr Vorsicht, aber keineswegs mit Unfreundlichkeit behandelt. Er war arbeitsam, munter und zeitweise sogar fröhlich; eine gewisse Wortkargheit war man bei ihm gewohnt, sie konnte also jetzt nicht auffallen. Er hatte sich vorgenommen, nach Rowo auf das Grab des Vaters zu wandern; allein Malkoh's Gebot, in der K'hille zu bleiben, veranlaßte ihn, mit Zustimmung Salme's und Genendel's, die kleine Reise bis nach dem heißerwarteten trostreichen Sabbat aufzuschieben. So oft Genendel ihm begegnete, lag im stillen Gruß derselben ein Ton der Theilnahme, der sein Herz erquickte. Er mied es nicht gerade, dem Hause Malkoh's vorüberzugehen, aber er schritt jedes Mal mit stiller Andacht an demselben vorbei. Ein paar Mal sah er auch Hänele am Fenster und segnete ihre „gebenschte Händ'". Salme war unverändert der stille Mennist, der auch mit Mendel kein übriges Wort sprach; aber die wenigen Worte, die sie austauschten, waren immer durchleuchtet von dem Liebestrahl treuester Seelen. Der Wachtmeister, wenn er nicht im obrigkeitlichen Hausflur schlummerte, ergötzte sich als Zuschauer an Mendel's Rüstigkeit und Mächtigkeit bei jeder Art von schwerer Arbeit. Nur Jankele, den die Langeweile der stillen drei Wochen plagte, verfolgte Mendel mit kleinen Neckereien; aber sie waren alle so gutmüthig und trugen einen ihm so angenehmen Charakter, daß Mendel sie stets mit stillem, verschämtem Lächeln hinnahm, wodurch Jankele nicht nur zum Fortfahren ermuntert, sondern auch in seinen Vermuthungen bestärkt wurde. Die treuherzige Genendel, deren fromme Geschäftigkeit zu keiner Zeit des Jahres Abbruch litt, fuhr fort, die alte Malkoh fleißig zu besuchen, und sie ergötzte sich um so mehr in deren Nähe, als sie dieselbe auffallend milder, ja sogar zärtlicher fand; auch Händele kam ihr in ihrer stillen Weise reger, ihr Verhältniß zur Großmutter ganz besonders inniger als sonst vor.

Die drei Wochen gingen dahin. Der Tischo b'ow (Fasttag der Tempelverbrennung), der auf einen Donnerstag fiel, hatte die männlichen Glieder der Gemeinde heimgerufen in die K'hille, um sie bis nach dem trostvollen Sabbat Nachmu in derselben zu halten. Ein neues Einbringen eines Hausirers fiel glücklicherweise nicht vor. Der verhaßte Gensd'arm war zwar noch einmal in der Gemeinde erschienen, aber er brachte dies Mal nur für Mendel eine Vorladung zum Termin beim Landrath, und der Wachtmeister, der ihm die Vorladung abnahm, überhob ihn der Mühe, lange in dem Städtchen, wo er sich unheimlich fühlte, zu verweilen. Man erfreute sich dieses Umstandes, und es ging das Gerede, daß der Gensd'arm, wegen des Einfangens der Koronower Verbrecher, sich weniger mit dem Auflauern der jüdischen Hausirer befassen wolle. Die tröstliche Aussicht, die hierin lag, trug nicht wenig dazu bei, den guten Sabbat Nachmu für die ganze Gemeinde vergnüglicher und trostreicher als sonst zu machen.

Aber die Erwartung, mit welcher alle Helden unserer Erzählung diesem Tage entgegengesehen, erhöhte in ihren Augen seine Weihe noch in bedeutenderem Grade.

Als Genendel Malkoh in die heilige liebe Schul' führte, lag ein Strahl besonderen Lichtes über beide, im höchsten FestStaat dahin schreitende Frauengestalten verbreitet, der Allen

wohl that, die sie sahen. Händele, die daheim blieb und sich in
der Wohnung dem ihr selten gebotenen Genuß der vollsten
Einsamkeit überließ, schwelgte in unbestimmten, süßen Träumen,
in unausgesprochenen und unaussprechbaren Hoffnungen.
Niemand als sie wußte es, wie die Großmutter seit dem
Abend, wo sie Mendel gesprochen, von einer überaus zärtlichen
Stimmung gegen Händele beherrscht wurde. Sie hatte es auch
abgemerkt, wie die Ungeduld, die ihr Herz mehr und mehr bewegte, je näher der heutige Tag kam, von der Großmutter
getheilt wurde, und obwohl seit jener Zeit nicht ein einziges
Wort mehr über Mendel zwischen ihnen gewechselt worden,
ward es ihr doch immer mehr und mehr zur Gewißheit, daß
besondere geheimnißvolle Bande vorhanden waren, welche das
Herz der Großmutter demselben geneigt machten. Und in der
Ahnung, daß diese heute enthüllt werden sollten, wagte sie
zum ersten Male, in der Einsamkeit ihr eigenes Herz zu be-
fragen, welchen Antheil es hieran nehme.

Das befragte Herz antwortete mit einem so lebhaften
Pochen, daß sich Händele sehr bewegt auf einen Stuhl niederließ. Sie ließ die Hände in ihrem Schooß ruhen, ihren Blick
auf denselben weilen und forschte in tiefem Sinnen, ob sie
denn wirklich „gebenscht" (gesegnet) seien von Gott, dem
Gelobten? Sie wußte es nicht; aber das empfand sie, daß es
wie ein Segen Gottes durch ihr lautpochendes Herz ging, wenn
sie sich des frommen, traumartigen und kindlich schlichten Tones
erinnerte, in welchem der überaus starke Mensch die zarten
Worte sprach, und die „gebenschten Händ'" an ihren Busen
pressend, hob sich ihr Blick aufwärts zu Gott, dem Gelobten,
„der da lebet in der Höh' und Segen spendet in die Herzens-
tiefen!"

Träumerisch flog ihr Blick hinaus auf die von der frühen
lieben Sabbat-Sonne beleuchtete Gasse, durch welche sich die

Schaaren der geputzten Männer und Weiber auf ihrem Gang in die heilige liebe Schul' bewegten. Unter diesen sah sie Mendel und Salme beisammen dahin gehen. In dem Gruße Beider nahm sie hinreichend eine gleich rege Erwartung und unbestimmte Hoffnung auf die Stunde der Zusammenkunft am heutigen bang ersehnten Nachmittage wahr.

Als dieser und mit ihm die Stunde des Zusammentreffens herankam, lag die tiefste Sabbat-Stille über der Gasse ausgebreitet; denn die ganze Bevölkerung des Städtchens hatte sich gruppen- und familienweise nach allen Richtungen hinaus in Feld und Wiese und an den Weichselstrand begeben, um sich innerhalb des Bereiches der Sabbat-Grenze in den überaus bescheidenen erlaubten Freuden des Tages zu ergehen. Die Feierlichkeit dieser Stille wurde in den Gästen, die sich bei Malkoh einfanden, noch erhöht durch die Ehrfurcht vor dem Raume, in welchem sie Malkoh empfing. Sie hatte hierzu die Nebenstube bestimmt, deren Wände von Bücherschränken besetzt waren, angefüllt mit lauter heiligen Büchern in großen Folianten, in welchen die Vorfahren Malkoh's, Geschlecht nach Geschlecht, das Wort Gottes und die Lehre seiner Weisen studirt hatten. In besonderen Reihen standen die Werke, deren Verfasser zur Familie Malkoh's gehörten, und auf der Morgenseite des Zimmers war noch ein Betpult und eine kleine heilige Lade vorhanden, als Erinnerung an eine Vergangenheit, wo in diesem Raum nicht blos die Gesangsweise des Talmud-Lesens, sondern auch die Stimme der gelehrten Insassen im Gebete erscholl.

In diesem kleinen Zimmer nahm Malkoh im vollsten Staat auf ihrem Lehnstuhl Platz; ihr zu Füßen auf einem Bänkchen saß Händele, mehr der Großmutter als den Gästen zugewandt; diese aber saßen vor der alten Malkoh; Mendel in der Mitte und zu beiden Seiten desselben Salme und Genendel.

Als Malkoh nach tiefster Stille das Haupt aufrichtete, um

15*

zu sprechen, spielte ein Lichtstreifen auf dem Fußboden vor ihr, den die Nachmittagssonne durch das Fenster der anderen Stube hereinsandte; der Reflex desselben, auf die Großmutter und ihre Enkelin fallend, umgab die Gruppe mit einem Schein, der sie fast leuchtend machte, und erhöhte noch die Demuth, mit welcher Mendel gebeugt vor derselben dasaß.

Die alte Malkoh begann:

„Die Liebe von Gott, dem Gepriesenen, will ich gedenken, und den Ruhm, den Er gegeben von Geschlecht zu Geschlecht; denn nit vergessen soll werden all' sein Wunder, das er gethan hat an unserm Haus, wie es erhöht ist geworden von ihm. Aber es soll auch mit meinem sündigen Leib nit nieder gehen in die Grub' das Angedenken von der großen frommen That, die da gethan hat der Mann von niedriger Geburt, und reden will ich vor Euch, „zum Zeichen und zum Gedächtniß", daß Ihr sollt's erzählen können „dem kommenden Geschlecht".

Nach diesen einleitenden Worten machte Malkoh eine Pause und begann dann wiederum wie folgt:

„Die Kron' vom Königthum ist groß; denn Gott, gelobt sei Er, schenkt sie dem, der da Gnade findet in seinen Augen. Die Kron' von der Gelehrsamkeit ist noch größer; denn Gott, der Allmächtige, giebt sie nur denen, die da opfern alle ihre Tag' und alle ihre Nächt'. Aber die Kron' von den Märtyrern ist die größte, denn der erbarmende Gott „forschet nach dem Blut" und gedenket es ewiglich, was da vergossen wird für seinen heiligen Namen.

„Alle drei Kronen hat sein heiliger Wille lassen leuchten vor Zeiten über unsere Familie. In meinen Zeiten aber hat er ausgewählt einen Jüd' aus niedrigem Haus und hat aufgesetzt auf seinem Kopf unsere schönste Kron', und der Jüd' hat gelebt und hat nit gewollt, daß die Welt es soll hören und er ist gegangen in's lichtige Gan Eiden (Paradies) hinüber, und man hat nit gewußt, was er ist gewesen."

Malkoh hielt einen Augenblick inne, dann aber sprach sie in ruhigem Tone:

„Ich will reden von der ersten Kron', von der da viel erzählen all' die großen Familien, die da herkommen von unserm Blut. Und ich will reden von der zweiten Kron', von der da steht die ganze Reihe Bücher und sagen Zeugniß von der lichtigen Gelehrsamkeit vor der ganzen Welt. Aber ich will besonders reden von der dritten Kron', und ganz besonders von dem, der da hat vergossen sein Blut für unser Blut stillschweigendig, und Keiner mehr weiß, von ihm zu erzählen, nur die Engel auf jener Welt und mein' sündigen Lippen, die da nit mehr werden viel reden auf der Welt."

Malkoh ließ für eine Weile ihr Haupt sinken. Es schien lange, als sei sie verloren im Andenken dessen, was jenseits die Engel und diesseits nur sie mittheilen könne. Im Zimmer herrschte Spannung und athemlose Stille. Dann aber erhob sie wieder ihr Haupt, richtete sich in ihrer Gestalt höher auf und sprach wiederum in dem Tone höchster Feierlichkeit, den wir bereits vernommen, die Worte aus:

„Wir sind von königlichem Geblüt!"

Nach einer kleinen Weile ließ sie wieder ihr Haupt ein wenig sinken und fuhr fort in ruhigerem Tone, der sich nur dann bis zur besondern Feierlichkeit steigerte, wenn sie einen Namen eines berühmten Vorfahren nannte. Sie unterließ es auch dies Mal nicht, sich bei der Nennung desselben ein wenig von ihrem Stuhl zu erheben, mindestens machte sie regelmäßig die entsprechende Bewegung hierzu. — So weit Gefühle und Empfindungen ihrer Hörer dies ihnen möglich machten, verneigten sie immer bei solcher Gelegenheit ehrfurchtsvoll ihr Haupt.

Malkoh sprach:

„Die Geschichte ist gewesen also:

„In Padua, in Italien, hat gelebt Rabbi Meier, der da geschrieben hat die großen Kontroversen und Gutachten, die

man in der Welt nennt nach ihm: „Maharam Padua."[1] —
Wie er gestorben ist, hat er hinterlassen einen Sohn, der hat
geheißen Reb Sch'muel Juda und den haben sie in Padua gemacht zum' Rabbinen. Reb Sch'muel Juda hat gehabt einen
jungen Sohn, der hat Schoul geheißen, und der ist ausgewandert, um Gelehrsamkeit zu lernen von K'hille zu K'hille,
bis er ist gekommen nach Brisk in Polen, und da ist er geblieben.

„In jenen Zeiten ist nit gewesen ein König im Lande
Polen, dem man die Krone hat erblich gegeben. Nur die
Fürsten sind zusammengekommen und haben unter sich gewählt
Einen, der über sie regieren soll etliche Jahr'. Und von den
Fürsten ist Einer gewesen, der hat geheißen Radziwill, der ist
klüger gewesen und gelehrter wie die Andern; denn er ist ge-
reist gewesen nach Rom und hat viel Sprachen können reden
und lesen ihre Bücher. — Er ist Fürst gewesen von vielen
Provinzen und hat große Gewalt gehabt und ihm hat auch
gehört die Stadt Brisk, wo Reb Schoul hat gelebt und sich
niedergelassen hat. Und Reb Schoul hat Gunst gefunden in
den Augen von Fürst Radziwill; denn Reb Schoul ist ein sehr
kluger Mann gewesen und hat auch in Italien gelernt alle
Weisheiten und Sprachen der Völker. Da hat der Fürst ihn
erhoben und hat ihn zu seinem Rath gemacht und hat ihn
überall mitgenommen und hat mit ihm Rath gepflogen in allen
Sachen.

„Und einmal haben sich die Fürsten wieder müssen wählen
einen König und sie sind zusammengekommen in Krakau, und
der Fürst Radziwill ist auch dort gewesen und hat sich Reb
Schoul mitgebracht. Da sind unter den Fürsten große Streitigkeiten gekommen und sie haben bei einander gesessen lange

---

[1] Er zählt zu den bedeutendsten Rabbinischen Autoritäten
des sechszehnten Jahrhunderts. Seine Werke sind in vielen Auf-
lagen erschienen.

Zeiten, und die Streitigkeiten sind immer größer geworden, je näher der Tag ist gekommen, wo sie haben wählen müssen den König. Und wie dagewesen ist der Tag, sind die Gewalthaber geworden so wild und erbittert gegen einander, daß eine Partei hat gezogen die blanken Schwerter und hat geschworen, es soll gar viel Blut werden vergossen, wenn man thun wird gegen ihren Willen. Da ist der Streit sehr hitzig geworden und der Fürst Radziwill hat gesehen, daß das ein Verderben wird sein für das ganze Land, wenn man nit wird verhüten können die Wahl. Da hat's ihm Gott, gelobt sei Er, eingegeben in seinen Verstand, was da ist zu thun; und wie es die letzte Stunde ist gewesen und Alle haben herausgerissen gehabt ihre blanken Schwerter und Jeder hat in Zorn geschworen, daß er es wird rauchend machen von Blut, wenn man thun wird den Willen von seinem Feind, da ist der Fürst Radziwill herauf gesprungen auf den Tisch und hat gerufen mit lauter Stimme:

„Hört zu, Ihr Herrscher von Polen, ich will Euch machen einen König für die heutige Nacht, der da wird nehmen die Kron', um unsre Wahlzeit zu verlängern, und er wird sie niederlegen, morgen früh, daß wir sie geben können Jedem, den wir werden später wählen in gemeinsamer Uebereinstimmung; und der König von heut' Nacht soll nit sein Einer, der da Gewalt kann thun gegen uns, der König von heut' Nacht soll sein mein Jude: Schoul!"

„Und der allmächtige Gott, der da lieb hat Israel und hat wollen zieren unser Haus mit der Krone des Königthums, hat gelenkt die hitzigen Herzen von den Fürsten nach seinem Willen und sie haben Alle einstimmig gerufen: Möge Schoul, der Jud', sein unser König heut' Nacht! Und sie haben Schoul hereingebracht in der selbigen Stunde und haben ihm angethan die königlichen Gewänder und auf seinen Kopf gesetzt die Kron' und in seine Hand gegeben das goldene Scepter, und umgürtet seine Lenden mit dem königlichen Schwert und umgehangen um seinen Hals die Kette mit dem Siegel, und haben ihn gesetzt wie einen König auf seinen königlichen Thron, und sie haben Alle gerufen, wie der Fürst Radziwill gesagt hat: Es soll leben unser Herr, der König Schoul!"

Die Gestalt und Stimme der alten Malkoh erhob sich hier wiederum zur höchsten Feierlichkeit und Würde, und indem sie sich aufrichtete in ihrem Stuhl, sprach sie:

„So ist gekommen auf unsern Aeltervater, Reb Schoul, nach dem Willen von Gott, gelobt sei Er, die Krone des Königthums auf Eine Nacht; aber die Königswürde ist nit gewichen von ihm all die Tag' seines Lebens, und es wird nit vergessen werden von seinen Nachkommen bis in die letzten Geschlechter."

Nach einer Weile fuhr Malkoh in gehobener Stimmung fort:

„Und der heilige Gott hat noch in derselbigen Nacht den König gesegnet mit großer Weisheit. Und wie er gesessen hat auf dem Thron, ist Ehrfurcht vor ihm gekommen über all die Fürsten, die sich haben gebückt vor seiner Ehre und sie haben gehorcht nach seinem Wort und gethan nach seiner Red'. — Er hat angehoben und hat gesagt: Mein erst Wort soll sein Demüthigkeit vor Gott, dem Gelobten! Und vor all den Fürsten hat er Gebet gethan, daß das Herz von seinen Hörern ist erweicht geworden. — Und dann hat er angehoben und hat gesagt: Jetzund will ich ein Werk thun für meine Brüder, über die genannt ist Sein heiliger Name! Und er hat geschrieben eigenhändig die Krakower Verordnungen,[1] die kein König mehr nach ihm hat vernichtet. Und dann hat er sich aufgehoben und hat gered't zu den Fürsten: „Hört zu, Ihr Fürsten von Polen. Ich bin ein Jud'! Ich komm her von dem Volk, das da Gott hat ausgewählt von allen Völkern und hat es groß gemacht und hat ihm gegeben den ersten König, deß Name ist gewesen

---

[1] Die Gerechtsame der Juden in Krakau.

Schoul,[1] so wie ich heiße. Und so lange wie sie sind gewesen nach seinem Willen, hat er erhöht ihr Horn und hat erhalten seinen Gesalbten. Wie aber Streit ist gekommen und Blutvergießen unter sie, hat der große Gott sich nit erbarmet über sein heilig' Haus, und über sein heilig' Land und hat es lassen verwüsten durch die Händ' von seinen Feinden, und hat geworfen sein Volk, das da trägt seinen heiligen Namen, zurück unter alle Völker und hat sie zerstreut in die vier Ecken der Welt. — Drum hört mir zu. Wenn Ihr werd't einig sein, werden Eure Feind' fliehen vor Euch „auf sieben Wegen", denn Ihr seid ein stark Volk, aber wenn Ihr werdet Streit machen und Blut vergießen unter Euch, dann werdet Ihr nit haben Bestand vor Euren Feinden, und sie werden aufstehen und zerstören Euer Reich und auslöschen Euren Namen und vertreiben die Großen in's Exil, daß Ihr werdet leben in der Fremde wie wir Juden!"

„Und so hat er gered't mit scharfer Red' und mit feiner Red', bis an den Morgen, und dann hat er die Kron' harabgenommen von seinem Kopf und hat gesagt zu Gott, gelobt sei Er:

„Es ist enthüllt und bewußt vor Dir, daß ich nit das gethan hab' von wegen meiner Ehr' und nit zur Ehr' von meinem Haus, nur zu Deiner Ehr' und zur Ehr' von Deinem Volk!" — Und dann hat er niedergelegt die Kron', daß sie aufs Neue einen König mögen wählen.

„Von da ab ist sein Haus gesegnet geworden mit Herrlichkeit. Wie er ist zurückgekehrt nach Brisk, sind vor seinen Stuhl gekommen alle Fürsten und Grafen und Herren, und alle Räthe von allen Ecken der Welt und haben gefragt nach seinen Rathschlägen und haben Geschenke gebracht in sein Haus. Aber der König Schoul unser Aeltervater, hat getrachtet nach guten

---

[1] Saul.

Werken. Er hat gebaut die Schul' und das Beshamidrasch
und das Krankenhaus und eine ganze Gaff' für Wittwen und
Waisen und das Gemeindehaus und das Rabbinatshaus. Er
hat Bücher gekauft von großer Pracht und Schönheit, er hat
Gelehrte und Studirende um sich versammelt und hat sie ge-
speiset an seinem Tisch und er hat gelebt, bis sein Tag ist gekommen, in seinem Königthum, daß die Gelehrten haben eingeschrieben von ihm in ihren Werken: Wer nit gesehen hat
Schoul in seiner Königswürde, der hat nit gesehen all sein
Lebtag Gelehrsamkeit und Herrlichkeit auf einem Ort."

Malkoh machte eine kleine Pause, in welcher sie versuchte,
sich von ihrem Stuhl zu erheben, und fügte hinzu:

„Sein Verdienst soll uns Beistand sein, bis da kommt der
Erlöser. Amen!"

Denn lehnte sie sich wieder in ihren Sitz zurück und schwieg
längere Zeit.

Die Andacht Aller, die ihr zuhörten, war so tief, daß
Niemand es wagte, auch nur mit einem Laut die Stille, die
nun folgte, zu unterbrechen. Mendel saß in tiefster Demuth
gebeugt da; er wagte nur zuweilen einen schüchternen Blick auf
Händele zu werfen, die, zu den Füßen der Großmutter sitzend,
das Antlitz unverwandt derselben zugewendet hatte.

Nunmehr hob Malkoh wiederum an:

„Ich hab gered't von der Königswürde von unserm Aeltervater. Nit werth aber sind meine Lippen zu reden von der
Gelehrsamkeit, die von Geschlecht zu Geschlecht ist verblieben
unter seinen Kindern und Kindeskindern, und ein Theil davon,"
fuhr Malkoh fort, indem sie gesenkten Hauptes den Arm erhob
und auf eine lange Reihe Folianten zu ihrer Seite hinwies,
„können sehen Eure Augen, die da Gott, der Allmächtige, soll
stärken bis hundert Jahr'!"

Nach einer Pause, in welcher Alle mit tiefster Ehrfurcht
hingeblickt hatten, fuhr Malkoh wiederum fort:

„Der Stolz von unserer Herstammung aber ist Händele,
die Tochter von dem König, die da gestanden hat vor dem
Vater und hat ihm gedient, bis ihm ist ausgegangen sein Licht.
Sie ist eine Mutter geworden in Israel und eine Mutter von
den starken Herzen. Denn ihre Augen haben in ihrem hohen
Alter müssen sehen das vergossene Blut von ihren Enkeln im
Jahre Tach.[1]) Aber sie ist stark geblieben vor Gott, gelobt
sei Er, und hat gered't Reden in Leib, die da lichtig sind gewesen von Trost und haben aufgericht't alle schwache Herzen.
Die Weiber, die da sind entsprossen aus ihrem Geblüt, haben
nit kommen lassen Jammer über ihre Lippen. Sie haben
getragen das Joch von der Verbannung und die Schmerzen
vom Weib und die Last von jungen Kindern mit Liebe. Sie
haben alle gehabt die sanfte Seele von Rahel und das starke
Gemüth von Hanna mit den sieben Söhnen.[2])

„Und Eine, die da hervorgegangen ist aus ihrem Geschlecht,
hat auch geheißen Händele. Sie ist die jüngste Tochter gewesen von Reb Ahron Beilower, der da gehabt hat dreizehn
Töchter. Von den zwölf haben die Rabbinen eingeschrieben in
die Werke: „Die vielen Töchter haben gethan Helden-
müthiges!" — von der dreizehnten haben sie geschrieben:
„Du aber bist höher gestiegen über Alle!"[3]) — Denn
sie hat gestanden auf dem Markt von Posen, wie die Feinde
Israels genommen haben ihren lichtigen Mann Reb Am'rom,
der da gewesen ist ein Rabbinatsmitglied in der K'hille und
haben gesagt: Bück' Dich vor dem Kreuz, wo nit, wird man
Dir festnageln Dein Käppelchen an Deinen Kopf. Und sie
haben sein Weib neben ihn gestellt, daß schwach werden möge

---

[1]) Im Jahre 5408 entsprechend dem Jahre 1648.

[2]) Die Mutter der sieben Märtyrer-Jünglinge in der Zeit
der Makkabäer.

[3]) Prediger Sal. 31, 29.

sein Herz und sie frohlocken könnten gegen die Juden. Sie
aber hat gesagt zu ihm:

„Fürchte nicht, Abram, ich bin Dein Schild; Dein Lohn ist
sehr groß."[1])

„Und wie die Mörder haben vergossen sein heilig Blut,
haben die Pfaffen sich gestellt vor sie mit dem Kreuz und haben
gemeint, sie wird niedersinken vor Weh, und sie werden können
sagen, sie hat sich bekehrt. Aber es hat die Pfaffen ergriffen
ein Zittern, wie sie gesehen haben unser stark Herz. Sie hat
die Händ' erhoben und hat gerufen:

„Sieh, o Gott, und schau, wem hast Du es also gethan!"[2])

„Und dann hat sie Gott gebeten:

„Gott und Herr, gedenke mein und stärke mich noch dies
eine Mal!"[3])

„Und Gott der Gepriesene hat ihrer gedacht und hat gestärkt ihr' Kniee und sie hat gestanden und hat nit gebeugt
ihren Nacken.

„Und es ist ihre Furcht gefallen auf die Mörder und sie
haben sie lassen gehen, und sie hat genommen ihre einzige
Tochter und ist geflohen bei Nacht, bis sie ist hierher gekommen
in unsere K'hille."

Die alte Malkoh schwieg, das Haupt auf ihre Brust gesenkt; aber der Arm, den sie erhob und langsam wieder sinken
ließ, war eine Andeutung, daß sie noch nicht zu Ende. Der
Schauer, der durch die Seelen Aller ging, die sie hörten, war
übermächtig. Händele's Haupt lag auf dem Schooß der Großmutter; Mendel's Antlitz glühte in Anbetung und Verehrung.
Genendel's Antlitz war zum Himmel empor gerichtet, und
Salme bedeckte das seinige mit den Händen.

---

[1]) 1. M. 15, 1.
[2]) Klagelieder 2, 20.
[3]) Richter 16, 28.

Die Sonne, die ihr Licht in tiefer Sabbatstille über die Gasse ausgegossen, sandte jetzt schon Abendstrahlen hinein in die Nebenstube; ihr Rosenlicht umfloß Malkoh's Züge, in welchen nur das Gepräge hoher Andacht, nicht das des Seelen= schmerzes zu sehen war.

Es dauerte sehr lange, bevor sie wieder die Stimme er= hob und in ruhigem Tone fortfuhr:

„Von da ab hat Gott, gelobt sei Er, nit mehr ausgestreckt gehalten seine Hand, um zu strafen; es ist gestillt worden das Blut von den Märtyrern und es ist nit mehr geflossen wie früher. Händele's Tochter, die da geheißen hat Beiloh, ist herangewachsen schön und gut und Händele hat ihr gegeben alle Perlen, die sie geerbt hat von Geschlecht zu Geschlecht von dem Aeltervater, dem König. Und wie Beiloh siebzehn Jahr ist alt gewesen, hat sie zum Weib genommen der Gelehrte Reb Daniel, der Rabbiner geworden ist in der K'hille. Und die fromme Beiloh, und der Rabbi Reb Daniel, das sind ge= wesen meine leiblichen Eltern, deren Verdienst soll uns beistehen."

Malkoh erhob sich hierbei ein wenig von ihrem Sitz und fuhr dann nach einer längeren Pause wiederum lebhaften Tones fort:

„Und jetzund will ich erzählen, wie nach dem Tod von meiner Großmutter Händele und dem frühzeitigen Tod von meiner Mutter Beiloh, noch einmal Gefahr des Blutes über uns ist gekommen, und wer das gewesen ist, der da ist auf= gestanden und ist unser Erretter geworden durch sein gut Blut."

Wiederum machte Malkoh eine längere Pause, dann aber sprach sie mit milder Stimme:

„Mendel, setz' Dich näher her zu mir!"

Obwohl sich Mendel seit den letzten Wochen mit dem Ge= danken vertraut gemacht hatte, daß irgend eine nähere Beziehung zwischen ihm und der alten Malkoh bestehen müsse, war er doch jetzt so erschüttert von dem Gehörten und so überrascht von

ihrer Aufforderung, daß er derselben keine Folge zu geben ver=
mochte. Sein starker Körper befand sich wie unter einem Zauber.
Er starrte Malkoh an, unfähig jeder Bewegung und jedes
Wortes.

Als ob ihr Augenlicht nicht erloschen und sie im Stande
wäre, die Ursache der Lautlosigkeit, die ihrer Aufforderung
folgte, in Mendel's Antlitz zu lesen, wiederholte Malkoh
wiederum mit noch milderer Stimme:

„Mendel, setz' Dich näher her zu mir!"

Erst nach einer Weile stieg ein Seufzer empor aus Mendel's
Brust, ein Seufzer so tiefen Tones, daß er dem eines Schmerz-
erfüllten glich. Händele wandte halb ihr glühendes Antlitz ihm
zu, als wollte sie ermuntern, der Aufforderung der Großmutter
Folge zu leisten; aber Mendel schüttelte den Kopf verneinend
und sprach in tiefem dumpfem Tone: „Ich bin ein niedriger
Knecht!" Es lag etwas tief Schmerzliches in diesem Tone, in
dem halben Blick auf Händele und in dem halb verzweifelnden
Verneinen. Es entging dies Niemand unter den Anwesenden;
es rührte Genendel's gutes Herz, es ging durch Salme's zart
empfindende Seele; es zuckte durch Händele's Brust und es
fuhr wie leuchtendes Verständniß über Malkoh's Antlitz. —
Alle schwiegen; aber mit einem zarten Lächeln ihres Mundes,
wie es nur Händele allein sonst gesehen, sprach jetzt Malkoh
zur Enkelin gewandt:

„Händele, mein Kind, laß uns setzen näher zu Mendel,
denn was ich will erzählen, wird erhöhen sein Blut und niedrigen
das unsrige!"

Mit diesen Worten rückte Malkoh ein wenig vor auf ihrem
Sitz, als wollte sie sich Mendel nähern, Mendel schob haftig
seinen Stuhl ihr näher, so daß zwischen ihnen nur noch Händele
Raum hatte, um ihr von Flammen übergossenes Antlitz in dem
Schooß der Großmutter zu bergen. — Genendel faltete die

Hände in stillem Staunen; Salme die seinen in tiefen Dank-
gebeten. —

Nach einer Pause begann Malkoh wie folgt:

„Wie mein Vater, Reb Daniel, hat gesessen auf dem Stuhl
vom Rabbinat in der K'hille, — ich bin damals dreizehn Jahr
alt gewesen, — sind einmal zu ihm die Vorsteher gekommen
und haben zu ihm gesagt: „Rabbi, es geht da in der K'hille
ein Jung' herum, der da heißt Meyer Gibbor; seine Hand ist
sehr stark, er ist siebzehn Jahr' alt und er ist ein hitziger
Mensch, der nit Respekt hat vor ältere Leut'! Wenn ihm der
Rabbi nit abnehmen wird seinen Handschlag, dann kömmt' —
behüte und bewahre — einmal Lebensgefahr daraus entstehen!"
— Darauf hat der Rabbi, mein Vater, den Rabbinatsdiener
geschickt nach Meyer Gibbor, er solle kommen und geben seinen
Handschlag. — Da hat Meyer nit kommen wollen. — Da hat
der Rabbi noch einmal den Rabbinatsdiener geschickt und hat
lassen Meyer verwarnen. Meyer aber hat lassen sagen dem
Rabbi, daß, so lang' wie seine Hand noch nit einen Juden hat
geschädigt, wird er seinen Handschlag nit geben. Da hat der
Rabbi zum dritten Mal den Rabbinatsdiener geschickt und hat
ihm lassen sagen, wenn er nit von jetzt bis drei Tagen wird
zum Rabbi kommen, wird man ihn in Bann legen. Da ist
Meyer hereingekommen zum Rabbi und sein Angesicht ist sehr
erhitzt gewesen. Da hat der Rabbi ihn angeschrieen und hat
gered't mit ihm erst harte Red', und dann besänftigende Red',
daß er im Guten mög' geben seinen Handschlag. Da hat
Meyer angehoben und hat gesagt: „Rabbi, wenn Keiner in
der K'hille davon gewußt hätt', hätt' ich im Guten gegeben
meinen Handschlag, itzund aber, wo es Alle wissen, werd' ich
zum Gered' werden und Gespött vor allen Uebermüthigen,
und ich werd' schwächer sein wie alle Schwachen. Aber wenn
der Rabbi mit Gewalt will meinen Handschlag nehmen, will
ich aus der K'hille gehen und unter die Bauern." Da hat ihn

der Rabbi, mein Vater, angeschrieen und hat ihm genommen seinen Handschlag unter Bannandrohung. Und Meyer ist weggegangen mit einem sehr hitzigen Angesicht und hat nit wollen bleiben in der K'hille. Er hat gearbeit't bei den Bauern und ist nur Sabbat und Feiertag gekommen in die Stadt und weil er nit mehr ist gegangen in jüdischen Kleidern, hat man ihn gerufen Meyer Bauer.

„Zu jenen Zeiten hat unsre Stadt gehört einem polnischen Herrn. Denn damals haben wir noch nicht gehabt die Vergünstigung, zu gehören zum König von Preußen, sein Reich gedeihe! Wie es nun vier Jahre sind gewesen, nachdem man hat Meyer seinen Handschlag genommen, ist der Fürst gestorben und die Stadt ist gekommen auf seinen Bruder, der da gewesen ist ein Bösewicht und ein Säufer, und er hat Grausamkeiten gethan wie keiner von all' den Fürsten. Er hat sich fünf Kosacken gehalten, die vor ihm sind geritten mit ihren Kantschu's und haben mörderische Schläg' ausgetheilt an alle, die da haben sehen lassen ihr Antlitz. Einmal am Freitag früh ist sein Kosack gekommen nach der K'hille, und hat den Rabbi, mein' Vater, geholt vor den Fürsten; es haben die Vorsteher mitgehen gewollt, aber der Kosack hat gesagt, er wird spießen jeden Jüd, der da wird mitkommen. Da ist der Rabbi, mein Vater, allein gegangen mit ihm und man hat in der K'hille für ihn gebetet.

„Wie man hat den Rabbi herein gebracht vor dem Bösewicht, hat er gesessen mit seinen gemeinen Kosacken und hat getrunken und ist gewesen in wilder Grausamkeit. Er hat geschrien: „Ich will Dir lassen geben fünfzig Peitschenhiebe, daß die Juden sollen sehen, daß ich bin der Herr, und sollen mir bringen Zins auf zehn Jahr' voraus!" Da hat der Rabbi wollen reden besänftigende Red', die da abwendet den Zorn; doch der Säufer hat geschrien und gestampft mit beiden Füßen: „Mich gelüst's, werft ihn nieder!"

„Aber wie die Bösewichter haben die Händ' angelegt an
ihn, da ist urplötzlich zur Thür herein gesprungen Meyer Bauer
und hat geschrien mit seiner grimmigen Stimme: „Mörder!
Willst Du trinken jüdisch Blut! Komm' her, ich hab' mehr
wie der!" Und mit seiner mächtigen Hand schlägt er nieder
zwei Kosacken, die da gehalten haben den Rabbi.

„Da sind sie alle hergefallen über Meyer, denn der Fürst
hat geschrien: „Der Tausch ist gut! Gebt ihm hundert Peitschen!"
— Und die andern Diener haben müssen helfen, denn Meyer
ist stärker gewesen wie die fünf und sie haben ihn überwältigt
und gebunden seine Händ' und entblößt seinen Rücken und
haben ihn geschlagen.

„Da ist der Rabbi, mein Vater, auf sein Angesicht gefallen
und hat Gebet gethan; aber Meyer hat gerufen und hat gesagt:
„Rabbi, sagt mir vor den Bibelvers für Büßende!" Und der
Rabbi hat ihm vorgesagt Wort für Wort bei jedem Schlag
den Bibelspruch dreimal. Da hat Meyer gestöhnt und hat
gesagt: „Rabbi, hebt an mir vorzusagen das Sündenbekenntniß!"
Aber wie der Rabbi hat das jüdische Blut gesehen von dem
Rücken fließen, hat er nit können reden und ist ohnmächtig
geworden. —"

Die alte Malkoh machte eine Pause und fuhr dann fort:
„Es ist schon nach Mittagszeit gewesen, da hat Meyer
Bauer aufgeschlagen seine Augen und hat gesehen, daß die
Bauern, die ihn haben lieb gehabt, ihn gebracht haben in die
Scheun', und neben ihm haben sie hingelegt den Rabbi, der
noch immer ohnmächtig ist gewesen. Da hat Meyer die Bauern
gebeten, sie sollen den Rabbi tragen in die K'hille, das ihm
nit, Gott bewahre, verlösche die Seele ohne die fromme Sterbe-
Gesellschaft. Aber die Bauern haben nit gewollt, sie haben
Furcht gehabt vor dem Fürsten. Da ist Meyer aufgestanden

auf seine Füß' und hat den Rabbi genommen auf seinen
blutigen Nacken und hat angehoben zu gehen auf den Weg.

„Und Gott, gelobt sei Er, hat herabgesehen von seinem
siebenten Himmel und hat sich erbarmt über Beide. Wie sie
im Wald sind gewesen und Meyer hat niedergelegt den Rabbi,
um zu ruhen, hat der Rabbi geöffnet die Augen und hat gesehen und hat verstanden, was Meyer hat gethan; und er hat
aufgehoben seine Hand, um zu reden. Aber Meyer hat gesagt: „Rabbi, gebt mir Euren Handschlag, daß Ihr nit werdet
reden in der K'hille von dem, was ich hab' gethan!" — Und
der Rabbi, mein Vater, hat ihm müssen geben die Hand darauf,
denn Meyer hat in ihn sehr gedrungen, bis er es hat gethan.
— Danach hat Meyer den Rabbi gebracht bis vor die K'hille,
wo da sind andre Juden entgegengekommen, und ist weggegangen."

Malkoh hielt für längere Zeit inne und fuhr dann nur
in abgerissenen Sätzen pausenartig halb träumerisch fort:

„Und Meyer ist noch zweimal gekommen in unser Haus,
weil der Rabbi ihn hat lassen zu sich bitten und hat mit ihm
gered't in der Bücher-Stub' im Stillen. — Später ist er nit
mehr gekommen. — Er hat sich ein Weib genommen vom
Lande. — Sie — sie soll mir's verzeihen auf jener Welt! —
sie ist nit gewesen wie das Weib soll sein von einem Gibbor!
Er hat gelebt in Gram. Und ist nit alt geworden. Aber
vor ihm ist hingegangen mein Vater, der Rabbi, um zu stehen
vor dem Throne Gottes und zu sagen Zeugniß, daß er empfangen
soll Lohn unter all' den Heiligen, die da haben hingegeben ihr
Blut zur Verherrlichung des göttlichen Namens."

Der Schauer, der durch Mendel's Seele ging, fesselte nicht
minder seine Glieder wie seine Zunge; aber seine Brust hob
sich hörbar im schweren Athmen, und in der tiefsten Stille, die
jetzt auf Malkoh's Worten folgte, nahm sich dies Athmen wie
ein gewaltsamer Kampf aus, in welchem die Athemzüge zu

Seufzern werden, und die Schauer der Seele sich in einen
erlösenden Thränenstrom ergießen wollen.

Malkoh hörte diesem Kampf eine kurze Weile zu. Sie
fühlte das Zucken durch die Seele Händele's, die ihre Kniee
umklammert hielt, und auch durch ihr starkes Herz ging ein
Zug alten Schmerzes. Aber bald hob sie wieder das Haupt
und sprach mit bewegter Stimme wie folgt:

„Und jetzund, Mendel, hast Du gehört, wie wir sind
erniedrigt von unsrer Höh', und wie die schönste Kron' ist
gekommen auf Dein Blut. Nit hat Meyer gewollt nehmen
einen Theil von seinem Lohn auf der Welt. Zu Dir, der
Du allein bist übrig geblieben von seinem Geschlecht, muß ich
itzund sagen: „alles, was Dein Aug' siehet, ist Dein!" —
Sie machte eine kurze Pause und fügte dann mit weicherer
Stimme hinzu: „Du willst gehen in die Welt hinaus! Ich
bitt' Dich in Demüthigkeit, nimm's an von mir, daß ich kann
bezahlen einen Theil von meiner Schuld, bevor ich zurückgeb'
die letzte Schuld in die Hand von Gott, gelobt sei Er!"

Der arme Salme brach zusammen im Weinen; Genendel
jedoch, die zu lange mit ihren Gefühlen gekämpft, sprang auf
von ihrem Sitz und rief unter Thränen:

„Mendel, erheb' Deine Händ' zu dem obersten Gott, der
da geschaffen hat Himmel und Erd', daß er erhöht hat Dein
Blut zum Opfer für das Blut aus der großen Familie, denn
wissen sollst Du: sieben Perlen von Malkoh's Gebind' hab'
ich abgeschnitten, um sie zu verwenden heimlich für Meyer's
Wittwe und für seine Waise, Chaskel Gibbor, Deinen Vater!"

Mendel aber erhob sich vom Sitz und mit einer Stimme,
die in jedem Laut das tiefste Beben einer gewaltig kämpfenden
Seele kund that, rief er aus, die starken Arme himmelwärts
gerichtet:

„Ich heb' auf meine Händ' zum obersten Gott, der da
geschaffen hat Himmel und Erd'! Nit einen Faden und nit

16*

einen Schuhriemen werd' ich nehmen,[1] bis ich werth bin zu
heißen ein Enkel von Meyer und ein Sohn von Chaskel
Gibbor!"

Die Stimme war so mächtig und trug ein so gewaltiges
Gepräge der Unerschütterlichkeit der Seele, daß nur das tieffste
Schweigen hierauf folgen konnte. Es sprach durch die Herzen
Aller, die es vernahmen, die unabwendbarste Zustimmung; in
der Bewegung aber, mit welcher Händele die Großmutter fefter
umschlang, lag mehr als dies und mehr als Worte hätten
verrathen können.

Nach langer Pause, in welcher alle wieder ihre Sitze eingenommen, und als tiefe Dämmerung bereits im Zimmer und
frohe Laute der Heimkehrenden auf der Gaffe genugsam andeuteten, daß der liebe Sabbat Nachmu seinen Abschied bald
nehmen wolle, nahm Mendel in der tiefen Stille noch einmal
das Wort:

„Malkoh", sprach er — und seine Stimme klang wieder
bescheiden und schüchtern — „nit hat mich Gott, der Gelobte,
begnadigt mit Red'; ich kann nit danken mit meinen Lippen!
— Aber bitten will ich Euch, daß Ihr Liebe thut an mir im
Verdienst· von meinem Aeltervater. — Morgen früh am Tag
will ich gehen auf das Grab der Väter nach Nowo. Dort
will ich beten, daß Gott, der Barmherzige, mich soll führen
den rechten Weg, und wenn ich werd' zurückkommen, sollt Ihr
mir — und alle, die da haben heut mit uns erlebt diesen
heiligen Sabbat Nachmu — beistehen mit gutem Rath, in
allem, was ich will unternehmen!"

Malkoh erhob beide Hände und sprach nichts als die
Worte: „so wahr soll der heilige Gott mit uns sein heut und
immer und ewig. Amen!"

---

[1] Biblische Redewendung. 1. M. 14, 53.

Dann ließ sie die Hände langsam sinken und nach einer
Weile erst fragte sie:

„Händele, mein Kind, ist nit itzt Zeit zu singen „Gott
Abraham?"[1])

Händele erhob ihr Antlitz. So dunkel es auch im Zimmer
war, so sehr leuchtete dennoch dieses Antlitz in Aller Augen.

„Es ist Zeit," sagte sie leise, nachdem sie zum Fenster
hingeblickt; und bald verließen die Gäste still unter dem Wunsche
einer „guten Woch'" Malkoh's Wohnung, um mit frommen
Liedern und Gebeten dem guten Sabbat Nachmu ein ge-
bührendes Geleit zu geben.

In der mondhellen Nacht, die dem lieben Sabbat folgte,
erhob sich Händele von ihrem Lager und schlich sehr leise zu
dem der Großmutter hin und horchte.

„Ich thu nit schlafen, mein Kind!" sagte Malkoh, deren
feinem Gehör es nicht entgangen war, wie Händele die halbe
Nacht bereits schlaflos zugebracht hatte.

„Willst Du nit schlafen, Großmutterle?" fragte Händele,
die sich auf den Rand des Bettes setzte.

„Mein Kind, wo das Licht kommt herein bei Tag, kommt
der Schlaf herein bei der Nacht; wo aber das Licht von der
Welt nit mehr kommt in das Aug' und das Licht von Gott
schon ist nahe zum Verlöschen, da läßt der Schlaf sich nit mehr
herab auf uns."

„Großmutterle," sagte Händele bewegt.

„Red', mein Kind!"

Es verging eine Pause. Händele nahm die Hand der
Großmutter und preßte sie an ihr glühendes Angesicht.

---

[1]) Ein Lied für den Sabbat-Ausgang.

„Red', mein Kind!" wiederholte Malkoh.

„Großmutterle," fragte Händele leise, „Du bist siebzehn Jahr alt gewesen, wie Meyer Gibbor hat hingegeben für uns sein Blut?"

„Ja, mein Kind."

„Und bist noch nit gewesen eine Braut?"

„Nein, mein Kind!"

„Und Meyer," fuhr Händele mit bewegter Stimme fort, „ist alt gewesen zwanzig Jahr und hat erst später genommen sein Weib, das nit hat verstanden zu sein ein Weib für den Gibbor?"

„Ja, mein Kind," sagte Malkoh mit zärtlicher Stimme und zog die Enkelin näher an sich heran.

„Großmutterle," flüsterte Händele mit bebendem Munde, „hast Du nit gewollt ausrufen wie unsre Aeltermutter Händele mit dem starken Herzen: „Steig' herab eine Stufe und nimm ein Weib!"

Die alte Malkoh mit dem starken Herzen wurde nur auf einen Moment so tief bewegt, daß sie nicht antworten konnte; dann aber sprach sie wieder ruhig mit sanfter Stimme:

„Hör' zu, mein Kind! Ich hab' heut' geöffnet meine Lippen, um zu reden und nit soll niedersteigen mein Leib in die Grub', eh' ich Dir ganz thu' öffnen mein Herz. — Setz' Dich nieder zu mir, ich will reden."

Nach einer Pause, in welcher sich Händele auf den Stuhl vor dem Lager niederließ, sprach Malkoh:

„Der Rabbi, mein Vater, hat seinen Handschlag gegeben, daß er nit wird sagen, was Meyer hat gethan; aber mein Vater ist krank geworden vor Schreck und vor Gram. Da hat er lassen Meyer zu sich kommen und hat geredt mit ihm und hat ihm gesagt, er will ihm geben sein Kind zum Weib; nur soll er ihn entbinden von seinem Handschlag. — Da hat Meyer gesagt: Nit die K'hille und auch nit Malkoh soll wissen, was da ist vorgefallen; will der Rabbi aber Malkoh sagen, daß sie mein Weib soll werden und sie ist zufrieden, dann ist es gut; wo nit, dann sollt Ihr sie nit damit grämen. — Und darauf ist Meyer weggegangen. — Da hat der Rabbi, mein Vater, gered't mit mir; aber — Händele, mein Kind — mein Herz ist gewesen nit stark, es ist gewesen hoffährtig. — Meyer Bauer, hab' ich gesagt, soll nit aufheben sein Aug' zu einer Tochter der Großen. — Da hat mein Vater, der Rabbi, mir Ermahnungen gered't und hat gesagt, er weiß, daß Meyer's Verdienst ist sehr groß, nur darf er mir's nit sagen. Ich aber bin nit stark gewesen, ich bin gewesen hart. — Nach vierzehn Tag' ist Meyer gekommen und ist hineingegangen zum Rabbi und ich hab' in der Stub' gesessen und hab' gestickt an dem großen Vorhang für die heilige Lade. — Da hat der Rabbi allein mit ihm gered't und hat ihn wieder gebeten, er soll ihn frei lassen von seinem Handschlag, damit ich soll hören, was Meyer ist. Da hat Meyer gesagt: Nein! — Da hat der Rabbi gesagt: Meyer, Du hast noch kein Wort gered't mit Malkoh. Geh hinein und red' zu ihr ein sänftiglich Wort, und dann soll's geschehen, wie der allmächtige Gott es will." —

Malkoh machte hier eine kleine Pause, zog wieder Händele näher an sich heran und fuhr dann mit bewegter Stimme fort: „Meyer ist hereingekommen in diese Stub' und hat still gestanden. Da hat mein Herz gepocht; aber ich hab' haftig gestickt an dem Vorhang und hab' nit gewollt auf ihn sehen. Da hat er sich hinter mich gestellt ganz still; und ich hab' nit aufgehoben mein Antlitz. Das hat lang gedauert, ich weiß nit mehr, wie lang."

Malkoh machte wieder eine Pause, dann aber fuhr sie mit leiser Stimme fort:

„Händele, mein Kind, — da hab' ich hinter mir gehört Meyer sagen, ganz still, wie Einer, der da red't mit sich allein:

„Gott, Du Gelobter, wie gesegnet von Dir sind die Händ'!"

„Und er geht weg."

„Großmutterle!" schrie Händele überrascht und erschrocken auf und ließ ihr Haupt auf das Lager der Großmutter sinken. Die Hand der Großmutter fuhr besänftigend über den Nacken der Enkelin, und es herrschte wieder tiefe Stille im Zimmer; nach einer Weile aber fuhr Malkoh erzählend fort, als ob sie nicht unterbrochen worden wäre:

„Der Rabbi, mein Vater, ist zu mir hereingekommen und hat an meinem Angesicht gesehen, daß mein Herz sich wendet in mir. — Malkoh, hat er gesagt, Meyer's Verdienst im Himmel wird sehr groß sein; aber meine Lippen sind gebunden. Er will nit, daß Du früher sollst hören, was ich weiß, bis Du wirst gesagt haben: ich will werden sein Weib! — Rabbi und Vater, hab' ich ausgerufen, — denn mein Herz ist wieder geworden hoffährtig, wie ich hab' vernommen den stolzen Willen von Meyer Bauer — ist denn ein Mann geglichen zu der heiligen Lehre, der Offenbarung, daß wir Weiber sollen sagen: „Wir wollen thun und hören!"[1] — Da ist der Rabbi traurig weggegangen und ich hab' gesessen traurig. — Meyer ist nit mehr gekommen; er hat sich sein Weib gebracht vom Lande, und der Rabbi, mein Vater, hat erst später geöffnet vor mir seine Lippen in seiner letzten Stunde, wie er schon ist vorbereitet gewesen, zu sehen die Herrlichkeit Gottes."

Die Großmutter schwieg und das Herz Händele's bebte. „Großmutterle," rief sie schmerzvoll und klammerte sich an den Arm der Großmutter. Es klang wie ein Schmerzensruf, wie

---

[1] Es wird in Talmud und in andern alten Schriften der Juden dem Volke Israel als hohes Verdienst angerechnet, daß es bei der Offenbarung früher Gehorsam gelobte, bevor es noch die Gesetze Gottes zu h ö r e n bekam.

ein Hülferuf und wie ein Ruf tiefsten Mitleids aus theilnehmender und leidender Seele.

Aber die Großmutter, die es verstand, sprach: „Mein Kind,
es ist mein Herz gewesen hoffährtig; aber ich hab' auf mich genommen Buße und es hat sich bekehrt und ist geworden stark.
Gedenk', mein Kind, wir kommen her von den starken
Herzen!"

„Segne mich, Großmutterle!" bat Händele leise weinend,
„segne mich, daß ich mög' sein ein Kind von dem starken
Herzen!"

Die Großmutter legte ihre Hände auf das Haupt der
Enkelin und segnete sie.

Mondstrahlen fließen durch das Zimmer. Sie umweben
die Hände, die Du einst, mannesstolzer, unbeugsamer Meyer
Bauer, so gebenscht faßest vor Gott, dem Gelobten, und auch
zwei gefaltete, an's Herz gepreßte Hände, die Du, Mendel, sein
milderes Ebenbild, in gleicher Weise priesest. Wie so ver-
blichen jene! wie so rosig diese! — Die Lippen Malkoh's
flüstern Segen; die Lippen Händele's Gebet; über Beide hin
aber weht von draußen aus der Mondnacht her der weise
Spruch der Schrift:
„Geschlechter vergehen, Geschlechter entstehen, das Geschick auf
Erden bleibt das alte!"

———

Dem guten Sabbat Nachmu folgte ein rüstiger und lustiger
Sonntag Morgen. — Rüstig war er, denn Alles, was zum
starken Geschlecht im Hause Israels zählte, war frühe schon
gerüstet zum Auszug, um, den Packen geschnürt, die Lenden
gegürtet, den Stecken in der Hand, die Gebetriemen in der
Tasche und Gott den Gelobten im Herzen, hinauszugehen in's
Dorf, in's Gehöft, in's Vorwerk und auf's Gut, um zu sehen,

was Christoph Einem gönnt, und der Prophet Elias Einem
bescheert. — Lustig war er; denn heute zog mit dem Packen
belasteten Israel auch ein leichtbeschwingter Jüd aus der K'hille.
Die drei Wochen sind zu Ende, Jankele Klesmer entwindet
sich der verlockenden Ruhe an der Seite des Freundes im
obrigkeitlichen Hausflur und wirft sich der fröhlichen Bewegtheit
der Muse an den Hals, die ihn in alle K'hillaus [1]) leitet, wo
eine Hochzeit in Aussicht steht. Sein Ränzelchen hat er genial
über die Schulter geworfen, den Stock läßt er sorglos am
Knopf seiner Reisejacke baumeln, seine Mütze liegt auf dem
einen, seine Fibel unter dem andern Ohr; dann, zum Abschied
aus der guten K'hille, seiner Heimath, greift er in's Saitenspiel
und läßt, durch die Gasse schreitend, seinen Pferdeschwanz auf
den Därmen tanzen, daß allen Jungen das Herz und allen
„Mäden" die Seele lacht; denn was die Einen auch zögern
und die Andern sich zieren, Jankele Klesmer wünschen sie
doch alle anheim zu fallen — Hochzeit wollen sie doch alle
machen.

Nicht umsonst hat ihn die Vorsehung mit zwei verschiedenen
Beinen gesegnet. Es ist weltbekannt, daß sein kurzes Bein
das elegische, das lange das lustige ist. Vor der Chuppoh
(Trauung) versteht er's, auf dem kurzen aus der Tiefe herauf
das wehmüthige, nach der Chuppoh vom gehobenen Standpunkt
hernieder das lustige Israel in Tönen zu verherrlichen. Jetzt
aber steigt er langsam dahin schreitend bald auf, bald nieder,
so recht wie zum wohlgemeinten Abschied in wechselnder Lust
und Wehmuth, und so geht er durch die Gasse, in Begleitung
des Wachtmeisters, der noch sehr schläfrig, und des Hahnes,
der schon sehr munter ist, und hält an jedem Hause an, wo
der Mann vom Weibe Abschied nimmt, die Jungen den Mäden

---

[1]) Gemeinden.

in die Backen kneifen und die Kinder lustig in den Hembchen
bis auf die Gasse hinausspringen, um Jankele zu begrüßen.

Lustig langt der Zug auch bis vor Salme's Häuschen an,
dessen Thür allein von allen Nachbarhäusern geschlossen ist.
Der gute wohlgelaunte Jankele will sich von Mendel verab=
schieden, und in der Hoffnung, ihn herauszulocken, spielt er
lustig auf, so recht um einen Träumer zu erwecken; da dies
vergeblich ist und die Thür sich nicht öffnet, so versucht es
Jankele, recitativisch seine Stimme erschallen zu lassen, und
ruft mitten durch die Harmonieen: „Mendel, willst Du Dich
nit mit mir gesegnen (verabschieden)?"

Aber auch dies war vergeblich; wohl öffnet sich die Thür
und Salme erscheint schüchtern auf der Gasse; allein nur um
anzukündigen, daß Mendel mit Anbruch des Tages sich auf=
gemacht und davon gegangen.

Der gute Jankele ist ein wenig verstimmt, daß er Mendel
nicht ein Abschiedslied zum Besten geben kann. Aber die
geniale Seele tröstet sich schnell und ruft in gutmüthigem Scherz:
„Nun gut, Salme, da will ich Euch das Liedchen vorspielen,
daß Ihr es sollt Mendel vorsingen! Ihr könnt auch einmal
lustig sein, Ihr stiller Mennist!" — Und in munterster
Laune läßt er seinen rechten Arm und den fünf Fingern der
Linken den freiesten Lauf, um Salme zu erlustigen. Salme
steht und reibt sich die Hände; in seinem Geiste begleitet er
eben Mendel hinab nach Nowo auf das Grab seines Vaters;
aber sein Mund lächelt gutmüthig und auch in seinem Blicke
läßt sich nichts Trübes wahrnehmen, als die Kinder ihn zu
umtanzen anfangen und ihren Muthwillen an dem stillen
Mennist auslassen.

So ging's denn an diesem frühen Morgen recht lustig her
in der Gasse, bis endlich Jankele, als die Sonne höher gestiegen
war, die Fidel über die Schulter und den Stock in die Hand

nahm und sich, bis zum fröhlichen Wiedersehen zur nächsten Hochzeit, von der K'hille und seinem Freunde verabschiedete.

Die zur Mittagshöhe hinansteigende Sommersonne lagerte wieder in tiefer Stille über dem Städtchen und gab dem guten Wachtmeister, auf der Schwelle des obrigkeitlichen Hausflures betrachtungsreich sitzend, hinreichende Muße, über den Wechsel und die Wandelbarkeit aller Dinge, z. B. die drei Wochen und den Freund Jankele, und dazwischen auch über andere Materien nachzudenken, wie über den Sonntag, der doch eigentlich sein Sabbattag sein sollte, und die Sabbat-Kugel, in deren Mysterium das Christenthum noch nicht eingedrungen. Bei dieser Gelegenheit gelangte er auch in seinem Ideengang zu dem Bewußtsein, daß er Nachmittags beim Herrn Bürgermeister im Zimmer werde bleiben müssen, um die Pfeifen für die Kartenparthie zu stopfen, die regelmäßig Sonntags stattfand zwischen dem Herrn Bürgermeister und seinen Gästen, dem deutschen Prediger, der keine Gemeinde hatte, dem besonnenen Kreisdoktorchen, der ihnen das Geld abgewann und dem Herrn Apotheker, der zugleich Posthalter, Briefträger und Adressenschreiber war. Und so schien es ihm, daß er eine berechtigte Forderung an das Schicksal habe, ihm einen Vormittagsschlummer zu gönnen, zumal er heute zu früh aufgestanden und er für recht lange Wochen genöthigt sein werde, ohne die Hülfe seines intimen Freundes Jankele den obrigkeitlichen Hausflur mit seinen Schlummertönen auszufüllen.

Als diese Ueberzeugung zur Unumstößlichkeit in ihm geworden war, vergewisserte er sich durch einen Blick auf seinen Hahn von dessen gestrenger Wachsamkeit und zog sich beruhigt in den Schatten des Hausflures zurück. Dann darüber sinnend, daß er gestern hier noch Jankele gegenüber mit dem Rücken gegen die Wand geschlummert und daß heute, wo er sich ebenso hinsetzte, die Einsamkeit sein Loos sei, verfiel er in ein schweres Athmen, vernahm sein Ohr einige Klänge unbestimmbarer Art

aus Jankele's Fiedel, zu ihm herabtönend wie Ahnung eines
besseren Daseins. Sein Kinn näherte sich seinem Halse, die
Nase seinem Busen, und wenn der Odem alles Lebenden ein
Lobpreis ist dem Herrn, so erscholl dieser Lobpreis bald sehr
vernehmlich und verkündete bis in die Mitte des Marktplatzes
hinaus, wo der Hahn lag, der völlig abwesenden Menschheit
auf demselben, daß die gute Obrigkeit wieder schlummere.

Und still wie die Obrigkeit war die ganze Welt und verblieb auch so bis nahe der Mittagszeit, wo ein noch viel ent-
setzlicheres Geschrei als beim Beginn unserer Erzählung die
Stille unterbrechen und ungeahnte Scenen herbeiführen sollte.

Nicht das Trappeln eines berittenen, wie beim Beginn
unserer Erzählung, nein: die Hufschläge eines reiterlosen, ent-
zügelten, im wildesten, scheuen Galopp durch die Gasse entlang
dahin donnernden Rosses reißen Hahn, Wachtmeister und Gemeinde mit einem Male aus der Schlummerruhe und verwandeln
urplötzlich die Stille in einen einzigen Entsetzensschrei. Das
Pferd stürzt im Nu bis auf den Marktplatz vor das obrigkeitliche Haus. Der Wachtmeister, vom Schreck emporgerissen,
taumelt aus dem Hausflur hervor ihm entgegen. Das Pferd bäumt
sich entsetzt, kehrt um und stürmt in noch wilderem Galopp
über den Markt, setzt über den Scharren-Klotz, springt über
den kurzen Hebel des Ziehbrunnens, jagt mit drei Sätzen über
den Bleichplatz, daß die Wäsche ellenhoch hinterher auffliegt,
und ist blitzartig verschwunden, wie es donnerartig heran-
gekommen.

Es war ein gemeinsamer Schrei des Entsetzens, mit dem
die ganze Besatzung des Städtchens auf die Gasse stürzte, aber
nur, um nach einem Blick auf das wilde Ungethüm wieder
schreiend zurück in die Häuser zu taumeln. Die Erscheinung
war, kaum gekommen, auch schon vorüber. Einen Moment
herrschte eine Todtenstille, in welcher jedes Ohr gespannt horchte,
ob das Entsetzen wirklich vorbei; diesem Momente aber folgte

nunmehr der gemeinsame Aufschrei jeder stimmberechtigten und
der Stimme wieder mächtig gewordenen Kehle, und noch ein
Mal stürmt aus jeder geöffneten Hausthür alles, was Beine
unter seinem Leibe hat, hervor und in die Gasse hinein, und
die öffentliche, für heute ganz außerordentlich furchtbare Stimme
vereinigt sich zu dem Einen Schrei:
„Der Schandar ist erschlagen!"
Und nicht blos die leicht erregbare Stimme Israel's und
die noch leichter erregbare seines schönen Geschlechts vereinigt
sich in diesem Schrei, sondern auch die paar ruhigen, germanisch
christlichen Gemüther, die in unserm Städtchen unter dem
Schatten der Gezelte Jacob's friedlich weilen, sind von gleicher
Ueberzeugung durchdrungen. Der Herr Bürgermeister, der sonst
gern die Welt sein läßt, ist die halbe Treppe heruntergefallen
und steht in Hembsärmeln, ein halbes Pasch deutscher Karten
in der einen, und eine Pfeife ohne Kopf in der andern Hand,
höchst erschrocken auf dem Marktplatz. Die junge Frau Bürgermeisterin, die aus gutmüthiger ehelicher Treue die andere Hälfte
der Treppe hinunterpurzelte, die der Gatte verschont gelassen,
steht schreckenbleich, in einer verwegenen halben Sonntagstoilette,
auf freiem Markt und ringt die Hände über das vergossene
Blut des Gensd'arms. Auf denselben Marktplatz stürzt Alles
zusammen, die Weiber, die Kinder und die wenigen jüdischen
Männer. Selbst der scheue Salme Mennist ist von dem allgemeinen Strom widerstandslos hierher geschleudert worden.
Der Herr Apotheker und Posthalter, und sogar der deutsche
Prediger ist mitten im Gewühl, in welchem Alles den Kopf
verloren hat; nur das besonnene Kreisdoktorchen hat noch so
viel Herrschaft über sein Gemüth, daß er dem Herrn Bürgermeister eiligst das halbe Pasch deutscher Karten aus der Hand
nimmt, um in der allgemein hereingebrochenen Auflösung aller
Verhältnisse mindestens den Einen Nothanker gewinnreicher
Zerstreuung vorsorglich vor schmerzlichen Verlusten zu wahren.

„Wachtmeister," schreit der Herr Bürgermeister, „werft
Euch auf ein Pferd, nehmt Mannschaft mit, jagt hinaus, der
Gensb'arm ist von den Koronower Räubern erschlagen!"
Aber es war gut reden. Der Wachtmeister saß starr wie
eine Bildsäule vor Schreck auf der Schwelle des obrigkeitlichen
Flures; ein Pferd war nicht vorhanden, auf das er sich hätte
werfen können, und das Bischen Mannschaft hätte sich sehr
mühsam aus dem Haufen von schreienden Weibern und Kindern
herauswinden müssen, wenn sie wirklich Lust gehabt hätte, Gebiete zu betreten, wo selbst Gensb'armen des Lebens nicht mehr
sicher sind. Die Anordnung des Herrn Bürgermeisters hatte
den Tumult nur vergrößert, wie es häufig der Fall ist, wenn
die Obrigkeit inmitten der Aufregung das Leitseil der Welt-
ordnung fassen will. Da ergriff denn das besonnene Kreisboktorchen, das sich einer organisatorischen Ruhe inmitten jedes
Weltunterganges rühmte, die Zügel der Ordnung und wie ein
Mann der That rief er: „Kommt Alle mit, wir wollen hinaus
und sehen, was passirt ist!" — Und muthig in den Mittag
hinausschreitend, riß er in der That die ganze Gesellschaft mit.
    Bis wie weit die Begleitung diesem Anführer treu ge-
blieben wäre, das zu erhärten lag nicht im Willen der Vorsehung. Sie hatte es anders beschlossen, als irgend Einer erwartete; denn noch hatte die Bevölkerung nicht die Grenzmarke
des städtischen Gebietes, den Eiruw[1]) am Bleichplatz, über-
schritten, als eine neue Scene sich eröffnete, die Furcht und
Bestürzung urplötzlich in begeisterten Jubel umwandelte.
    In der Ferne, auf dem Sandweg, der zum nahen Wäld-
chen führte, sah man eine wunderliche Gestalt sich bewegen.
Im ersten Moment ließ sich's nicht erkennen, was das sein
mochte. Die gesammte zur Rettung hinaus ziehende Menschheit

---

¹) Eine gleichwie von Telegraphendrähten umzogene Be-
grenzung des Städtchens, um die Sabbatgrenze zu bezeichnen.

stutzte, und Viele wollten schon die Flucht ergreifen; aber Salme, der beide Hände vor der Stirn hielt, um sich vor dem Sonnenlicht zu schützen, hatte richtig gesehen; und der stille Mennist, der nie ein lautes Wort unaufgefordert sprach, schrie mit so bewegter Stimme, daß es Allen durch die Seele fuhr: „Gott sei gelobt! Mendel bringt den Schandar!"

Und in der That, es war so.

Alle erkannten nun die Gruppe. Mendel schritt langsam einher. Er hatte den Gensb'arm auf dem Arm, der seinen Nacken umschlungen hielt, aber wie ein schwer Verwundeter den Kopf rückwärts hängen ließ. — Durch die Gemüther Aller, die erst jüngst mit Entsetzen gerufen: „Der Gensb'arm bringt Mendel Gibbor," flammte eine übermächtige Begeisterung auf im Rufe: „Mendel Gibbor bringt den Schandar!" — Man stürmte allgemein jubelrufend ihm entgegen; aber nicht das besonnene Kreisboktorchen, sondern Salme, der stille Mennist, jagte Allen voran. Die Thränen liefen ihm unaufhaltsam über das gefurchte, volle Gesicht; seine breiten, langen Rockschöße schlenkerten ihm zwischen den kleinen Beinen und machten wunderliche Figuren in der Luft, als wollten sie mit seinen Armen wetteifern, die merkwürdig im Laufe um sich fochten. Er ließ sich auch den Preis im Wettlauf nicht entgehen, obgleich das Kreisboktorchen, die lebhafte schwarze Rucho und der inzwischen aus der Erstarrung wieder erstandene Wachtmeister ihm denselben schwer machten. Er hatte aber auch ein ganz vortreffliches Wundermittel, sich anzufeuern, er rief in Einem fort: „Gott ist groß! — Gott, Du bist gelobt! — Du bist unser Gott! — Du bist unser Helfer! — Allmächtiger Gott, barmherziger Gott, großer Gott!" — Und so ganz aufgelöst im Lobe Gottes, war es wunderbar, wie er dahin flog und richtig der Erste war, der Mendel — nein, seine Kniee umfaßte.

Nun kamen auch die andern Renner an. Die schwarze

Nucho hatte das Kreisdoktorchen, aber der einmal in Bewegung gesetzte Wachtmeister die schwarze Nucho um eine Kopflänge überholt. Und hinterher kam Alles gerannt. Alle jubelten, Alle schrieen, Alle fragten, Alle antworteten, Alle stürzten über Alle; nur Mendel schritt wie ein Koloß langsam und sicher dahin und gab in vereinzelten Worten Auskunft. Vor Begeisterung dachte Niemand daran, ihm die Last abzunehmen. Was er abgerissen mittheilte, war auch interessant genug, um Aller Aufmerksamkeit zu fesseln. — Die zwei Koronower Räuber hatten im Wäldchen den Gensd'arm überfallen, ihn vom Pferd gerissen, ihn am Kopfe verwundet und wahrscheinlich das eine Bein zerbrochen. Das galoppirende Pferd, das Geschrei des Gensd'arms rief Mendel herbei, der noch glücklich genug ankam, um dem Unterliegenden das Leben zu retten. Der eine Raubgeselle hatte von ihm einen Schlag erhalten, der ihn erst betäubt niederstürzen und dann, als er sich über den Andern hermachte, entfliehen ließ. Von Jenem versicherte Mendel, er werde nicht weit mit dem Schlag kommen, und von dem zweiten berichtete er, daß er ihn geknebelt im Wäldchen liegen ließ. Der Gensd'arm war ohnmächtig und er habe ihn deshalb „mitgenommen", wie er sich ausdrückte. Von sich selber sagte er nur aus, daß er einen Schlag über den Kopf erhalten, und er meine auch, daß er blute; aber das habe nichts zu sagen.

Erst als sie auf den Marktplatz angekommen waren, schrie der Wachtmeister: „Mendel, gieb her, ich werd' ihn tragen."
„Das Stückchen!" sagte Mendel schlicht und ging ruhig weiter bis in den obrigkeitlichen Hausflur, wo er den Gensd'arm, der noch immer von Ohnmacht befallen war, auf eine Bank niederlegte, und sich an das Kopfende derselben niederließ, um ein wenig aufzuathmen, den Schweiß von seinem Gesicht zu wischen und um beiläufig auch an seinen Hinterkopf zu fühlen, wo er den Schlag erhalten. — Die Wunde war nicht geringfügig; das Blut floß ihm in den Nacken; aber er sprach nicht davon.

Erst als die junge, gutmüthige Frau Bürgermeisterin ihm die Hand vor wärmster Begeisterung drückte und das Blut an derselben bemerkte, gab er ihrem Drängen nach, in der Amts-stube sich zu waschen und sodann sich die Wunde verbinden zu lassen.

Während der Bürgermeister in Person das Gedränge in dem obrigkeitlichen Hausflur beseitigte, das Kreisdoktorchen mit dem Apotheker den Gensd'armen regelrecht behandelte, der deutsche Prediger und die Bürgermeisterin in eigener Person Mendel in der Amtsstube mit frischem Wasser und Handtüchern aufwarteten, ihm das Blut stillten und zu Mendel's Staunen immerfort sein „christlich Thun" bewunderten, wimmelte es von Klein bis Groß draußen vor dem Hausflur auf dem Markte in freudigster Begeisterung, und inmitten der Menge, die Gottes Weisheit wegen gar vieler Umstände pries, unter denen der hauptsächlichste der blieb, daß dieser Schandar, wenn ihn nur Gott wird gesund werden lassen, „nit mehr die Jüden wird verfolgen," stellte der Wachtmeister, dieser unparteiische, gründ-liche Kenner beider Confessionen, unumstößlich fest, daß der Mendel „ein ächt jüdisch Herz hat!"

„Er hat ein jüdisch Herz!" rief Salme, die Hände faltend, „er hat ein jüdisch Herz, wie es gehabt haben Chaskel Gibbor und Meyer Gibbor, seine Voreltern!"

Der Strom der Bewegung der Gemüther hält Alle auf dem Marktplatz gefesselt; aber in Malkoh's stillem Zimmer bereitet sich eine Scene vor, die noch tiefer in die Gemüther eingreifen wird.

Mit überströmender Seligkeit hat die alte herrliche Genendel die überraschenden Neuigkeiten des Tages dahin gebracht. Sie weint und preist Gott in ihrer Begeisterung und glaubt heute dem Strom ihres Herzens keinen Zügel anlegen zu dürfen; aber gerade heute ist Malkoh feierlicher und Händele ernster als je, und kaum haben sie vernommen, was geschehen, so werden

Beide von einem gemeinsamen Entschlusse erfaßt, der Genendel staunen und verstummen läßt.

„Händele, mein Kind," ruft die Großmutter aus und erhebt sich kräftig von ihrem Lehnstuhl. „Nit ist die Zeit zu reden jetzund hier! Laß uns anthun unser best Gewand und gehn entgegen ihm mit Lust und Freudigkeit, wie entgegengegangen sind die frommen Weiber von Israel einem Held, mit Singen und mit Lobpreis, und mit Tanzen vor dem ganzen Volk!"

Händele aber. richtet sich hoch auf und erhebt die Arme zum Himmel: „Es erfasset mein Herz mit Stärke," ruft sie mit heller Stimme, „daß ich thun soll wie gethan hat unsre Aeltermutter, von der da herkommt unser stark Herz!" —

— Und mit einer Behendigkeit und Entschlossenheit, die Genendel sprachlos anstaunt, legen beide Frauen ihre sabbatlichen Kleider an und treten Hand in Hand hinaus auf die Gasse, gefolgt von Genendel, die die Hände faltet in stummer Bewunderung und in dunkler Ahnung dessen, was die „starken Herzen" bewegt.

Das Erscheinen Malkoh's auf der Gasse und ihr eiliger Gang in der Richtung zum Markte hin ruft neue Begeisterung unter denen hervor, die von den Ereignissen des Tages erfüllt sind. — Aber noch ein zweiter unerwarteter Zug nimmt die Aufmerksamkeit in Anspruch, denn die Nachricht von der That Mendel's ist bis in das stille Gemach des greisen Rabbi gedrungen, und auch er, der seinen Fuß seit Jahren nicht über die Schwelle seines Hauses gesetzt, es sei denn zu einer frommen Handlung, hat die Schüler um sich versammelt, und die kleine, vom Alter gebeugte ehrwürdige Gestalt bewegt sich mit einer für seine Jahre seltenen Hast, umgeben von seinen fünf Talmudschülern, hinunter zu dem Marktplatz.

Die Ankunft der zwei verehrtesten Personen der Gemeinde daselbst steigert die Freudigkeit aller Versammelten und ordnet sie unwillkürlich in zwei Gruppen vor dem obrigkeitlichen Hause. Die Männer in geringerer Zahl stehen um den alten Rabbi; die Frauen und die Mädchen umgeben Malkoh, die an der einen Seite auf Genendel, an der andern auf Händele gestützt dasteht. Der laute, tumultuarische Enthusiasmus nimmt unvorbereitet einen Charakter der Feierlichkeit an, von dem Alle erfaßt werden, und dieser steigerte sich noch, als der brave Bürgermeister in die Amtsstube geht, Mendel an die Hand faßt und ihn, begleitet von dem deutschen Prediger und der gutmüthigen Bürgermeisterin, bis vor die Stufe des obrigkeitlichen Hausflures führt, woselbst der Rabbi seiner harrt.

Der Rabbi streckte ihm die Hand entgegen und Alle, die dieses sehen, fassen die Bedeutung dieses stummen Zeichens richtig auf. Mendel beugt sich tief erschüttert über die fromme Hand, in welche er seinen Handschlag gelegt, und die ihn jetzt, nach einer edlen Heldenthat, jedes äußeren Zwanges frei erklärt. — Ein fröhliches Murmeln geht durch die ganze Versammlung und unter den Frauen giebt sich die Rührung schon in Schluchzen kund. Da richtet sich Mendel wieder auf und er erblickt eine andere Hand, die sich ihm entgegenstreckt. Händele hat mit dem linken Arm die Großmutter umschlungen, ihre Rechte ist empor gehoben zu Mendel. Erfaßt von diesem Anblick, steht er einen Augenblick erstarrt, dann aber ruft er in einem Tone den Namen „Händele!" aus, daß es Allen, die den Ausruf hörten, wie ein plötzlicher Lichtstrahl durch die Seele fuhr, ein tiefes Herzensgeheimniß vor aller Welt verrathend. Staunen fesselt jeden Mund, und Begeisterung strahlt in jedem Auge. Aber jetzt in der Stille und allgemeinen Spannung vernimmt man Händele's Stimme klar, hell, licht wie die Begeisterung und weich und bittend wie die Demuth; und diese Stimme ruft:

„Mendel Gibbor! Hör' zu, was gesagt haben unsere Weisen:

Steig nieder die Stufe und nimm ein Weib!"

Die tiefste athemlosefte Stille folgte diesem Ausruf.
Solche Handlungsweise erschreckte selbst in der enthusiastischen
Stimmung des Tages die Gemüther, die auch die erhabensten
Thaten nach dem Maßstab des Herkömmlichen messen. Aber
der greise Rabbi, der noch immer Mendel's Hand gefaßt hielt,
er verstand die tiefere und kannte auch die historische Bedeutung
dieses Spruches. Er wendete sich lebhaft um nach Händele und
all den Versammelten und mit dem Ausspruch: „Das sind
Reden aus dem Blut Händele Reb Schoul Wahl's!" leitete
er Mendel, der den Arm nach ihr ausgestreckt hielt, die Stufe
hinab und zwei Hände faßten sich da, um sich nimmermehr zu
lassen.

Ein Ruf höchster Begeisterung drängte sich bereits empor
aus Aller Herzen. Aber jetzt wendet sich Malkoh, die ihre
Enkelin dem Arme Mendel's überließ, mit ihrem Gesicht den
Versammelten zu, und ihre Hände, hoch zum Himmel empor
gehoben, thun kund, daß sie sprechen wolle, und halten für
den Augenblick jeden Ausbruch der Begeisterung zurück.

Schnell bildete sich ein weiter Kreis um sie, der ihren
Worten lauschte. Der alte Rabbi stand an ihrer Seite, das
Haupt bei jedem ihrer Worte zustimmend schüttelnd; Genendel
an der andern Seite, Thränen im Auge und Anbetung im
Antlitz; und hinter ihr, Hand in Hand, stand der starke Mendel
demüthig und die kühne Händele schüchtern.

Malkoh beginnt mit lauter, klarer Stimme:
„Mein Gelöbniß zu Gott, dem Gepriesenen, will ich zahlen
zugegen von all seinem Volk[1])!" und sie fährt mit klarer
Stimme fort zu erzählen, was wir bereits wissen: von der
That Meyer Gibbor's, die Allen ein Geheimniß war, von dem
Tode Chaskel's, den Alle kannten. Aus dem Munde dieser
Frau, deren Ahnenstolz allbekannt war, den Ruhm der Her=

---

[1]) Psalm 116, 14.

kommen Mendel's zu vernehmen, das schwellte die Herzen aller Hörer zur höchsten Begeisterung. Als aber der alte Rabbi zum Schluß noch ein paar Worte hinzufügte und in diesen Händele und Mendel als „die Guten in Israel" pries, in denen die Werke der Voreltern fortleben, da war den freudigen Ergüssen kein Halt mehr zu gebieten. Genendel lachte und weinte zugleich und wendete sich plötzlich zum Himmel auf mit der Bitte:

„Gepriesener Gott, laß mich das Glück erleben, bald zu tanzen auf der Hochzeit!" und sieh, sie hüpfte wirklich wie bei der Hochzeit in einem fort in die Höhe und lachte und weinte weiter, um sich, wie sie laut ausrief — einmal so recht satt zu weinen vor Freude. — Salme, — ihm war es nicht gegeben, sich vor Freuden in seinen Gefühlen zu äußern, und heute hatte er sich bereits zu weit bei der Einholung Mendel's aus seinem Wesen heraustreten lassen — er wußte nichts Besseres zu thun, als seinen alten Kopf zwischen die Hände zu nehmen, sich nach Osten wie zum Gebet hinzuwenden und sich tief zu bücken. — Als nun noch gar das besonnene Kreisdoktorchen und der Apotheker mit der Versicherung herauskamen, daß der Gensd'arm nicht lebensgefährlich verwundet sei, und der Bürgermeister, die Bürgermeisterin und der deutsche Prediger sich unter das K'hille-Gewühl mischten und in aller Harmlosigkeit unter den Juden sich der „christlichen That" Mendel's freuten, da war des Strömens, Drängens, Rennens, Laufens, Lobens und Jubelns kein Ende.

Und wie der Tag bereits zur Hälfte in Aufregung und Bewegung hingegangen war, so sollte er auch schließen. Um fünf Uhr Nachmittags, als bereits unter dem Schatten des obrigkeitlichen Hauses wieder alles in Bewegung ist, weil, auf dringendes Bitten des Gensd'arms, Mendel ihm einen Kranken-besuch abstattet und seinen aufrichtigsten Dank empfängt, da ist oben beim Herrn Bürgermeister gerade die Solo-Parthie so weit arrangirt, daß das besonnene Kreisbokktorchen, das richtig die Karten gerettet, den schönsten Solo in der Hand hat; aber ein neues Ereigniß setzt die K'hille und die Behörde in Auf-regung und Verlegenheit. Es bewegt sich ein tumultuarischer Zug von dem Sandweg her; es bringen die Bauern die ein-gefangenen Koronower Verbrecher ein, und stellen der städtischen Bevölkerung die unlösbare Aufgabe, diese zwei seltenen Gäste nicht blos mit Begeisterung zu empfangen — das geschah frei-willig auf's Eclatanteste — sondern auch für Eine Nacht sicher zu beherbergen. — Die Rathschläge laufen weit auseinander, und an den Debatten betheiligen sich nicht blos der Bürger-meister, die Bürgermeisterin, die Solo-Parthie und der Wacht-meister, sondern die ohne Sitz im Rath, aber mit viel Stimmen begabte gesammte Bevölkerung, bis endlich Reb Abbele's Vor-schlag unter allgemeinster Zustimmung den Sieg davon trägt, die Verbrecher in einen alten Postwagen des Postmeisters ein-zusperren und diesen auf offenem, freien Markt, bewacht von Allen, die das Herz treibt, der Menschheit einen Dienst zu erzten, übernachten zu lassen. Er selber erbot sich, durch gleiche Wörtchen die Wachthabenden munter zu halten, wenn man nur zehn von den Bauern dazu bewegen könne, auf allen möglichen Sitzen rings um den Wagen Platz zu nehmen, um das Aus-reißen der Verbrecher zu verhüten.

Schon war diese Angelegenheit erledigt, der Wagen auf den Marktplatz geschoben, die Bauernbeschützung durch einen guten Trunk zum Nachtwachen überredet und, unter Billigung aller Stimmbegabten, auch der Hahn des Wachtmeisters obenauf auf den Wagen gesetzt, als wiederum die Solo-Parthie und die wiedergekehrte Ruhe in der Gemeinde durch ein neues Ereigniß gestört wurde.

Es bewegte sich eine Kutsche auf das Städtchen zu und — der Landrath in eigener Person erschien, um von den Ereignissen des Tages Kenntniß zu nehmen.

Der Landrath war ein hochstämmiger, kräftiger, guter, braver alter Herr. Er hatte in einem Alter von einigen vierzig Jahren wie ein wackeres preußisches Herz mit Jünglingsmuth und Aufopferung die Befreiungskriege mitgemacht. Er war ein Zögling des humanen Rationalismus, mit jener Portion gutmüthiger, gewaltthätiger Bornirtheit, die aus purer Menschenliebe alle Polen zu Deutschen, alle Juden zu Christen und alle Christen zu Rationalisten machen wollte. Er brachte auch seine runde Landräthin mit dem breiten Nacken mit, auf den er in den Momenten der höchsten Begeisterung vor lauter Menschenliebe seine breite Hand recht gewichtig fallen ließ, worauf sie regelmäßig zehn Schritte davon lief und ihn einen „groben Menschen" schalt, er aber aus aller Polterei in ein helles Lachen verfiel und dann immer gerade das that, was sie haben wollte und wogegen er sich eben erst ereifert hatte.

Stehenden Fußes ließ er sich nun von dem Herrn Bürgermeister Bericht erstatten; der gerührte deutsche Prediger ergänzte, dazwischen redend, alle Lücken. Was er zu hören bekam, war gar nicht zum Poltern eingerichtet, und deshalb riß er eben nur um so ungeduldiger herum an seinem Blücher-Schnurrbart. Aber als der Bericht zu Ende war, faßte ihn die Begeisterung, und obwohl die Landräthin wirklich kein Wort geredet, entging ihr doch der Tribut der Bewunderung von seiner breiten Hand

nicht, und nachdem sie richtig zehn Schritte weit von ihm geflohen war und ihn einen „groben Menschen" gescholten hatte,
lachte er hell auf und rief mit lauter Stimme:

„Herr Bürgermeister, meine Gustel hat Recht, kommen
Sie, wir müssen für den Mendel sogleich Etwas thun!"

Mit diesem Ausspruch lief er seiner Gustel nach, hielt sie
am Aermel fest und begab sich mit ihr hinauf zum Bürgermeister, der K'hille die Lösung des großen Räthsels über-
lassend, was denn eigentlich für Mendel geschehen würde.

Die getheilten Stimmen hierüber hatten sich noch lange
nicht geeinigt, als der auf den Markt herabeilende Wachtmeister eine neue Nachricht brachte, welche die Aufregung noch
freudiger steigerte.

Der Landrath — so berichtete er in großer Eile — habe
nicht blos eigenhändig einen lebenslänglich gültigen Hausirschein für Mendel ausgestellt, der allen Regierungsrescripten
Hohn spreche — und solcher Thaten waren die Landräthe alten
Schlages wirklich fähig! — sondern er habe auch beschlossen,
sich sammt der Landräthin — was sich eigentlich von selbst
verstand, — zur alten Malkoh zu begeben, um daselbst
den reglementswidrigen Hausirschein eigenhändig Mendel zu
übergeben.

Der Wachtmeister stürzte voran, den Besuch anzukündigen,
und die K'hille eilte ihm nach, um den Zug zu sehen und den
Triumph Israels zu erleben. Wären die Bauern und der
Hahn nicht beim alten Postwagen geblieben, es wäre nicht der
mindeste Grund für die Koronower Ehrengäste vorhanden gewesen, sich nicht der Bande zu entledigen und einen Spazier-
gang in's Freie zu versuchen.

Und feierlich war der Zug.

Nicht blos der Landrath und die Landräthin, sondern
auch der Bürgermeister und die Bürgermeisterin, das besonnene

Kreisdoktorchen, das klug wieder die Karten vor Schaden bewahrte, und der gerührte deutsche Prediger zogen mit, und hinterher schloß sich auch der Postmeister und Apotheker an, die Honoration vervollständigend und die Ehre Israels vollendend.

Inzwischen hatten sich in der Wohnung Malkoh's eine Reihe von Scenen zugetragen, die dem Wohlwollen des Landraths eine ganz neue Wendung gaben.

Die gestern in der Bücherstube versammelt waren, befanden sich auch heute daselbst; nur anders gruppirt und in anderer Stimmung.

Die unnahbare Malkoh saß im Lehnstuhl, Mendel an der einen, Händele an der andern Hand; und so überwiegend zärtlich und in so hingebender Bewegung hielt sie die kräftige Hand Mendel's, daß der starke Mensch nicht aufhörte, Thränen zu vergießen. Während er sich an den Stuhl der Großmutter lehnte und deren Hand wiederholt an's Herz drückte, stand heute Händele aufrecht und in gehobener Stimmung da und aus ihren Blicken und Worten leuchtete eine Glückseligkeit hervor, die davon Kunde gab, welch' mächtige Umwandlung in jenem Augenblicke vor sich geht, wo die stumme Schüchternheit der Jungfrau zur hingebenden Züchtigkeit der beglückten Braut wird.

Mit welcher Lebendigkeit Genendel und mit welchem Antlitz sie fortwährend von der einen Stube in die andere lief, das schildern Worte nicht.

Wesen solcher Art muß man in ihren ewigen Liebesdiensten in Freud und Leid selbst gesehen haben, um dieses Aufgehen in dem Glücke Anderer fassen zu können, das sich heute in allem ausprägte, das sie in ihrer Glückseligkeit vornahm. Salme aber drückte sich fortwährend sein Sammetkäppchen bis in die Augenbrauen und stellte sich, die Hände gefaltet, in jede Ecke und jedes Winkelchen der beiden Stuben hin, und sein frommes Auge rief Jütte und Elke, Chaskel und Meyer Bauer und Gott den Gelobten und alle lichtigen Engel herbei, um Zeugen seines Glückes zu sein, und sein Mund lächelte Alle an, wenn er daran dachte, wie Malkoh heute gar nicht den Kopf schüttelte und seine „schwache Red" mit anhörte und begütigend ihm zunickte.

Aber auch ernste Lebenspläne kamen heute zur Sprache.

Mendel that kund, wie er heute auf dem Wege zum Grabe seines Vaters einen Entschluß gefaßt. Er habe auf den Feldern die Bauern in der Ernte-Arbeit gesehen und dabei an die Vor- liebe seiner Väter für diese Art der Thätigkeit gedacht. Es sei ihm klar geworden, daß er mit Lust ein Mendel Bauer werden möchte, wie Meyer Bauer, der leider in einer Zeit ge- lebt, wo es den Juden nicht gestattet war, ein Stückchen Land anzubauen. Er fragte Händele nach ihrer Ansicht, und sie sagte, sie sehe noch sein Antlitz vor sich, wie er am Pfingst-Vorabend aus dem Walde herein kam in die heilige liebe Schul' und höre noch die Worte der Großmutter, daß dies sei:

„Wie der Duft des Feldes, das Gott gesegnet."

„Wie soll ich reden gegen Deinen Willen," rief sie, „wenn Du leben willst im Feld, das Gott, der Allgütige segnet!"

Die Großmutter aber sprach:

„Mein Sohn, ich sitz' in meiner Blindheit und höre Deine Stimme so süß und lieb und fromm und fühl' Deine Hand so stark und mächtig, daß mir's einfällt, wie Isaak in seiner Blindheit hat gesagt: „Die Stimme ist Jakob's und die Hände sind Esau's," und ich kann Dich nur segnen, wie er den Sohn hat gesegnet: „Es soll Dir geben Gott, der Gelobte, von dem Thau vom Himmel und Fettigkeit von der Erde, daß Du sollst dienen der Welt mit Deiner Hand und dem ewigen Gott mit Deinem guten Herzen!"

Genendel war des Außerordentlichen von dieser Frau so sehr gewohnt, daß sie sich schnell mit diesem Plane befreundete; aber ihre und Salme's vollste Zustimmung erhielt er erst, als Malkoh beide Hände ausstreckte und zu ihnen, die sie mit Begeisterung ergriffen, sagte:

„Wenn Mendel mir mein' Händele nimmt aus dem Haus, dann bleibt Ihr mir doch, bis Gott—gelobt sei Er, mich zu sich ruft!"

In dieser Situation fand der als Herold hereinstürmende Wachtmeister die Versammelten, um ihnen den hohen Besuch zu verkündigen.

Der Besuch folgte auch bald darauf. Der Landrath, in seiner Weise, alle Dinge auf's Kürzeste abzumachen, wollte auch hier sein Geschäft militärisch und stehenden Fußes abfertigen. Aber Malkoh, die sich aufgerichtet, imponirte durch das leise Schütteln ihres Hauptes der Landräthin außerordentlich, und da sie den Landrath zur Höflichkeit gegen die ehrwürdige Frau mahnte, begnügte er sich, weil er gerade den lebenslänglichen Hausirschein in der Hand hatte, seiner Gustel mit dem Ellen= bogen auf die Schulter die Zustimmung zu ertheilen, und bat nicht nur Malkoh mit seiner Soldaten=Galanterie, ihren Platz einzunehmen, sondern ließ sich auf einen Stuhl nieder, den der vor ihm zitternde Salme ihm hinschob.

So aus dem Text seiner Humanität geworfen zu werden, das hatte sich der gute Landrath nicht vorgestellt. Als er seine Gnade mit dem lebenslänglichen Hausirschein kund gab und Malkoh den Kopf schüttelte, blieb er mitten im Satze stecken und griff sich mit einem „Donner=Wetter!" ganz martialisch an seinen Blücher=Schnurrbart.

Als aber Malkoh in ihrer vollsten Ruhe und Gelassenheit ihm Mendel's Entschluß, sich dem Feldbau zu widmen, kund gab und hinzufügte, daß sie so viel Vermögen besitze, um ihn, sobald er die Landwirthschaft inne habe, zum Pächter auszustatten, da sprang der brave Landrath hoch auf vor Freude. „Brav!" schrie er, „brav, altes Weibchen, brav, Bursch! brav Mütterchen, sehr brav, Großmütterchen!" Das stimmte so recht zu seiner Natur, seinen Ansichten und seinem wackern Herzen.

„Weiß Gott, Gustel," rief er und ließ wirklich seine Hand so schallend auf ihren Nacken nieder, daß Alle erschraken, — aber ohne auf die ihm ganz bekannte Entgegnung der Landräthin zu achten, fuhr er fort:

„Das ist der gescheideste Plan von Dir, Gustel, daß wir den Burschen zu unserm Pächter herausarbeiten. Meiner Seel', er gefällt mir! Herr Bürgermeister, der wird's lernen!"

Und mit diesen Worten faßte er sogleich Mendel an die Schulter und stellte ihn wie einen Soldaten vor sich hin.

Es liegt etwas Eignes in dem Gegenüberstehen zweier von Natur kräftig gebauter Menschen von gleich graber Herzensbeschaffenheit. Sie gewinnen einander lieb, ehe man sich's versieht.

Mendel sprach kein Wort; jedoch in seinem festen guten Blick lag dies Zugeständniß ganz deutlich. Der Landrath aber war mit sich fertig: „He Bursch," rief er, „was? Ein Jahr Lehrzeit bei mir, was? Das wird brav! Hand her! eingeschlagen! abgemacht! Ei, was drückt Er denn meine Hand, als ob ich ein Weibsbild wäre! faß Er zu!"

Und Mendel that ihm den Gefallen: er faßte zu, viel gelassener zwar als der Landrath aber auch viel fester, gerade fest genug, um eine schwächere Hand, als die des Landraths, in allen Gelenken knacken zu lassen. Und der Landrath rief:

„Gut, gut! wir werden uns verständigen!"

Während alle Anwesenden ihrer Freude über diese neue Wendung der Ereignisse in herzlichen Glückwünschen freien

Lauf ließen, war die Landräthin zur alten Malkoh geeilt, um ihr die Hand zu drücken.

„Großmutterchen," sagte sie herzlich: „ich bin die Landräthin. Ihr Sohn wird es gut bei uns haben!"

Malkoh neigte freundlich das Haupt: „Gnädige Frau," sagte sie, „ich hör' an der Stimm' von dem gnädigen Herrn, daß er ist ein starker Mann!"

„Wohl! wohl! ist er's!" sagte die Landräthin im Tone eines beglückten Weibes. —

„Nun, Händele, mein Kind," sagte Malkoh, nach der Hand der Enkelin fassend, „weißt Du, was ein Weib beglückt? Ein Mann, deß Thun ist stark und dessen Herz ist sänftiglich! Und willst Du wissen, wie da sein muß das Weib? — Stark von Herzen und gar sänftiglich im Thun!"

Händele küßte entzückt die Hand der Großmutter und — der Wachtmeister unser Zeuge! auch die Landräthin that desgleichen. — Und hinaus stürzte der Wachtmeister, um es der Welt zu verkünden, und sie vernahm es und des Jubelns war kein Ende! —

Und von Lustbarkeit zu Lustbarkeit kam's noch in dieser Nacht!

Kaum hatte Reb Abbele seine „gleichen Wörtchen" erschöpft, so erschienen die fünf lustigen Bachurim auf dem Markt und führten einen neu ausgesonnenen Disput über den alten Hahnen-Kampf auf, der unvergleichlich reich an Witz und gelehrtem Muthwillen war. Um Mitternacht arrangirte das rothe Bachurchen, das allen „Männern" den Kopf warm machte, einen Mäden-Chazoß[1]) um den jüdischen Scharrenkloß, der

---

[1]) Mitternachtsfeier.

an Schalkhaftigkeit ohne Gleichen blieb in den Annalen der guten frommen K'hille. Aber mitten darin flog Alles vor Staunen und Jauchzen hoch auf.

Denn in der Nachbargemeinde hatte Jankele ein dunkles Gerücht von den großen Ereignissen der Heimath vernommen; er hatte sich aufgemacht und stand bald unbemerkt mitten auf dem Markte.

Und wie er nun die Fibel strich und mit einem Male die Bauern zu jauchzen, die Mädchen zu tanzen, die Bachurim zu singen, der Wachtmeister zu lachen, der Hahn zu krähen, die schwarze Nucho zu schreien anfing, — das Alles darzuthun in schöner Ordnung, wie sich's gebührt, das müssen wir auf bessere Gelegenheit versparen — d. h.: wenn uns Gott das Leben läßt.

Denn viel, sehr viel, Ihr lieben Leser mit guten jüdischen Herzen, haben wir noch zu erzählen von dieser Nacht und all' den folgenden Tagen, Wochen und Monden.

Wir haben zu erzählen, wie der christlich germanische Gensb'arm ein Stück jüdische Seele mit dem ersten: „Es gesegn' Euch!" bekam, daß er mit dem Wachtmeister beim jüdischen Schnäpschen stubirte, und wie er unverlierbar dem Judenthum gewonnen ward nach dem ersten Bissen — Kugel! Wir haben zu erzählen, welch' ein frommer Sinn sogar in sein boshaftes Pferd hineinfuhr, als es an dem Heu roch, das nach der langen Nacht aus der Schul' ausgesegt wurde.

Wir haben zu erzählen, was sich that, als Mendel Bauer zum ersten Mal in die Gasse geritten kam, Händele sein Pferd am Zügel halten ließ, und die alte Malkoh dazu lächelte.

Wir haben viel, viel zu erzählen, ehe wir an das liebste Ende kommen, wo Mendel Pächter, mit dem schwarzen Blücher-Schnurrbart, mit Händele Malkoh's, in ihrem frommen Ge-

schleier, unter ben Trauhimmel ging! Wie ba Genenbel tanzte!
— wie ba bie unerschütterliche Malkoh weinte! unb wie
Salme Mennist aussah, als ihm Jankele vorspielte unb er erst
auf einem unb bann auf bem anbern Bein hüpfte unb babei
in bie Hände patschte unb mit lauter Stimme bie üblichen
frommen Lieber sang zum Lobpreis bessen, beß Name gelobt
unb gepriesen sei von nun an bis in Ewigkeit: Amen! —

www.ingramcontent.com/pod-product-compliance
Lightning Source LLC
Chambersburg PA
CBHW030632030726
47497CB00006B/1748